Nosotros

AF874287

Novela

Manuel Vilas
Nosotros

Premio Nadal de Novela 2023

DESTINO

PEFC Certificado

Este libro procede de
bosques gestionados
de forma sostenible

PEFC

PEFC/14-38-00305 www.pefc.es

La lectura abre horizontes, iguala oportunidades y construye una sociedad mejor.
La propiedad intelectual es clave en la creación de contenidos culturales porque sostiene el ecosistema de quienes escriben y de nuestras librerías.
Al comprar este libro estarás contribuyendo a mantener dicho ecosistema vivo y en crecimiento.
En **Grupo Planeta** agradecemos que nos ayudes a apoyar así la autonomía creativa de autoras y autores para que puedan seguir desempeñando su labor.
Dirígete a CEDRO (Centro Español de Derechos Reprográficos) si necesitas fotocopiar o escanear algún fragmento de esta obra. Puedes contactar con CEDRO a través de la web www.conlicencia.com o por teléfono en el 91 702 19 70 / 93 272 04 47

© Manuel Vilas, 2023
Por mediación de Casanovas & Lynch Literary Agency, S. L.

Nosotros ha obtenido el 79.º Premio Nadal de Novela 2023, otorgado por un jurado compuesto por Alicia Giménez Bartlett, Care Santos, Lorenzo Silva, Andrés Trapiello y Emili Rosales.

© Editorial Planeta, S. A., 2023
Ediciones Destino, un sello editorial de Editorial Planeta, S. A.
Avda. Diagonal, 662-664, 08034 Barcelona (España)
www.edestino.es
www.planetadelibros.com

Adaptación de la cubierta: Booket / Área Editorial Grupo Planeta
Imagen de la cubierta: © Bina Winkler / Millennium Images, UK
Primera edición en Colección Booket: febrero de 2024

Depósito legal: B. 20.511-2023
ISBN: 978-84-233-6466-4
Impresión y encuadernación: Liberdúplex, S. L.
Printed in Spain - Impreso en España

Biografía

Manuel Vilas (Barbastro, 1962) es autor de seis poemarios y su obra lírica se ha compilado en *Amor: Poesía reunida 1988-2010* (2010), en *Poesía completa (1980-2018)* (2019) y en *Una sola vida* (2022). Su obra narrativa la inicia *España*, a la que le siguen *Aire Nuestro*, *Los inmortales*, *El luminoso regalo* y los libros de relatos *Zeta* y *Setecientos millones de rinocerontes*. Es autor del libro de viajes *América*, de *Listen to me* y de *Lou Reed era español*. Su novela *Ordesa* (2018) fue traducida a más de veinte lenguas y elegida libro del año por *Babelia* y obtuvo el Premio Femina, concedido en Francia a la mejor novela extranjera. *Alegría* (2019), traducida a varias lenguas, fue finalista del Premio Planeta. En 2021 publica *Los besos*. *Nosotros* es su obra más reciente y ha sido galardonada con el Premio Nadal de Novela 2023. Colabora en *El País* y otros medios.

@Granvilas

@ManuelVilas

@manuel.vilas

A Ana

Nosotros,
que nos queremos tanto,
debemos separarnos,
no me preguntes más.

Los Panchos

Poco sabíamos de la vida de los ángeles. Creíamos que eran criaturas inventadas, pero no es así. Los ángeles existen, tal vez discretamente. Son hombres y mujeres que pasan por este mundo sin otro cometido que el amor.

Son esperanzadores, sí.

Pero también son mortales y corrientes.

De una vulgaridad excepcional.

Que existan los ángeles es una gran noticia para el mundo.

Ellos dan belleza a este planeta.

Uno de esos ángeles se llama Irene, y su historia comienza en la página siguiente.

I

La enamorada del viento

Estaba contemplando un rostro nuevo de la vida: frente y labios y pómulos y ojos nuevos de la vida, y un sol radiante iluminándolo todo.

Como un árbol se sentía, un gran árbol que, tras un huracán, descubre nuevas raíces, grandes, fuertes y escondidas raíces, fortaleza recién aparecida. Y esa fortaleza siempre había estado allí, a la espera de ser llamada a filas.

A pesar de que se pasaba sola toda la semana, Irene nunca se había sentido tan ilusionada como en estos últimos días. Acababa de cumplir cincuenta años, había firmado un pacto muy ventajoso con su cuerpo y había avistado a lo lejos de su alma una nueva frontera, un nuevo país al que viajar con tanto entusiasmo como rabia.

Rabia, sí, una rabia redonda como la luna.

Cuando enviudó traspasó la tienda de muebles, que había sido la gran empresa y oficio de su marido, y decidió descansar. Dejó a sus empleados en buena situación e ingresó en su cuenta corriente un buen montón de dinero. Porque Marce, su difunto marido, le hizo ese encargo: que nuestros empleados sean felices, son nuestra gente, nuestros hermanos.

Así hablaba él, usando ese lenguaje tan raro, porque llamar *hermanos* a sus empleados era una de esas cosas de Marce, una de sus peculiares formas de ver el mundo, porque si no transformaba el mundo, si no lo embellecía, no podía ser feliz.

Poseía ahora Irene dos pisos en Madrid, uno céntrico, en el Barrio de las Letras, de sesenta metros cuadrados, y otro cerca de Chamartín, de lujo, de doscientos cincuenta metros, un decimoquinto con una terraza de vistas apasionantes, y dos plazas de garaje. Lo que más les gustaba era la altura, un último piso, por encima de ella misma no había nadie. No hay mucha costumbre en Madrid de construir edificios altos.

Marce siempre lamentó esa carencia.

Quería vivir arriba, cerca de las nubes, como los neoyorquinos.

No encontraron ningún edificio más alto que les gustase y se conformaron con esa planta 15, que no estaba nada mal. A Marce le encantaba la Torre Picasso, pero allí todo eran oficinas de importantes empresas. Desde la planta 15 al menos podían ver el horizonte.

Desayunaban en la terraza y miraban la lejanía, aunque siempre echaron de menos unos veinte metros más de altura, como si quisieran huir del suelo, irse de Madrid, camino de las nubes.

Huir del suelo era una manera de pensar, una filosofía.

Muchas veces, al terminar el café con leche, los

dos se quedaban mirando al cielo. No había ninguna casa más elevada que la de ellos en las proximidades, no tenían delante más que el espacio abierto, y recuerda ahora mismo Irene la contrariedad de Marce de no haber podido encontrar un rascacielos para poder vivir en una planta 28, lejos de la realidad de las calles y los coches y las normas de tráfico y los semáforos, al lado de los pájaros, de las aves que vuelan altísimas, dentro de las nubes, porque las nubes podrían haber sido su hogar.

«No hay rascacielos en Madrid», cuántas veces oyó esa cantinela, porque dentro de ese lamento latía una forma de desobediencia arquitectónica muy de Marce. Y las veces que estuvieron tentados de irse a vivir a Benidorm, porque allí sí había rascacielos. Resonaban sus palabras: «Mira que si acabamos viviendo en Benidorm, qué sería de nuestro glamur».

Y lo oía reír.

El apartamento amplio y lujoso de Chamartín había sido su vivienda de siempre, la que había compartido con su marido durante los últimos veinte años, muchos años, ay, demasiados años, Irene, quizá no habían sido tantos, se dice a sí misma, pero Irene mide el tiempo a su manera.

¿Quién impuso la medición del tiempo?

¿Por qué se ha de medir el tiempo según estipulan los Gobiernos, las sociedades, las leyes, la historia? ¿Se puede liberar el tiempo? Allí donde hubo cien días para unos, para otros hubo cien años.

Supersticíón tras superstición, las sociedades decretan leyes.

Vendió ese piso, y con lo que le dieron, junto al traspaso de la tienda, más lo que había heredado tras la muerte de su Marce, que fue mucho, se hizo con una pequeña fortuna que no dejaba de admirarla.

Cada vez que contemplaba la cantidad de euros que poseía sentía furia y confusión al mismo tiempo, pues en esos números se resumía su vida entera, esos números contenían una convicción aritmética que causaría la envidia de mucha gente.

Pero él no estaba, de ahí la furia, de ahí la oscuridad de su alma.

Si no estaba él, ¿por qué estaba todo ese dinero? Era una pregunta estúpida, pero las preguntas estúpidas suelen ser las mejores y las más certeras.

Tentada estuvo de ir a los bancos y pedir que le dejaran ver su dinero, ya que no podía verlo a él, y pasar un rato a la vera de esos cientos de billetes, que en el fondo no eran más que símbolos, metáforas, ilusiones.

Esos símbolos, sin embargo, se podían transformar en cosas, ahí residía el milagro, el viejo milagro de la transformación de los símbolos en piedra, en ladrillos, en tierras, en ruedas, en casas, en coches, en aviones, en mansiones, en comida, en cientos de kilos de comida, en una legión de vacas, en una legión de piscifactorías, en una legión de seres humanos a tu servicio.

Esos símbolos se podían transformar sobre todo en muebles.

Por eso tuvieron una tienda de muebles, porque los muebles son más reales que muchas historias de amor. Los muebles se quedan cuando el amor se va.

Casi siempre de muchas parejas rotas solo quedan los muebles: armarios, camas, mesas, sillas, mesillas, estanterías, muebles libreros, librerías, cómodas, rinconeras. A Marce le emocionaban las mesillas; decía que una mesilla en un dormitorio era una defensa contra la oscuridad de la noche. En la trastienda coleccionaba viejas mesillas de noche, de todas las épocas. Les tenía una devoción casi sobrenatural.

Irene se fue a vivir al piso pequeño del Barrio de las Letras, que había tenido alquilado hasta hacía unos meses. Mandó pintarlo y arreglar tuberías y cambiar electrodomésticos, poner el baño completamente nuevo, tirar un tabique, cambiar la carpintería de las ventanas, una reforma de cinco semanas. Estuvo presente cuando dos albañiles derribaron el tabique, un tabique de unos ochenta años de antigüedad. Miró esos viejos ladrillos, que iban a ir directos a alguno de los lugares que el Ayuntamiento de Madrid dispone para el vertido de escombros.

Ladrillos que habían visto y oído tantas cosas, últimos testigos de viejas familias a las que cobijaron de la intemperie.

Ladrillos, fósiles de la vida familiar.

Cogió uno y depositó en él un beso.

Y lo arrojó al contenedor que habían colocado los albañiles de la reforma.

Luego, al rato, perpleja, nerviosa, volvió a buscar el ladrillo y lo metió en su bolso.

Mandó instalar los electrodomésticos más caros del mercado, unos modelos alemanes de última generación cuya principal virtud era que cumplían unas normas ecológicas que le parecieron tan misteriosas como respetables. Casi se echa a reír cuando le dijeron que los electrodomésticos más caros eran los más ecológicos. En realidad, la risa tras de la cual se situó la suya era la de Marce, porque Marce se habría reído de semejante ironía.

Hizo coincidir la entrega de llaves del piso de Chamartín con su mudanza al piso pequeño de la calle de Santa Catalina.

El piso de Santa Catalina era un primero. Había descendido del piso 15 de Chamartín a casi a ras de suelo.

Había bajado desde el cielo hasta la tierra.

Ya no veía las nubes, ahora veía y oía gente y coches, ruido de bares. Notaba el reflejo de las farolas cuando llegaba la noche.

El día que inauguró la reforma colocó el viejo ladrillo en un lugar principal de la casa, y ese ladrillo era un superviviente, una muestra material de la inmaterialidad del tiempo. Ese ladrillo tenía casi un valor místico, de una religión desconocida.

Tras la muerte de su marido, su amado Marcelo, su Marce, la vida de Irene había experimentado cambios frenéticos, que muchas veces no sabía ni cómo valorar. No tuvieron hijos. No había, por tanto, nadie a su lado. Solo una cuñada, Paola, la hermana de su Marce, que se casó con un estadounidense y vivía en un pueblo del Medio Oeste; no pudo llegar al entierro por culpa de un tornado y mandó una corona por Interflora con una carta llena de tópicos, escrita en un español mezclado con italiano y con algún toque de inglés. Marce y Paola eran italianos, habían nacido en Roma, de padre español.

Estaban también el padre y la hermana de Irene, con quienes tenía una relación distante, aunque los quería y mucho. Siempre habían velado por ella.

Meditó sobre su soledad recién sobrevenida. Tenía razones para abandonarse a la tristeza, pero Marce no lo habría permitido. Marce le dijo que estuviera del lado del sol, siempre bajo el sol. Su marido adoraba el sol, y ella lo acabó adorando también: en alguna medida su matrimonio fue un hijo del sol.

También la admiraba que el piso de Santa Catalina fuese tan coqueto, tan agradable pese a estar tan cerca de la tierra y sus ruidos. Vivieron en él de recién casados. Fue la primera compra que Marce y ella hicieron juntos antes de subir a las nubes del piso 15 de Chamartín.

A veces casi lloraba, o eso le parecía a ella, al recordar lo mucho que había querido a su Marce, y no acababa de entender qué había pasado, cómo se habían precipitado tantos acontecimientos en su vida, e incluso llegó a temer por su propia desaparición, su propia muerte. Pero de manera invariable se despertaba todas las mañanas, se preparaba el desayuno, y poco a poco fue volviendo al culto al sol, a disfrutar de la luz que se colaba por la cocina, del café recién hecho y de las tostadas con miel.

Le venía a decir a la muerte: «Me das igual, me resultas insignificante, no te tengo ni miedo ni nada, no siento nada ante ti, no creo que existas siquiera».

Irene agitaba su conciencia, su pensamiento, se embarraba en conjeturas que acababan en sarcasmo e ira.

«Hace frío, pero podemos desayunar en la terraza porque está el sol»; volvía a oír esa frase, ahora ya remota, esa era la frase de los inviernos, la frase que pronunciaba Marce, esa frase que le daba a la vida sentido.

«Está el sol», eso era suficiente. Afirmar que está el sol. Y salían a desayunar, dándose un beso y ofreciéndose una sonrisa.

Una mañana hizo un cálculo aproximado (tenía buenas habilidades contables, habilidades que le habían reportado mucho dinero en la vida ayudando a Marce con la tienda de muebles), y le alcanzaba perfectamente para vivir más de diez años, incluso quince, o veinte, a cuerpo de reina. Entendió que la muerte imponía no solo el final de todo, el final del matrimonio más mágico del universo, pues eso es lo que ella pensaba de los años vividos con Marce, sino también el sinsentido de las cuentas bancarias, ya que no iban a poder seguir gastando dinero juntos.

La irrealidad de la muerte y la irrealidad del dinero se aunaban.

La falta de consistencia.

La falta de gravedad.

Marce era un sistema gravitatorio.

Los sistemas gravitatorios son la vida.

Tal vez no hubiera un final para lo que tuvo un carácter mágico, porque su pasión amorosa seguía existiendo, estaba en todas partes aún. Y el dinero que habían acumulado también seguía estando allí. Marce no estaba, pero su dinero se había quedado.

No quiere recordar ese momento, el momento en que Marce murió.

¿Lo vio morir?

¿Lo vio morir, realmente?

¿Es visible la muerte, se hace visible cuando llega?

Para olvidar ese momento, el momento de su muerte, usa un remedio tonto. Piensa en su propia muerte, revelada en una dimensión desconocida: una vez muerta, no puedes disponer de tu dinero. Y tu dinero pasa a manos de desconocidos, incapaces de valorar el esfuerzo que te costó ganarlo.

El dinero, con la muerte de quien lo supo ganar, perdía identidad, regresaba a lo informe y despersonalizado.

Su marido no estaba, y sus manos no podían tocar el cuerpo de su Marce como lo habían tocado durante veinte años, y no podía vivir sin él, pero le había prometido que lo haría, porque antes de morir le había enseñado el lugar, el castillo secreto.

Irene pensó que nunca volvería a sentir ningún tipo de necesidad sexual, y vio en ese pensamiento una especie de fidelidad a su Marce que le dio estabilidad y le devolvió una quebradiza certeza, más un deseo de seguridad que una certeza. El haber tenido ese pensamiento le provocaba miedo y desesperación.

Sin embargo, por las mañanas, después de desayunar, meditaba sobre qué sería de su vida y sobre si alguna vez volvería a amar. Lo hacía casi de manera furtiva. Porque Marce aún estaba allí, con sus manos grandes, con sus ojos verdes, con su bondad y su sonrisa pacificadora.

Su corazón era un lugar confuso, iba del pánico a

la esperanza. Pensó que a muchos seres humanos les pasa lo mismo una vez cumplidos los cincuenta años, porque antes no puede verse el trazo del río de la vida.

Desde donde Marce estaba seguía sometiéndola a un huracán de ensoñaciones, de preguntas, de zozobras sin nombre.

Ella quería que fuese así.

La voluntad de Irene construía las cosas.

Su voluntad.

Su placer.

Al despertar, su pensamiento iba de Marce al mar, a la necesidad repentina de ver el mar. Como si el fantasma de Marce se hubiera metido dentro del mar y allí hubiera construido un refugio.

No tengo que dar cuentas a nadie de nada, se dijo una de esas mañanas, pues soy completamente libre de hacer lo que quiera, no tengo por qué estar aquí.

Presa de una alegría y una excitación del todo imprevistas, abrió el armario, sacó la maleta de tamaño mediano y puso dentro vestidos, blusas, ropa interior, un par de jerséis, el neceser, un pequeño arsenal con sus perfumes favoritos, sus cremas, sus polvos de maquillaje, sus pinceles, su perfilador de labios y algunas cosas más elegidas al capricho del momento.

Se subió a un taxi de una manera teatral, miró hacia el portal de su casa como quien se marcha para mucho tiempo y dijo al taxista que la llevara a la estación de Atocha, donde sacó un billete en preferente con destino a Málaga. Siempre hay billetes en preferente, pensó Irene.

Le dieron un almuerzo muy esmerado.

Una carrillera de ternera con vino Somontano.

Había un panecillo y mantequilla.

La visión de la porción de mantequilla la entristeció, no había encanto ni en el panecillo ni en la mantequilla, así que solo se bebió el vino.

Durante el viaje fue mirando en su teléfono móvil distintas opciones de alojamiento en esa ciudad hasta que se decidió por el hotel Málaga Palacio. Llamó, dio su tarjeta de crédito e hizo la reserva por tres noches.

Málaga la recibió con un tiempo cálido y un sol poderoso de principios del mes de junio que iluminaba las calles, la vida, las casas, sin dañar nada. Le dieron la habitación 1115 porque insistió en que quería una en planta alta.

Entró en la habitación y se dirigió rápidamente al balcón. Vio el mar a lo lejos, con esa luz que lo convertía en una plancha plateada, en una pared tumbada, y algo en su alma se erizó, como si de repente supiera que había acertado yendo allí, como si hubiera conectado con un espacio mágico en donde podía abandonarse sin miedo.

No tiene otra función este mar que la de darme alegría, pensó Irene.

Curar mis ojos, sentenció.

Sintió el aire húmedo, y había en esa humedad una mezcla de exaltación y desorden. Los mechones de su pelo comenzaron a rizarse, como si se volvieran esponjosos, y el color rubio de su melena se hizo más intenso. La humedad era exuberante, pero también pegajosa e incómoda. No era perfecta, la humedad era otra imperfección del mundo, y sin embargo, la embriagaba, la excitaba, la atemorizaba.

Eso le solía decir Marce, que el mundo estaba lleno de imperfecciones, pero que a los enamorados esas imperfecciones no los alcanzaban. Ahora ella estaba sola, y esa imperfección la asustaba.

Porque al lado de Marce nada conseguía desanimarla. Porque Marce apartaba la maldad de las cosas, quitaba la maldad de en medio para que ella pudiera sentirse protegida, a gusto con la vida.

El amor vuelve invisibles la fealdad y la maldad del mundo.

Observó la habitación y en todo halló buen gusto y armonía; eso la serenó. Se sintió bien allí, contemplando la luz, y sintiendo la brisa desde la terraza. No era brisa, era viento. Miraba el cielo y la cegaba. Creía haber encontrado un lugar prodigioso. Su ruidoso y pequeño piso de Madrid se desdibujó en su memoria. Como si estuviera naciendo de nuevo.

Será el efecto de este mar. O no, no es el mar, es la luz, siempre es la luz que cae sobre las cosas, la luz nos engaña, nos hace creer que las protagonistas son las cosas, pero es ella, la luz, porque lo que existe es la luz y no las cosas, y la vida es estar bajo la luz, pensó.

Y la sed de plenitud rozaba su alma, y esa sed se convertía en frustración. Estaba sola en el mundo. No le importaba a nadie.

Y ese *nadie* se convirtió en la libertad absoluta.

Pero la sed estaba allí.

Él calmaba esa sed, y ahora esa sed estaba desbocada. Marce sabía qué hacer con esas ansias desquiciadas de plenitud.

Subió a cenar a la última planta, donde estaba ubicado el restaurante. Como hacía un excelente tiempo, eligió una mesa en la terraza, al lado de la piscina, en la que unos adolescentes se bañaban, pero el agua estaba fría y no aguantaban mucho en ella. Reían y jugaban y dibujaban un espacio futuro en donde sus existencias resplandecían, porque tenían toda la vida por delante.

Ellos no saben que tienen toda la vida por delante, pensó Irene. Se sabe cuando ya no se tiene y entonces te enfureces, te angustias y no sirve de nada, y a Marce y a mí eso no nos pasó, porque eso solo pasa si no estás enamorado, eso es, y necesitas de la gente, porque es la gente la que acaba diciéndote que ya no tienes toda la vida por delante, porque cómo vas a saber que ya no tienes toda la vida por delante si no te lo dice la gente, si no te lo dice eso que hemos llamado *los demás*, la sociedad, la civilización, los países, las leyes, la realidad; bueno, una construcción posible de la realidad, porque hay otras, escondidas, hay otras, las que tú puedes crear con la fuerza de tu voluntad, si la tienes, si eres capaz, y por ser capaz no hay premio; bueno, algo sí hay, hay un poco, un poquito de libertad, también de odio o de rabia.

Pidió vino blanco y pulpo a la brasa a un camarero de piel oscura y de cabello negro. Vio sus manos acercándole el plato. Le pareció un hombre guapo. ¿Tendría esposa, familia? ¿Dónde? ¿Qué tipo de familia o de esposa o de casa se podía permitir con su sueldo de camarero?

Millones de preguntas hostiles, eso era ahora el mundo sin Marce.

Irene llevaba una falda negra, ajustada. Y una blusa blanca, transparente. La luz nocturna, la proximidad del mar, la terraza, la piscina al lado la conducían a una exaltación de la vida, a una cierta plenitud dudosa, tan benigna como maligna. Había elegido para esa ocasión el Iris Porcelana, un perfume que servía tanto para hombres como para mujeres, un perfume de violetas. La humedad seguía alterándola, conduciéndola a sensaciones extremas. Por un lado estaba feliz, por otro lado veía tantas cosas a su alrededor que reclamaban su atención que ese reclamo le producía desazón; fue entonces cuando vio a un hombre que acababa de llegar al restaurante. Se fijó en el acto, como si ese hecho de fijarse en él con tanta curiosidad y deseo estuviera previsto de antemano, llevara siglos esperando su cumplimiento.

Se quedó pensando en si la aparición de ese hombre era un milagro, en si seguiría existiendo lo sobrenatural, porque la vida que tuvo con su marido había sido mágica.

Fue de esas mujeres que decían «mi marido» y no «mi pareja», y cuando decía «mi marido» no solo nombraba el amor, también una forma remota de la firmeza, de los estados sólidos, que automáticamente expulsaba o derrotaba cualquier intento de otro hombre de acceder a su intimidad.

No era eso lo que quería ahora.

Siguió contemplando al recién llegado con insolencia. Tal vez fuese posible ver a Marce en el cuerpo de otro hombre, y comprendió que la existencia se reordena a cada instante, en una mezcla inmoral de olvido y de renacimiento.

Y vibró, su alma vibró con una alegría feroz que la extasiaba, cuya procedencia era el hombre que tenía delante, con el que no había intercambiado ni una sola palabra, ni siquiera conocía el tono de su voz. Simplemente, lo miraba.

Mientras lo miraba iba formando frases en su pensamiento; de repente pensó esto: si la vida quiere marcharse de mi cuerpo allá ella, si es capaz de cometer semejante estupidez, allá ella, no concibo una estupidez más grande. Me parece ridículo que la vida diga: «Me marcho de tu cuerpo». En cualquier caso, es algo que no me compete. Puede que nadie se haya enfrentado así a la muerte. Qué puede importarme dejar de vivir si eso, en cierto modo, es imposible.

Por tanto, si muero, que ya veremos, el problema será de la vida, no mío.

Vida, si abandonas mi cuerpo, tú pierdes, no yo.

Todo este racimo de pensamientos se lo produjo la contemplación de ese hombre al que no dejaba de mirar. De su cuerpo emanaba un hechizo, un camino, una fuerza. Los ojos de ese hombre, la piel, el cabello.

El cabello era importante.

Le caía sobre la frente un flequillo que adornaba el conjunto de su cara, como un telón teatral.

Deseó tocar ese flequillo.

Siguió mirando al hombre, casi con descaro: cómo había desenrollado la servilleta, las manos manipulando los cubiertos, el vino blanco en la copa, su camisa de color azul, el cuello leve de esa camisa, que se notaba bien planchada, el teléfono móvil a su derecha, la forma en que sonreía al camarero, cómo se abrían sus labios, acertó incluso a ver sus dientes, blancos, proporcionados.

Sus miradas se cruzaron varias veces, todo justificado bajo los accidentes azarosos que se producen en el restaurante de un hotel de cuatro estrellas.

Irene cayó en la cuenta de la estupidez de haber elegido un hotel de cuatro estrellas, pues sus finanzas le permitían hoteles de cinco estrellas, hoteles de lujo, porque ya era el momento de que el lujo invadiera su vida. Pero era el dinero de Marce, bueno, el dinero de los dos, y se sentía culpable de gastar todos aquellos ahorros ella sola. El dinero estaba en dos bancos, ahora solo a su nombre. Todo era suyo. Un asesor del Banco de Santander le había dicho que invirtiera en productos de riesgo moderado. La sometió a un pesado test para averiguar en qué perfil financiero encajaba. Si sabía de mercados, su nivel de estudios, preguntas así. Los bancos están obligados a hacer esos test, que tienen casi un carácter sanitario, son como pruebas médicas. Y su perfil era el del inversor moderado.

Ojalá existieran los hoteles de seis estrellas. De siete, de ocho, de quince, como quince eran las alturas del piso de Chamartín.

Mejor eso que el perfil moderado.

Sabía por qué en ese test del Banco de Santander había dado perfil de inversor moderado, asumiendo poco riesgo, pero aspirando a ganar algo.

Volvió a mirar al hombre.

Estaban cenando a la vez, era absurdo.

Calculó que el hombre tendría más o menos su edad.

Quizá fuese más joven que ella.

Sí, tal vez cinco años menos que ella: esa idea la excitó.

Aguardó a que le sirvieran el primer plato para cerciorarse de que ese hombre no estaba esperando a alguien, no estaba esperando a una mujer.

Irene se levantó de la silla y caminó hacia su mesa.

Y se plantó delante de él.

El hombre alzó la vista, se sorprendió y se la quedó mirando interrogante.

—¿Nos conocemos? —le preguntó a Irene, con una sonrisa y una ilusión puesta en esa sonrisa.

Ella necesitaba oír su voz, y esta le pareció armoniosa, una voz que se adecuaba a su presencia física. No la decepcionó sino todo lo contrario. Porque las voces de los seres humanos son importantes. Hay cuerpos hermosos que alojan voces ridículas. Hay voces hermosas que viven en cuerpos ridículos.

—No, creo que no nos conocemos. Estaba cenando sola y he visto que usted también estaba cenando solo.

Entonces el hombre se levantó y por fin Irene pudo ver su estatura y sus ojos, que eran azules y albergaban una mirada melancólica.

—Me llamo Julio, y trátame de tú, por favor.

—Mi habitación es la 1115 —dijo Irene marcando muy bien la fonética de los números para que se grabaran en su memoria como una contraseña.

Lo miró fijamente a los ojos y se marchó.

Eso había sido maravilloso, una danza de cuatro sílabas: once quince. Cuatro sílabas iracundas, feroces.

Firmó la nota para que cargaran la cena a su habitación, con lo que tuvo que repetir el número, esta vez de manera rutinaria, sin el énfasis del deseo.

Y desapareció del restaurante, con el corazón latiendo fuerte, dejando una estela de fuego y arrogancia, con los ojos brillando como cuchillos dentro del ascensor, con nervios en las manos, que no acertaban a sacar la tarjeta electrónica para abrir la puerta, con la mente encendida, pensando en las consecuencias de su atrevimiento.

La tarjeta electrónica le pareció disonante, vulgar, por qué esas tarjetas tan de plástico, después de haber interpretado tan altivamente la escena del número de su habitación esa tarjeta lo envilecía todo.

No era ella la que le fallaba a la fuerza de la vida, sino ese estúpido sistema de llaves electrónicas que usan todos los hoteles.

Tendrían que haberle dado una llave dorada, con adornos, con un llavero bonito, con las iniciales del hotel grabadas.

Entró en su habitación y le pareció que estaba helada.

No pienso dejar de hacer lo que me dé la gana en lo que me quede de vida, se susurraba a sí misma Irene con intención de ganar confianza en lo que acababa de decidir, y ese susurro le daba un tan extraño como inexplicable poder.

No conocía la densidad de la selva en la que se

adentraba, pero un impulso irrefrenable la guiaba; tampoco sabía qué había detrás de sus pensamientos desordenados, o quién.

Fue al cuarto de baño y se miró en el espejo, y se vio guapa, suficientemente guapa, suficientemente viva, daba igual que ese hombre viniera o no, era su atrevimiento lo que le ofrecía una poderosa sensación de vida y embriagaba su corazón.

Se gustó.

Se deseó.

Parecía un ángel batiendo las alas en medio de una habitación de hotel.

Se perfumó.

Mezcló perfumes.

Al Iris Porcelana le añadió Chanel n.º 5.

Se enfadó con ella misma.

Quería todos los perfumes de la tierra descendiendo por su cuerpo.

Eso no se hace, Irene, cómo puedes hacerte una cosa así, eso solo lo hacen las mujeres desequilibradas.

No se mezclan perfumes.

No se mezclan la noche y el día.

Se arregló el escote.

Se imaginó desnuda ante ese desconocido.

Se corrigió el maquillaje, palpó sus senos, aquellas dos materialidades de carne que definían su identidad biológica, aquellos dos caballos blancos que habían sido ofrecidos siempre al mismo hombre.

¿Caballos blancos, Irene?

¿Un solo hombre, Irene?

Eres una idiota.

Regresó entonces el recuerdo de Marce, e hizo que Marce se sentase en una trastienda de su corazón.

Quédate aquí, cariño, mi gran amor, te guardo dentro, pero ya no eres un cuerpo, espera aquí, en esta sala de atrás, ya no eres un cuerpo, Marce, ya nadie sabe lo que eres, pero yo sigo enamorada de ti, te sigo necesitando, y la necesidad es más importante que el amor; la necesidad es real; el amor es un adorno de la fea necesidad.

E Irene temblaba, intentando saber qué tenía que hacer ahora, y sobre todo quería saber cuánto tiempo debía esperar. Y entonces descendió sobre su alma un alud de dudas y sensaciones e ideas de las que no había sido consciente: cómo besar a un hombre después de veinte años besando siempre al mismo, cómo tocar a un hombre después de veinte años tocando siempre al mismo hombre, cómo confiar en un desconocido después de veinte años confiando en el mejor de los hombres.

¿En el mejor de los hombres?

¿Acaso era ella la mejor de las mujeres?

Pero vio que esas preguntas poseían también un triunfo de la vida, una caída en el abismo de la vida, y se dio cuenta otra vez de que estaba sola. Al final era esa la única certeza: estaba sola, porque Marce se había ido para siempre, se había marchado a ese lugar, a la luna, al cielo, al espacio profundo, a ninguna parte.

Pero cuándo se fue, Irene, cuándo.

La fecha, en qué fecha había sido.

La noche era hermosísima, había una luz de luna en el cielo que la quemaba por dentro. La vida lo golpeaba todo. A ella la vida la seguía golpeando. Pero a Marce no.

Sonaron en ese instante unos golpes en la puerta y su corazón dio un vuelco de alegría y de terror a la vez, luchando la una con la otra.

Sí, ha venido ese hombre, ha venido un hombre, hay un ser humano ahí, se dijo Irene, pero no sabía si estaba realmente preparada para abrir la puerta.

En escasos dos o tres segundos su mente dio cabida a todas las hipótesis, a todo cuanto podría ocurrir si decidía abrir la puerta, porque también podía no abrirla.

Y entonces su corazón volvió a iluminarse. Porque reparó en que ella era la dueña de su destino, que era absolutamente libre de hacer lo que quisiese. En cambio, ese hombre que había llamado a la puerta de su habitación no era tan libre como ella, pues ella lo había decidido todo.

Ella gobernaba el mundo, los vientos, los océanos, los astros, el bien, el mal, la luz, la oscuridad, la vida y la muerte.

Porque eso fue lo que Marce le había dicho siempre: «Tuya es la belleza de la vida, allí donde se suspenden el tiempo, los años, las décadas, los siglos».

Marce, su amor.

Volvió a caer en otro abismo: todos los misterios de la vida se resumen en un solo deseo, el deseo de seguir viviendo, de seguir almacenando ilusiones en el corazón, de modo que supo que iba a abrir la puerta.

No hubo ni una palabra, ni una sola palabra, porque ella no permitió que la hubiera.

Solo hubo un beso inmenso.

Un largo beso y el alma de Irene se convirtió en euforia.

Hubo, eso sí, antes del beso, una milésima de segundo en que ella gobernó el mundo y la vida, porque podría haber rechazado ese beso, podría haberse indignado y ese hombre hubiera hecho un espantoso ridículo.

Saboreó ese segundo de gloria.

La lengua de ese desconocido tocaba la suya y los dientes y el paladar, pero qué podían significar todas esas acciones de la lengua de ese hombre sino pasión.

Se sintió bienaventurada otra vez, incendiada por dentro, un ser a quien la vida concede motivos de celebración, un ser a quien la vida regala cosas hermosas, besos y alabanzas. Un ser a quien visitan de improviso una desconocida felicidad y el final del tedio, o de la vacuidad.

Ah, las alabanzas.

No conocía esta felicidad, cómo es posible, Irene, cómo es posible que no la conocieras, así que hay cosas en la vida que aún no conoces, ve a por ellas, eso haré, y todas estas palabras se sucedían en su corazón.

«Quién eres tú, Irene, quién eres tú», decía Julio mientras besaba sus manos.

Ella se dejaba adorar, en la adoración sentía un vínculo con la vida que justificaba su propia vida. Parecía que el tiempo se paraba. Todo alcanzaba sentido. La vida ganaba velocidad. La maleta, los zapatos, las bragas, la camisa de Julio, la mesa de la habitación, las toallas del baño, el cepillo de dientes, todo tenía sentido, todo abrazaba la existencia con motivo.

Estaban exhaustos sobre la cama, el balcón abierto, entraba una brisa de mar dulce y errática.

La luna iluminaba una zona de la habitación.

Irene miraba los brazos de Julio, y acudía a su pensamiento esa pregunta de «quién eres tú, Irene, quién eres tú», a la que se añadía otra pregunta, la de qué estaba haciendo ella allí.

Había ocurrido un hecho sobrenatural, un hecho que seguía vibrando en el corazón de Irene. Cuando estaba alcanzando la plenitud, antes de atravesar el orgasmo profundo, vio ante ella la súbita aparición de una escalera, y comenzó a subirla mientras sentía arderle la sangre en cada embestida de Julio, en la lengua y en los pies, porque aquel hombre le agarraba los pies y los besaba y los lamía con su lengua caliente, y cuando alcanzó el orgasmo, lo vio a él, al final de la escalera, como dentro de una nube de color amarillo, un amarillo envolvente e infinito, allí estaba él, allí estaba Marce, quien le sonrió y la miró con unos ojos que parecían estar viendo el infinito, y la visión duró justo el mismo tiempo que el orgasmo.

Lo había vuelto a ver.

Sintió la presencia de árboles, pájaros, nubes, y una confusión de los cuerpos celestes, que se volvían cuerpos celestiales.

El sol dejó de ser el sol para ser la luna.

La luna dejó de ser la luna para ser el sol.

La materia era una superstición, ¿era eso?

Potencias terrenales, potencias supraterrenales, vacío y pasado, futuro y plenitud, presente y sexo.

Allí estaba el señor de su delirio.

Y ella, la señora de todos los delirios.

La gravitación erótica de todo cuanto existe, el plan secreto de la materia, el Aleph, la brujería incesante, los brujos y las brujas, la materia, ese orden, la carne, ese resultado de la materia.

Gozó y en el gozo vio a su marido salir de entre los muertos, con el traje imaginario con el que le dieron sepultura, lo vio levantarse de entre millones y millones de muertos, al final de una escalera, saludarla con la mano escondida en la niebla y dedicarle una sonrisa del tamaño del corazón de una golondrina anónima.

Y desvanecerse.

Envuelto en llamas.

No le gustaron las llamas.

¿Qué hacían esas llamas allí?

Esas llamas quemaban su cuerpo.

Julio era un hombre de unos cuarenta y cinco años, de pelo castaño, de cuerpo atlético, un hombre amable, risueño. Se notaba que era un asiduo de los gimnasios, músculos bien proporcionados, ni una gota de grasa en el abdomen. Movía las manos de una manera especial, elegante, armónica. Tenía un ligero acento andaluz y se dedicaba al turismo, trabajaba para una consultora internacional con sede en Mallorca. Estaba en Málaga por trabajo. Había visitado unos apartamentos turísticos y tenía pendiente escribir un informe.

—Todo mi negocio y mi trabajo —decía con una cerveza Heineken en la mano, sacada del minibar— se basa en estudiar ese monstruo que tenemos delante, ese Mediterráneo, desde el balcón lo podemos ver.

Salieron juntos, medio desnudos, a la terraza, y se sentaron allí, en mitad de la brisa de un piso undécimo.

—Tengo frío, me voy a coger una chaqueta —dijo Irene.

La brisa era cada vez más fuerte, se veían las luces del puerto, e Irene aún temblaba, no de frío, sino de una sensación de plenitud, porque lo había vuelto a ver, porque no se había extinguido, porque estaba en algún sitio del que había conseguido regresar.

No estaba asustada.

No era tampoco una ilusión.

Estaba fascinada, encantada.

De dónde viene esta plenitud, se preguntaba, podría hacerme adicta a esta inesperada sensación y dejarme devorar por ella, se decía. No es la plenitud de cuando él estaba vivo, es otra, una diferente, pero plenitud también.

De dónde viene esta cumbre a la que he subido en un minuto, se interrogaba.

La proximidad de este hombre, sus manos, sus ojos, por qué cuando me mira este hombre yo asciendo a lugares que no sabía que existían, pero si solo es un hombre, o tal vez sea más que un hombre, mucho más que eso, ¿y si fuese un ángel?, un ángel de luz, más allá de su condición de hombre, más allá de mi condición de mujer, más allá de la condición de lo real, más allá de todo. ¿Existe un más allá de todo? No puede existir eso, la gente está de acuerdo en que esas cosas no existen. Puede que sea solo eso: un hombre deseando un éxito amoroso, un ligue, una aventura. ¿Un ángel? Madre mía, solo es un hombre cazando.

Cazar no es tarea de ángeles sino de sórdidos demonios.

Más allá de que tengamos naturalezas y roles sociales distintos, solo somos carne a la espera de placer, así nos concibió la naturaleza.

—Esta es la obsesión de la Europa rica, venir aquí, a contemplar este monstruo de placer llamado mar Mediterráneo —interrumpió Julio las cavilaciones de Irene.

Y en esas palabras, ella encontró la que andaba buscando, una muy sencilla, en la que no había reparado conscientemente: *placer*.

—Me dedico profesionalmente a buscar nuevos enclaves turísticos frente al Mediterráneo —continuó Julio—, y me gusta mucho mi trabajo.

—Si no te he entendido mal —dijo Irene—, tu trabajo consiste en buscar terrenos frente al mar en donde la gente encuentre placer.

—Exacto, así es. Investigo atardeceres, puestas de sol, paisajes, muchas playas, playas en las que te gustaría bañarte, senderos que lleven a esas playas, senderos con árboles, caminos con palmeras, con flores, con pájaros agradables, prohibidos los cuervos, sitios donde te guste estar, sitios que te den placer, pero no podemos decir esa palabra, usamos otras expresiones, por ejemplo, «Aquí, usted y su familia hallarán un oasis de tranquilidad y naturaleza», cosas así, trivialidades, pero no podemos decir la palabra *placer*, porque sigue siendo una palabra prohibida. En vez de *placer* usamos *paz*, o *descanso*, o *felicidad* si subimos de tono.

—No todas las playas son iguales, ¿verdad? —preguntó Irene.

—No, no hay dos playas iguales, no hay dos olas iguales, las playas son muy misteriosas, y a veces tengo que bañarme en las playas que investigo, eso sí que tiene su gracia, y es para saber si el baño es placentero, para saber, por ejemplo, si cubre enseguida o si hay que caminar mucho hasta donde ya te cubre y puedes nadar en libertad. No te puedes imaginar la cantidad de veraneantes vagos que hay en este mundo, gente a quien le jode tener que andar para que el agua le llegue al cuello; tampoco gusta demasiado que enseguida te cubra porque da sensación de peligro, la perfección es no andar mucho ni poco, jode, por ejemplo, andar bastante y luego encontrarte un promontorio que te obliga a seguir andando hasta que otra vez vuelve a llegarte el agua al pecho, ese tipo de playas las tenemos catalogadas como playas tramposas, desaniman al veraneante. También cuenta el tamaño de las olas, a veces tengo que estar una semana entera o incluso dos investigando la playa, porque las playas cambian según los vientos, y luego está el delicado asunto de la transparencia de las aguas, ese asunto es el rey de mi negocio, y que no haya algas, y sobre todo medusas, pero la transparencia de las aguas es lo más importante porque de ahí nace la fama de una playa. Las medusas son veneno para la taquilla de mi negocio, pero se las puede espantar. Ahora en Los Ángeles hay una empresa que está a punto de descubrir una onda ultrasónica que las ahuyenta. Ojalá les reventara el cráneo esa onda. Las medusas son odiosas. Con lo maravillosos e inocentes que son los mejillones y las conchas, en cambio esas malditas lo joden todo con sus picaduras.

Se rieron, se abrazaron, se besaron. Pero a ella esa risa en el fondo le hacía daño, porque era una impostura. Era un acto social. Tenía que interpretar un papel. No podía mostrarse tal como era. A lo mejor no era nada o nadie más allá de la convención de risas sonando al unísono. Reírse con ese hombre también era otra forma de soledad.

—No hay dos playas iguales, no hay dos amores iguales, no hay dos cuerpos iguales —dijo Irene.

—En cambio las medusas y las algas son todas iguales, un error de la naturaleza —dijo Julio con ironía y soltó una carcajada.

Se quedaron en silencio, y ambos fueron conscientes de que eran dos desconocidos. Y ese desconocimiento estaba encarnándose, como si una idea pudiera materializarse.

Julio la besó con ternura, intentando que el beso disipase el hecho de que eran dos desconocidos. Pero acaso la excitación se fundamentaba en eso precisamente.

Irene, a través de ese beso, volvió a sentir alegría y entrevió que esa alegría se iba a convertir en una obsesión; no en una obsesión, sino en una adicción. Esa alegría iba a causarle una adicción extrema. ¿Por qué alegría? Y entonces se sintió extranjera de sí misma. ¿Por qué estaba haciendo todo esto?

Por él.

Él.

Siempre él.

Porque él fue ella.

Porque ella gobernó en él.

Marce.

¿Y si no fuese así?, ¿y si lo hiciera solo por el placer?

No.

Lo hacía por él.

Por Marce, porque lo había visto en el cuerpo de otro. Era magia. La magia existe. El amor lo puede todo. «Amor constante, más allá de la muerte» era el soneto más célebre de la lengua española.

Irene se lo sabía de memoria, lo estaba recitando mentalmente, como una oración con capacidad para convocar algo sobrehumano:

Cerrar podrá mis ojos la postrera
sombra que me llevare el blanco día,
y podrá desatar esta alma mía
hora a su afán ansioso lisonjera;

mas no, de esotra parte, en la ribera,
dejará la memoria, en donde ardía:
nadar sabe mi llama la agua fría,
y perder el respeto a ley severa.

Alma a quien todo un dios prisión ha sido,
venas que humor a tanto fuego han dado,
medulas que han gloriosamente ardido,

su cuerpo dejará, no su cuidado;
serán ceniza, mas tendrá sentido;
polvo serán, mas polvo enamorado.

Ahí estaba escrita, o más bien anunciada, la venida de Marce de entre los muertos, Quevedo la vio, pensó Irene. Quevedo lo supo, lo sabía, lo debió de ver otras veces. Conocía el prodigio. No se puede inventar una cosa así.

Irene, deliras, solo es un maldito soneto escrito hace mil años por un poeta feo y loco. Y a lo mejor ni siquiera lo escribió él. Lo mismo lo escribió una mujer, una amante del propio Quevedo, si es que un hombre tan feo como Quevedo pudo tener amante.

—Dios salve a Francisco de Quevedo —dijo Irene en voz alta. Quevedo, esas tres sílabas, y ese soneto, todo estaba previsto desde hacía más de cuatrocientos años. Porque Marce había dejado su cuerpo, pero no su cuidado.

Exacto.

Y habrá sentido.

La hermosura de ese soneto la estaba embriagando.

Y volvió a ver el cuerpo desnudo de Julio.

Del soneto de Quevedo al cuerpo de un hombre en su plenitud, las nalgas, los brazos, las manos, el pelo alborotado.

Todo se mezclaba en la cabeza de Irene, a toda velocidad iban los pensamientos.

Los besos que se estaban dando, y las ganas de conversar que Julio tenía.

No es alegría, esa palabra es muy general, se dijo a sí misma. No, la palabra es *subidón*, esto es un subidón cósmico, euforia, adrenalina, esto es la gloria, esto es lo más alto del mundo, qué demonios es esto, porque se supone que tendría que estar llorando por los rincones de mi casa de Madrid, se supone que tendría que estar muerta de nostalgia, muerta de dolor, y sin embargo estoy muerta de ansia de que regrese por esa puerta que se ha abierto, porque he abierto una puerta y él está al otro lado, porque yo no me he vuelto loca, simplemente he encontrado la puerta.

Euforia, eso es.

Y era así, no estaba muerta de dolor ni se había vuelto loca, no solo su amor por Marce seguía fuerte y radiante ante ella, sino que lo había alojado en una habitación de su alma que ni siquiera sabía que existía.

—El Mediterráneo hace milagros —dijo Julio—. Es un mar muy misterioso, de ahí su éxito. Cualquier otro mar no sirve. El Mediterráneo es el jefe de los mares. El capitán general. El emperador, algo así. En otras palabras: el puto amo. Yo creo que tiene que ver con el sol. El sol cae sobre este mar de una manera especial, no lo hace así en ningún otro sitio del planeta, y dedicarse a investigar esto además está muy bien pagado. Pienso muchas veces en cuál es la singularidad de este mar, a veces creo tener la respuesta, pero otras no. Hay algo fundamental: la civilización. El Mediterráneo es interesante porque en sus costas se fundaron Grecia y Roma, y eso acaba siendo definitivo. Puede haber mares mejores, más hermosos, más paradisiacos, como los mares tropicales, pero no tienen a Aristóteles, o a Homero, o a Platón, o a Aquiles, o a Virgilio. Un mar sin civilización al lado pierde interés, porque solo es naturaleza. A la naturaleza le sientan muy bien la cultura, el arte y la filosofía, porque la mejoran. Eso es el prestigio. Una playa puede ser muy paradisiaca, pero si no sale en una novela, o en una película, no tiene prestigio. Los griegos y los romanos son los fundadores del turismo de calidad, de solvencia cultural. Si te bañas en el Mediterráneo, Aristóteles te mira. Si te bañas en el Caribe, no te mira nadie. O bueno, te pueden mirar los loros, o bichos raros de esos de la selva.

Se rieron los dos a la vez.

Una explosión de risas al unísono.

Era divertido que Aristóteles se dedicara a mirar cómo se bañan los turistas.

—Que te mire un loro tampoco está mal —dijo Irene.

—Yo prefiero que me miren Aristóteles o Platón —dijo Julio.

—Oye, y mujeres, ¿qué?

—Cleopatra —dijo Julio.

—Safo, la poeta griega —dijo Irene.

La idea de que investigar el Mediterráneo estuviera bien pagado generó una complicidad que los dos necesitaban, un vínculo con el mundo real.

Volvieron a besarse y a abrazarse. No abrazas tan fácilmente a un desconocido o a una desconocida, tal vez por eso la urgencia de Julio de conversar, porque el abrazo a un desconocido es como pisar el abismo: qué te hará ese hombre; será un buen hombre o será un demonio; es más fuerte que tú; podría matarte o humillarte; pero yo también podría gritar; no sé si deseo ese abrazo; me asusta y a él también le asusta;

que le asuste a él es una humillación de su alma, de su valor ante mí; que me asuste a mí es templanza y rigor; no quiero que me abrace porque me da pánico; quisiera ser abrazada por la bondad y no por un hombre; quisiera ser abrazada por mi madre, pero eso ya es imposible; si quiero que me abrace alguien, deberé aceptar este abrazo; la edad adulta es la edad en donde no eliges los abrazos; te avienes con el que primero quiere abrazarte o te quedas sin abrazo, eso es todo, eso es el tiempo y la vida; pero no es necesaria la lamentación; al fin y al cabo es un abrazo; y es imposible distinguir si te abraza Dios o el diablo mientras no existan las palabras ni los actos más allá del propio abrazo.

Julio tenía teorías sobre el mar que a Marce le habrían encantado. ¿Y si fuese Marce el que hablara por su boca? Todo se asienta en el prodigio. Bien pudiera ser que Marce y este hombre fuesen hijos del mismo hombre y de la misma mujer, hace cien mil años.

Irene le rogó a Julio que le contara más cosas sobre su trabajo, porque si lo oía hablar regresaba un sentido convencional de las relaciones humanas, un orden, una forma de respeto o de educación.

Que hable, así no pienso en mí, ojalá lo que diga capte toda mi atención, se dijo Irene.

—Al principio de dedicarme a esto, mis jefes me mandaron a Acapulco, a México; querían que investigara qué había pasado allí en el sector turístico, que hablara con empresas y directivos hoteleros mexicanos. Bueno, el caso es que me di cuenta de una cosa que a mis jefes les hizo mucha gracia: les vine a decir que sostenibilidad y placer eran insostenibles, valga el juego de palabras. Acapulco tiene hoteles a pie de playa, rascacielos a cuyos pies llega el Pacífico. Te puedes alojar en una suite frente al Pacífico por menos de cien dólares la noche en Acapulco. Y sin embargo, la gente no va. No va porque es barato, y el turismo occidental desconfía de lo barato, lo asocian a enfermedad y tercer mundo, a hoteles con vistas paradisiacas, sí, pero donde en cualquier momento te puedes encontrar un leproso o un sicario por la calle. El Pacífico es muy distinto al Mediterráneo. El Mediterráneo ama a los seres humanos. Al Pacífico los seres humanos le somos indiferentes. También es el colmo de la hipocresía que las clases medias europeas quieran ver el mar con las garantías ecológicas de que no se están cargando el medio ambiente ni están destrozando la zona con un urbanismo feroz. Placer y sostenibilidad, eso quieren. Entonces tendrían que quedarse en casa, sin ver el mar. Porque las clases medias occidentales son una plaga que aspira a ser considerada humanidad respetuosa con el medio ambiente. Las clases medias son la hostia, lo quieren todo, a mí a veces me matan de risa, una risa un poco negra si quieres. Porque en el fondo es para echarse a llorar, porque la hipocresía da mal rollo.

Julio hizo una pausa.

—Hay más cosas —continuó—, ahora este mar es también una fosa común, un cementerio marino para pobres, los migrantes mueren ahogados intentando llegar a Europa. Así que lo que para unos es un paraíso, para otros es el infierno. Muchas veces pienso en ellos cuando busco nuevos enclaves, los imagino abrasados bajo el sol y luego asfixiados por el agua salada; es una muerte monstruosa, es una tortura.

—¿Te ha puesto triste lo que has visto en la vida? —le preguntó Irene.

—Lo mejor que he visto en la vida eres tú —dijo Julio.

—¿Por qué?

—Porque solo eres vida, sin hipocresía, sin leyes.

Volvieron a reír.

—Y Grecia, imagino que te habrán mandado a investigar el Mediterráneo en las islas griegas —preguntó Irene porque había pasado un verano allí con Marce.

—Eso es otro nivel —dijo Julio—, ya te lo he dicho, eso es agua bendecida por la Antigüedad clásica; sí, he hecho trabajos allí, con empresarios griegos, allí el Mediterráneo se vuelve azul, y Grecia y sus islas, yo creo que son como la reserva espiritual del Mediterráneo, allí el mar es un exceso de existencia. Las islas griegas son un capricho de la naturaleza, parecen pecas en la espalda de un cuerpo hermoso. Parece como si la tierra engañara al mar, sometiéndolo a un laberinto de colinas que no puede alcanzar; allí están el mar Jónico en occidente y el mar Egeo en oriente, y no se sabe qué parentesco tienen entre ellos dos ni cuál es mejor, y luego hay un montón de hilillos de mar por todas partes. Creo que el mejor es el mar Jónico.

Era Marce, todo eso que estaba diciendo Julio era Marce. Cómo iba a decir Julio algo tan hermoso como que el Mediterráneo de Grecia representaba un «exceso de existencia».

Sin embargo, ese hombre no era su marido.

—¿Por qué el mejor es el Jónico? —preguntó Irene con sincera curiosidad.

—Porque Aristóteles Onassis era dueño de una isla llamada Skorpios y esa isla está en el mar Jónico. Aristóteles Onassis es la prueba del algodón en este debate. Si Onassis eligió el mar Jónico para vivir su historia de sexo con Jackie Kennedy, está claro que el Jónico era el más hermoso. Para saber qué es lo mejor solo tienes que mirar qué han elegido los más ricos del planeta, a no ser que sean tontos y tengan mal gusto, que muchas veces pasa.

Volvieron a reírse, esta vez fue una risa estentórea, y muy cómplice.

Sin embargo, no quería dormir con él.

Necesitaba estar sola.

Cómo decírselo, cómo decirle que lo quería muchísimo, pero que tenía que irse; por otra parte, era mentira que lo quisiese muchísimo, pues lo acababa de conocer. Sin embargo, habían hecho el amor, y por tanto se habían conocido de una manera intensa y comprometida. La idea de tener que dormir a su lado la estaba atormentando.

Necesitaba estar sola para ofrecerle a Marce todo cuanto había pasado, y quería recordar a Marce un buen rato, pero no conseguía recordar más que planos difusos de su vida con él, nada que fuese concreto, incluso el rostro de Marce ya era un plano desenfocado, no tenía relieve.

¿Por qué? ¿Por qué no lograba materializar el recuerdo de su marido, por qué la voluntad no consigue subvertir el tiempo y reírse de la física y de la entropía y de la materia?

¿Para qué sirve la voluntad entonces?

En ese momento vino en su auxilio un hecho trascendental: siempre habían dormido juntos y jamás de los jamases fue contemplada ni pensada ni remotamente concebida la idea de que hubiesen podido dormir separados en camas distintas.

Jamás habían dormido separados, y Marce, antes de quedarse dormido, como si fuese un rito, la rodeaba con sus brazos, en señal de unidad contra la hostilidad de las profundidades del sueño y de todas las pesadillas concebibles, porque puede que dormir juntos sea más relevante que hacer el amor.

Dormir juntos es una lucha común contra la oscuridad de la especie.

Como si se hubiera adentrado en sus pensamientos, Julio se puso los pantalones y la camisa. Y el reloj, y ese fue un momento importante, porque Irene se dio cuenta de que se lo había quitado para hacer el amor, como Marce, que hacía lo mismo. Se fue al cuarto de baño, y al minuto dijo que tenía que marcharse; se cogieron las manos, se besaron, se intercambiaron los números de teléfono, Julio le dio su tarjeta, Irene no porque no tenía tarjeta, y se cerró la puerta.

Al fin Irene se sintió libre.

Se acostó encima de la cama con el balcón abierto, y era muy agradable la brisa que entraba. Necesitaba ahora regodearse en todos los detalles de lo que había pasado esa noche. Abrió la nevera del minibar y se bebió un sorbo de whisky, y el alcohol entró en su sangre y arrebató su corazón: seguía habiendo una enorme belleza en la vida.

Estaba exaltada, pero también la mortificaba haber estado con un hombre que no era Marce. La solución era sencilla. Ella lo convertiría en Marce. El reloj, sí, qué reloj era. No era un Santos de Cartier, con la esfera de oro y el brazalete de acero, como el que ella le había regalado el día de la boda. Volvió a acelerarse su corazón, pero qué clase de ser humano era, no estaba sintiendo el vacío y el miedo que debería sentir tras la pérdida de su marido, que era el ancla de su existencia; de nuevo asomó la confusión en sus ideas, pero de forma pasajera, pues quién era ella para juzgar las entrañas de su propia alma, al fin y al cabo en el alma humana el bien y el mal no dejan de ser meras supersticiones, y ese hombre la había amado, y no hay nada más en la vida, y además, allí había sido la gobernadora de esa relación, de ese encuentro sexual, ella lo había decidido todo. *Gobernadora*, qué palabra más masculina, pero ahora era una palabra femenina. Ella gobernaba más que el mayor de los gobernadores. Y el nombre de la empresa de Julio era nada menos que Inmobiliaria e inversiones Paradise, S. L.

Se tapó con la sábana.

Qué clase de mujer era.

Pero ¿existen clases de mujeres y clases de hombres?, ¿no forma parte todo eso de la vanidad? Para la vida no existen clases de nada, sino cuerpos que respiran, biologías que transitan un planeta sin significado posible más allá de la supervivencia.

En el soneto de Quevedo no había ni hombres ni mujeres, ¿qué había entonces en ese soneto? Tal vez solo música, sílabas sonoras, una canción que hipnotiza, un misterio resuelto. La forma de resolver el misterio de la vida en el soneto de Francisco de Quevedo era inventar otro misterio.

De un misterio a otro más nuevo, más reciente, menos frecuentado.

No necesitaba hacerse preguntas cuando Marce estaba a su lado. Porque Marce era una respuesta global a todo. ¿Y si en el fondo ella fuese una mala persona? Las malas personas existen. No hay problema en ser una mala persona si nadie se entera. El problema es que la gente se entere.

Ser una mala persona ya no es algo objetivo, a no ser que seas un asesino, conjeturó Irene. Ser un asesino está claro, pero ser egoísta, pensar siempre en ti, obsesionarte con tu placer, eso es difícil de juzgar.

Qué bien que se hubiera marchado Julio. Si aún estuviera allí, no podría idealizarlo, y además sentiría miedo y se pondría nerviosa.

No se puede estar nerviosa todo el rato.

Pero si eres la gobernadora, se decía Irene, cómo va a tener miedo una mujer que dicta leyes y deseos que obedecen hombres guapos y honrados.

Fue todo tan rápido..., miró la hora en el reloj, su reloj, que era un Bulgari que le había regalado su padre: en total toda su aventura no había llegado a las dos horas, lo decía su Bulgari, y del Bulgari pasó de nuevo al Cartier de Marce, y ahora tenía toda la noche para gozar de su éxito, que no era el de haber conquistado a un hombre —y uno de gran solvencia laboral, lo que le produjo mucha confianza en sí misma—, sino el de haber sentido la furiosa sombra de la libertad en su cuerpo vagando en el espacio sideral y cósmico a la búsqueda de él, del que está entre los muertos, pero no está muerto. Solo está con ellos, los acompaña, pero no está muerto, porque pudo verlo, lo vio allí, al final de la escalera, sonriendo.

Lamentó no haberse fijado en el reloj de Julio. Su mente iba veloz, de una cosa a otra. Antonio, ese era el nombre de su padre (le daba miedo recordar a su padre por su nombre), el Bulgari, el dinero de su padre, Julio, el Mediterráneo, todo le azotaba el pensamiento, como ráfagas feroces de viento helado. El día que fue a una relojería de la Gran Vía madrileña a comprar el Cartier para Marcelo. El director de la tienda. La dependienta que abrió la vitrina y comenzó a colocar los relojes delante de su padre pensando que el reloj era para él. El director, que adivinó el error de la dependienta, enseguida prestó atención a Irene y le explicó con mucha amabilidad la historia de la colección Santos de Cartier. Creada en 1904. El primer reloj de pulso masculino de la historia. Casi tenía cien años ese reloj que su padre se estaba probando para ver qué tal quedaría en la muñeca de Marcelo. Le explicó la originalidad de la caja cuadrada. Puro diseño. Pura fantasía. Los relojes eran redondos, pero Cartier los hizo cuadrados. Y la esfera blanca, y los grandes números romanos y las agujas azules y los tornillos en el bisel. Y le contó la historia del aviador brasileño Alberto Santos Dumont. Ese aviador era amigo del fundador de la casa, el joyero parisino Louis-François Cartier. Un día, cenando en el célebre restaurante Michaud, el aviador le explicó a Cartier que era imposible consultar la hora en pleno vuelo, tenía que soltar el timón para sacar el reloj de su bolsillo, y lo importante que era saber la hora allá arriba, mientras pilotabas, al lado de las nubes. Irene estaba embrujada con esa historia. El resultado era el Cartier que ella tenía ahora entre sus manos. Los tornillos son para que no se escape el tiempo, pensó Irene. Los números romanos, porque los romanos inventaron el tiempo. Las agujas azules porque azul es el mar y es el cielo.

Era el reloj perfecto para su Marce.

Volvió a recordar el soneto de Quevedo. Claro, le estaba perdiendo el «respeto a ley severa». Estaba cruzando las aguas frías, o las cruzaba Marce, daba igual. También era un poco confuso ese maldito soneto de Quevedo.

—Joder —gritó Irene—, no se sabe muy bien qué dice Quevedo.

Salió a la terraza, y la noche estrellada, inmensa, la hipnotizó, la sedujo, y al mismo tiempo se sintió dueña de los millones de estrellas que pueblan el universo.

Y delante tenía el mar Mediterráneo.

Y estaba viva.

Se palpó los senos, se tocó el pelo del pubis, se tocó el clítoris, era la carne y su concreción en formas, que se convirtieron en palabras, y las palabras contenían terror y deseo.

Era su cuerpo.

Un éxito de la vida.

Hay mujeres que no se tocan como yo me toco, pensó.

Me toco por asombro ante mí misma.

Estoy asombrada de lo que soy.

Cómo es posible que yo sea, se preguntaba Irene, que sea un cuerpo, carne, venas, alma.

Pero cómo no me he fijado en su reloj.

Volvió a tocarse.

Aquí ha estado ese hombre.

Podía sentir que estaba viva, ese endemoniado milagro de estar vivo, ese presente que parece invencible y que es lo único que existe. El tiempo presente es el misterio, porque el misterio del tiempo pasado es que fue tiempo presente, y el misterio del futuro reside en que devendrá en tiempo presente.

Volvieron a su pensamiento las palabras de Julio: allí el mar es un exceso de existencia.

Volvieron escenas de un viaje a Grecia, imágenes de una oncóloga con pecas en los hombros que les traía malas noticias, recuerda Irene, pecas formando un archipiélago caprichoso y laberíntico. Porque Grecia es un país donde el agua es más importante que la tierra, tal vez el único país de la Tierra en donde eso ocurre, como para ellos fue más importante el amor que el tiempo.

El amor es el agua.

El tiempo es la tierra.

Cuando Irene despertó eran las ocho y cuarto de la mañana, y había dormido bien. Abrió los ojos y la sensación de plenitud seguía a su lado, no se había marchado, no era una ilusión, no era una superstición.

Las sábanas blancas envolvían su cuerpo, y estaba bien allí, en medio de un océano de almohadas y caricias.

Apretaba con los dedos índice y pulgar las sábanas blancas, como queriendo que la materia de la que estaba hecho ese tejido entrara en ella.

Las sábanas son misteriosas, pensaba Irene, y las volvía a palpar. Las sábanas respetan la soledad de los seres humanos.

Una orgía de sábanas blancas.

La única compañía que acaba teniendo un cuerpo es una sábana.

La gran conquista del bienestar, de la limpieza, los colchones grandes, años de investigación en el mundo del descanso, muelles, fibras, materiales de vanguardia, podía sentirlo todo.

Se duchó y estuvo mucho rato bajo el agua, cambiando las temperaturas, agua fría y agua caliente, de un extremo a otro, la fontanería de ese hotel iba a las mil maravillas, y la alternancia de agua fría y caliente le daba placer, y todo contribuía a su bienestar profundo, ¿por qué le estaba pasando todo esto?, ¿había descubierto una región escondida de la soledad donde todo era complacencia y resplandor porque había una escalera y él estaba allí, al final de esa escalera?

Otra vez el verso de Francisco de Quevedo: «su cuerpo dejará, no su cuidado».

Se hizo subir el desayuno a la habitación.

Miró el WhatsApp y había cinco mensajes de Julio: palabras dulces, palabras de enamorado, mezcla de erotismo y enamoramiento pasajero.

Se sonrió leyendo los mensajes porque todos eran falsos, todos contenían declaraciones amorosas que se desintegrarían como el hielo ante el sol si la vida las pusiera a prueba.

Si enfermara, no me cuidaría, se dijo a sí misma. Si me viera en la necesidad, no me prestaría una casa o cincuenta mil euros. Tal vez cincuenta euros sí. Como mucho cien. Con suerte, doscientos. Justo el precio de una puta de cierta calidad.

Si me viera en chándal todas las mañanas preparando el café, dejaría de empalmarse.

Si me viera sufrir, no tendría tiempo para escucharme.

Si me viera morir, no querría acompañarme ni a la muerte ni a la nada.

No bebería mi nada como yo bebo la nada de Marcelo todos los días.

Desayunó mientras sometía su pensamiento a un laberinto hipotético, y creyó ver a Marce al final del laberinto.

Marce, ¿quién eres ahora?, ¿y en qué quieres que se convierta tu viuda? Los muertos no podéis desear ya nada pero estás allí, en la escalera.

Julio le dijo que no estaba casado, como si a ella eso pudiera importarle; en cualquier caso, le pareció un gesto de buena voluntad.

Si no estás casado, me alegro por ti. Y si lo estás, me alegro por ti también, eso pensaba Irene, como si hubiera llegado a un pacto nuevo con las cosas por el cual los hechos no tuvieran relevancia, tal vez solo tuvieran relevancia el placer y el deseo.

Freud, exclamó Irene, sin darse cuenta.

Claro, es Freud, todo es Freud.

Dios mandó a la Tierra primero a Jesucristo, y luego se dio cuenta de que había metido la pata hasta el fondo, y entonces mandó a Freud, pero ya era tarde.

Demasiado tarde.

Y el médico austriaco hizo lo que pudo, que no fue mucho.

Le vino a la mente Sigmund Freud como si esas dos palabras resolvieran un enigma histórico.

Miraba su cruasán con mermelada, cómo esta brillaba con oscuridad, pues era una mermelada de ciruelas, de una textura grumosa, que se extendía con torpeza sobre la planicie abierta del cruasán.

La oscuridad de la mermelada de ciruelas era una promesa, había tanta belleza allí, morir con la boca llena de mermelada de ciruelas.

Hay mermeladas claras y seguras y mermeladas oscuras y misteriosas. ¿Quién fue el primer ser humano que concibió las mermeladas, la transformación de las frutas en mermelada?

La transformación del sexo en amor era lo mismo.

Rio, Irene rio.

Y el Mediterráneo allí delante, inamovible.

Freud, volvió a repetir, pero esta vez en voz baja y con una sonrisa desquiciada.

Mientras bebía su zumo de naranja decidió que alquilaría un coche, llamó a la recepción y allí le indicaron cómo hacerlo.

¿Qué coche elegiría?

Miró la página web de la compañía y se enamoró de todos los coches que veía. Naturalmente, eligió el más caro, el más deportivo, el más intrépido, el más veloz, el más intenso.

—Ay, los coches pueden ser intensos —dijo en voz alta Irene, en medio de la habitación, y ella misma se quedó asombrada de haber dicho eso, como avergonzada, como si estuviera delirando.

Llamó a la empresa de alquiler de vehículos especializada en automóviles de lujo y le propusieron varios modelos de alta gama y escogió un Alfa Romeo, porque le gustó el diseño y el nombre de la marca y porque era descapotable. Le explicaron por teléfono las principales funciones del cuadro de mandos, en especial el GPS y los avanzados mapas de carreteras que se veían en la enorme pantalla. También le gustó que la pantalla fuese grande, como un ordenador portátil. Pagó con la tarjeta y dictó los números de su Visa y se subió con la imaginación al Alfa Romeo.

Todavía tenía que ir a recogerlo.

Le dijo mentalmente a la voz del ordenador del Alfa Romeo: «Quiero ir a Roma».

Y el ordenador de a bordo trazaba el trayecto que iba de Málaga a Roma.

Entraron más wasaps de Julio.

Tal vez le contestara luego, mandándole el nombre de un hotel y el número de una habitación.

No se puede amar así a nadie, con nombres de hoteles y números de habitaciones.

Cogió un taxi y se fue a buscar el coche que había elegido.

Alfa Romeo, esas dos palabras parecían un destino.

Ella sería Alfa y el mundo entero sería Romeo.

Un BMW 840 Cabrio fue el coche que alquiló finalmente Irene, porque el Alfa Romeo que había visto en la web no estaba disponible, después de tanta ilusión y tantas explicaciones que le habían dado por teléfono.

Tras haber visto un destino fabuloso en esas dos palabras, en Alfa y Romeo, haber visto allí una forma apetecible de vida, una alineación cósmica de los planetas, todo se disolvía en un problema de stock.

Irene se enfadó, se sintió estafada, por qué anuncian cosas que luego no están disponibles, todos mienten, todo es una enervante mentira.

El encargado, un hombre afable de unos cuarenta años, pelirrojo, le dijo que era mejor el que se llevaba. Bueno, eso era un consuelo.

Lo alquiló por un mes.

Podía devolverlo donde quisiera, en cualquier ciudad o país europeo, no había ningún problema que no se arreglara con un pago extra.

Marce, qué quieres que haga con el dinero, se preguntó Irene, si no tuvimos hijos a quienes darles esa alegría, no querrás que se lo deje al Estado español para que se lo gaste en sueldos ministeriales, en cenas ofrecidas a mandatarios extranjeros, en viajes en aviones privados de los ministros del Gobierno, o que se lo dé a una ONG, Marce, dime, para qué quiero nuestro dinero si tú no estás. Ojalá desaparecieran todos los países de la Tierra como muestra de respeto y luto por tu muerte. Es lo mínimo que podía haber hecho el mundo para honrarnos: desaparecer.

¿Qué quieres que haga con el dinero y nuestros recuerdos?

—Siéntese, pruébelo si quiere, está para estrenar, solo tiene cuatro mil kilómetros —dijo el encargado.

—Si tiene cuatro mil kilómetros ya está estrenado —observó Irene.

El encargado se sonrió, y le pareció una observación inapelable.

Irene se subió al coche.

Olía a nuevo.

¿Dónde inventan y fabrican ese olor a nuevo de los automóviles?, se preguntó, porque es un olor adictivo, quién fabrica ese olor, debe de haber gente investigando el olor a nuevo de un automóvil.

Ese olor a nuevo era un bautismo.

Cerró la puerta y allí dentro se sintió a salvo del olor a viejo, pues el mundo olía a viejo, pero allí dentro olía a nuevo. Miraba al encargado, que le sonreía, pero mostraba también cierta inquietud al ver que Irene se demoraba en salir.

Comenzó a divertirle la ironía que había en el hecho de que no estuviera disponible el Alfa Romeo y sí este BMW. Tuvo la certeza de que este coche le gustaba más de lo que le habría gustado el otro, y pensó que la mano de Marce había estado detrás de este asunto.

Necesitaba ver la mano de su difunto en todo lo que le pasaba, para que así las cosas tuvieran sentido, sucedieran por alguna poderosa razón.

La mano.

Ver su mano.

Cómo echaba de menos esa mano.

Una poderosa razón detrás de cada acto. Cómo se puede vivir sin una necesaria razón en cada acto. Una razón inmensa en cada acto. Cada acto recibiendo la causa más grande jamás concebida, incluso un parpadeo o el movimiento de un dedo, cargados ambos actos de complejísimas razones que regalan todas ellas euforia y libertad.

La mano que era una voluntad.

Todas las cosas que hicieron juntos y que fueron la vida.

La mano que la sujetó siempre y que ahora ya no estaba, y al no estar esa mano su vida era lo que buenamente el azar le fuera trayendo.

Las cosas que hicieron juntos, sí, pero cuáles fueron en realidad: ¿fueron los viajes o fueron las conversaciones o fue la entrega o fue la lealtad?, ¿qué fue?

El salpicadero prometía un futuro espléndido, lo mismo que la enorme pantalla de ordenador, lo mismo que el cuero de los asientos, la caja de cambios automática, el volante, la guantera, la multitud de mandos que allí se congregaba en una fiesta de olor, tecnología y promesa de una vida interesante.

Marce, Marce, mira qué coche me voy a alquilar, y pensar que lo podríamos haber hecho juntos y ahora lo voy a hacer yo sola. Y el alma le tembló, y regresó la angustia, la falta de sentido.

Si él no podía ver el coche, el lujo de ese coche, todo era inútil, hostil, ingrávido.

Y todo el salpicadero y todo el lujo del interior cobró de súbito un aspecto amenazador y extranjero.

Y mientras pensaba en Marce sintió que aún llevaba dentro el semen de Julio, una expresión concreta de la ceguera y de la mudez de la naturaleza, y pensó que todo acababa igualándose, que la naturaleza se dedicaba a igualar aquello que los seres humanos pensaban que era diferente.

Exacto, pensó Irene ya dentro del coche, eso hace la naturaleza, nos dice que nuestra identidad social es un delirio y que nuestra identidad biológica es un azar que se diluye en corto tiempo.

Al final el encargado, que se llamaba Leopoldo, golpeó la ventanilla y dijo que tenía que explicarle cómo funcionaba el coche, pues estaba lleno de detalles.

Leopoldo era pelirrojo, con nariz aguileña, con barba de dos días y camisa blanca acompañada de corbata azul. Sin americana porque hacía calor. Pudo ver su reloj cuando acercó el brazo a la ventanilla. Era un reloj negro, un Casio de cuarzo.

Bajó la ventanilla y le dijo a Leopoldo:

—Marcelo, me encanta este coche.

Leopoldo le dijo que no se llamaba Marcelo. Sonrió con amabilidad, con cortesía.

—No es la primera vez que me llaman Marcelo —añadió con unos ojos verdes que se iluminaban al recibir la sangre de un fantasma, pero había mentido, una mentira profesional, de vendedor, porque sí que era la primera vez que confundían su nombre con el nombre de Marcelo.

2

La herencia de Federico Fellini

Marcelo vino a este mundo en Roma, hijo de un español y una italiana. Su padre se llamaba Victoriano Mora, había nacido en Madrid y era carpintero, ebanista de oficio, exiliado tras la guerra civil. Atrás quedaron la madre —alguna carta suya llegaba de vez en cuando— y la tumba del padre, Matías, malherido en un bombardeo y enfermo de tuberculosis, una tuberculosis hija de las desgracias, de la miseria y de las humillaciones.

El nombre de Victoriano se transformó en Tory, pues así lo acabaron llamando sus amigos romanos. Tory trabajó como diseñador de decorados en los célebres estudios de Cinecittà, haciendo casas, templos, columnas, muros, caminos, edificios de cartón piedra para las películas que en los años cincuenta y sesenta del siglo pasado se rodaban en la Ciudad Eterna.

Tory fue uno de los carpinteros más alabados en Cinecittà, especialmente por su buen trabajo en *Ben-Hur*. Hay en alguna parte una foto de Tory y otros compañeros de los estudios con Charlton Heston en el centro. Todos los productores querían que estuviera en sus equipos. Enseguida entendía lo que los directores buscaban, pues lo que anhelaban todos era construir una verdad sobre una mentira, y a Tory eso le parecía algo asumible, algo que, aunque no sabría explicarlo, resumía todo cuanto había visto en la vida. Quizá por eso se le daba tan bien. Especialmente era lo que había visto y seguía viendo en su país de nacimiento. Y lo mismo veía en Italia. Veía la construcción de los Estados y de los países como un decorado de cartón piedra, eso era la España franquista, pero eso era también la Italia que tenía delante todos los días. Y dedujo que era así en todo el mundo.

El mundo entero era así, excepto su matrimonio.

Tory se casó, ya mayor, con una siciliana, de nombre Valeria, y ya mayor tuvo a su primer hijo, y después a su hija.

La lengua castellana fue su legado. Siempre hablaron en español. Marcelo había aprendido la lengua de su padre mejor que el italiano, que era la lengua de su madre, del colegio y de sus amigos.

Tory le enseñó la literatura del exilio: le hizo leer a Antonio Machado, a Max Aub, a Francisco Ayala, a Rafael Alberti, a quien visitaron alguna vez en el Trastévere, allí el autor de *Marinero en tierra* tenía una casa, y a María Zambrano, a quien también conoció de niño, porque la filósofa española vivió en Roma. María Zambrano le regaló una vez dos caramelos. Eso lo recordaba, porque eran dos caramelos muy viejos, que no sabían a nada.

—Ven, niñito, ven, que te voy a regalar una cosa.

Y Zambrano depositó dos caramelos rancios en su mano inocente.

El escritor español que más le gustaba a Tory era Cervantes. Y después, Pío Baroja y Machado. También se aprendió de memoria los sonetos de los poetas del Siglo de Oro. «Amor constante, más allá de la muerte», de Francisco de Quevedo, era su favorito y siempre lo recitaba.

Aun así, entre los libros y el cine, siempre triunfó el cine.

Tory llamó Marcello a su primogénito porque se quedó fascinado cuando vio la interpretación del actor Marcello Mastroianni en la película *La dolce vita* de Federico Fellini. Tuvo como una iluminación: ya que el mundo era una ilusión, o mejor, una convención política, al menos que triunfasen la comedia, el juego y las sonrisas.

Adoraba a Fellini. Le fascinaban las imágenes, le daba igual lo que significaran sus películas, tal vez eso era lo de menos. A Tory le embrujaba la rareza de los rostros y de las cosas que se veían en las películas de Fellini. Era como un encantamiento, también un bálsamo.

Le hipnotizaban esos personajes tan llenos de vida, de una vida distinta, ajena a las vidas normales. No le molestaba que la gente de carne y hueso no fuese como la gente que salía en las películas de Fellini. Eso era lo que decían los empleados de Cinecittà: «Ese Fellini, de qué demonios habla en sus películas, la gente no es así». Y luego estaba la música de Nino Rota, que le hechizaba el alma. No hizo falta que se comprara sus discos porque era el propio Rota quien se los regalaba con una dedicatoria escrita con rotulador. Los rotuladores acababan de aparecer en el mercado, y a Tory le llamaban la atención por su trazo grueso, por el color azul, por la facilidad con que se deslizaban por todo tipo de superficies.

Tenía largas conversaciones con Fellini, y Fellini le tenía cariño. Hablaban de España, de Italia. A Fellini le interesaban mucho las cosas que Tory le contaba de la guerra civil española. Fellini quería entender qué demonios había pasado en Madrid, en Barcelona, en Sevilla, en Valencia. No lograba explicarse cómo todo un pueblo, en vez de elegir la vida y el placer, había elegido la miseria y la muerte.

—*Ma perché hanno scelto la miseria e la morte?* —le preguntaba Fellini.

—*È che non lo so, Federico, non lo so* —le contestaba Tory.

Eran, además, de la misma generación. Tory tenía un año más que Fellini. Tory le recitaba a Fellini el soneto «Amor constante, más allá de la muerte» en español. Luego se lo explicaba en italiano, pero a Fellini le daban igual las explicaciones, porque lo que decía ese soneto Fellini ya lo sabía, lo que no sabía es cómo sonaba en español lo que él ya sabía.

Una vez Tory le llevó un libro de Francisco de Quevedo donde aparecía una imagen del poeta, y Fellini dijo que no entendía cómo un hombre tan feo y con esas gafas tan horribles podía escribir un soneto tan bello. Entonces Tory se quedó mirando las gafas gruesas y de pasta de Fellini, y Fellini se dio cuenta y los dos estallaron en una carcajada.

A Tory Mora le cambió la vida Federico Fellini,

aunque no entendiera muchas cosas de su cine, a lo mejor no hacía falta entender nada.

—Para qué entender la vida, ¿verdad, Federico? —le decía Tory.

Fellini y la muerte desgraciada de su mujer, Valeria, las dos cosas a la vez, complementándose.

Fellini le hizo sentir la vida como un lujo incesante. La muerte de Valeria, que sucumbió a un voraz melanoma sin alcanzar los cuarenta años, lo llevó poco a poco, sin que nadie se diera cuenta, al alcoholismo.

Fue un alcoholismo melancólico, pacífico y silencioso, como un barco antiguo que pesadamente entra en un banco de niebla del que no saldrá jamás. Una manera amorosa de decirle adiós a cuanto había amado, aunque hubo una herejía en el corazón de Tory, y era el alcohol el que mitigaba el escándalo de esa herejía, y esa herejía se basaba en que había amado más a su mujer, Valeria, que a sus dos hijos, Marcello y Paola, que quedaron a partir de entonces solo a su cargo.

Bañaba esa herejía en whisky y vino.

No acababa de entender su herejía, su preferencia por una verdad sentimental por encima del mandato biológico. Pero no pueden ser juzgados ni corregidos los sentimientos más profundos de un ser humano.

Creía que seguía teniendo delante a su mujer, a su Valeria.

Se sentaba a la mesa de la cocina y la veía tomar café.

—Te quiero —le decía ella.

Veía cómo soplaba sobre el humo del café con esa gracia que ella tenía y que ya nunca volvió a ver en los labios de nadie.

Marce también se acordaba mucho de su madre, a pesar de que había muerto cuando él tenía solo nueve años. No sabía, en realidad, si eran recuerdos suyos o recuerdos edificados sobre las historias que le contaba Tory, pero daba igual. Había un montón de fotos y recuerdos de Valeria en la casa del Testaccio.

El amor de Tory hacia Valeria se metió en el alma de Marcello, esas cosas se meten en el alma de los hijos, aunque el padre no era consciente, nunca lo fue, de que esa herejía la hubiera heredado su hijo mayor.

Tory quería que su hijo conociera España, y de paso quedarse solo en su piso del Testaccio, necesitaba estar solo, a solas con su memoria, en una celebración del pasado, para que su derrumbe y su caída en un hondo silencio fueran invisibles. Un deseo de soledad que estaba lleno de egoísmo. A Paola la mandó a un internado en Suiza, gracias a una gestión del propio Federico Fellini, que fue testigo de la devastación en que lo había sumido la muerte de su esposa y quiso ayudarlo con la educación de su hija pequeña.

Tory jamás hizo alarde de la amistad con Fellini. Para él era un amigo. Tory desconocía la vanidad, muchos seres humanos viven sin vanidad, porque la vanidad no acrecienta la vida ni la adorna ni la fortalece; la vanidad solo es carencia de pasiones. Y eso Fellini lo sabía, de modo que cuando Fellini pasaba ratos con Tory paseando por Via Margutta y por la Via del Corso y por la Piazza di Spagna descansaba de ser Fellini, cosa que le costaba mucho, pero cuando lo lograba se sentía bien, libre, desencadenado.

Marcello se fue a vivir a Madrid, donde Tory conservaba una hermana soltera, con problemas de salud y ya anciana. Era la tía Alicia, que vivía en un piso en el barrio madrileño de Usera. La tía Alicia, que se desvivió por su sobrino, tenía cinco años más que Victoriano, pero Marcello vio en ella un parecido físico que le daba seguridad y protección. El chico se matriculó en la Facultad de Bellas Artes y se convirtió en Marcelo, perdió una ele, castellanizó su nombre, pero echaba de menos Roma. Vivió un par de años con su tía y se dedicó a conocer Madrid y España. Estaba a punto de volverse a Italia para pasar unos días con su padre cuando recibió una llamada urgente con la noticia de su muerte, de un infarto provocado por su alcoholismo. Una mañana ya no se levantó. Tory había quedado con su gran amigo Pino en el bar de siempre, en el Forcano, un bar del Testaccio, donde tan felices fueron, donde tan feliz fue su padre con su Valeria en tardes de sábado en las que cenaban pasta y bebían vino de Sicilia.

Pino se extrañó por su tardanza. Fue él quien dio la voz de alarma.

Marcelo, con el corazón destrozado, adelantó de inmediato su viaje a Roma para hacerse cargo, junto con su hermana Paola, del funeral y de todos los papeles. Su tía Alicia lo acompañó también, quería ver a su hermano, despedirse, quería estar allí.

Marcelo adoraba a su padre.

Fue un buen padre.

Y su muerte reafirmó su legado.

Y es que de una forma sensual y no verbalizada Tory había regalado a su hijo dos pasiones: el cine de Federico Fellini y el amor como única verdad del mundo. Porque Tory siempre estuvo enamorado de Valeria y perderla lo llevó a la destrucción, eso lo vio Marcelo. Lo vio de adolescente. Vio cómo un ser humano se pasaba el día anhelando el pasado, ensimismado con sus recuerdos, con lo que había vivido al lado de otro ser humano. Cómo había acabado creando una Edad de Oro. Muchos viudos y viudas dan un paso adelante y se construyen otra identidad. Y es mandato de la vida cumplir esa segunda o tercera identidad. Pero Tory no lo hizo, no supo hacerlo. No supo convertirse en otro, porque básicamente eso es lo que hacen los viudos y las viudas muy enamorados de su difunto cuando deciden seguir viviendo. Echaba en falta todo el rato a su Valeria. No sabía entender la vida sin ella. Marcelo supo en alguna medida que Tory lo había intentado, que había intentado ser otro para salir adelante, especialmente por sus hijos. Pero el amor a una persona crea una fuerza de gravedad. Es una ley de la física que hoy no entendemos. Y Tory no podía vencer esa fuerza gravitatoria. Tal vez porque esa fuerza gravitatoria era el mayor espectáculo de la vida que a Tory le había sido concedido contemplar. También hubo clarividencia. Tory supo que lo que había vivido con Valeria no lo podría volver a vivir con nadie. Y quizá fuera eso lo que lo había matado, lentamente. Y le sirvió también para constatar cuánta suerte había tenido en la vida por haber encontrado a alguien como ella.

Tras enterrar a su padre al lado de la tumba de Valeria y solucionar la herencia, Marcelo y Paola se dieron cuenta de que su padre había ahorrado una importante suma de dinero que hasta entonces desconocían.

Lo había ahorrado todo para ellos dos, porque sin su Valeria no había visto ninguna razón para gastarlo.

Vendieron el piso familiar que tenían en el Testaccio y se repartieron la herencia y algunos recuerdos. El piso del Testaccio se había revalorizado cien veces lo que Tory había pagado por él a finales de los años cincuenta, cuando lo compró, de modo que los dos hermanos se vieron con la vida asegurada, al menos para unos cuantos años.

Marcelo y Paola tomaron caminos diferentes.

Ella se fue a Nueva York a seguir estudiando Historia del Arte, con una amiga que había conocido en el colegio de Suiza; después de unos cuantos años, resolvió su futuro emigrando al Medio Oeste americano, donde se casó con un granjero rico y pasó a un segundo capítulo de su vida. Se compraron una casa enorme, y a veces mandaba a su hermano fotos y tarjetas de Navidad.

Marcelo, por su parte, regresó a Madrid con su tía Alicia, porque necesitaba ser fiel a su familia y esa había sido la ciudad de su padre, la ciudad en la que una guerra lo había sorprendido con quince años, y porque intuía que su vida futura pasaba por ese país: si su padre había tenido que huir de España al acabar la guerra, en una poética pirueta del destino, él tenía que regresar allí.

Los días que Alicia durmió en el piso del Testaccio los dedicó a buscar en las habitaciones el fantasma de su hermano y la vida familiar que la guerra y la posguerra le robaron, y se dio cuenta de que su hermano era un desconocido. Marcelo apenas logró que Alicia viera la ciudad de Roma. Un paseo por la Piazza di Spagna y una visita al Vaticano fue todo. A Marcelo le fascinó la actitud de Alicia, solo pensaba en su hermano, y Roma le era indiferente. Pero Roma había sido la ciudad que Tory había amado porque en ella había vivido con su Valeria. El mundo eran amores que se cruzaban en el espacio y en el tiempo sin encontrarse y sin lograr un sentido, un orden, una coherencia.

Tal vez Marcelo viera en ese regreso a Madrid un homenaje a Tory, a ese hombre que había visto en el cine de Federico Fellini un motivo de esperanza y de alegría.

Recordaba Marcelo cómo el cine de Fellini había ayudado a su padre a sobrellevar la pérdida de su amada Valeria. En realidad, convocaba a Valeria a través de las películas de Fellini, porque había ido a verlas todas con ella cuando se estrenaban en Roma.

La belleza del cine de Fellini presidía el amor que se habían tenido sus padres.

La herencia de su padre fue Fellini y el amor que le había tenido a su madre, eso hizo que Marcelo entendiera que el amor es el único sentido de la vida y el más difícil de alcanzar, una suerte que pocos, muy pocos seres humanos logran. Eso era para él lo sagrado: el cine de Federico Fellini y el amor como única verdad del mundo.

Fellini estaba en Nueva York cuando murió Tory pero mandó un telegrama. Ese telegrama iba siempre en la cartera de Marcelo, cuidadosamente doblado, como una alianza entre Dios y los hombres.

3

La enamorada del viento, II

Abandonó Málaga a bordo del BMW con la capota bajada.

El viento en el vehículo se adueñaba de todo. Irene llevaba gafas de sol, y sus uñas pintadas de rojo resaltaban sobre el volante de cuero beige.

—Me encanta el cuero beige —dijo Irene, porque Irene hablaba sola, esperando que él, su Marcelo, la oyese, aunque ella misma casi no podía oír la música por culpa del viento.

Lo mejor será no detenerme, seguir viajando, pensó. Mientras esté en movimiento la vida no cae en espacios muertos. Tendríamos que haber viajado más de lo que viajamos, Marce; todos los fines de semana tendríamos que haber salido de Madrid; todas las vacaciones tendríamos que haber hecho largos viajes; habernos aprovechado de los aviones y de los aeropuertos y de las autopistas para no tener que pensar en nosotros, en lo que iba a ser de nosotros, eso tendríamos que haber hecho.

Los aviones, no. Los aviones, malditos sean los aviones y malditas las compañías aéreas y los Gobiernos que les permiten destruir seres humanos.

Algo ocurría en el cerebro de Irene al pensar en aviones.

Pero ¿qué era?

Ella sabía que se estaba mintiendo, porque habían viajado bastante, aunque sí que era cierto, matemáticamente cierto, que podrían haber viajado más. Ahora se le antojaba a Irene que tendrían que haber viajado aún más de lo que lo hicieron, pero eso solo era una fantasía de su dolor, un lugar alternativo de su imaginación.

Pensó en lugares adonde no habían ido; por ejemplo, pensó en Australia, y se le antojó una desgracia no haber estado allí.

Tenía que decidir un destino. El navegador del BMW ofrecía la solución. El navegador elegiría un buen hotel.

Irene decidió que no comería.

Solo tomaría café.

Ya cenaría luego en el hotel.

Era el 2 de junio, con una primavera que se estaba muriendo, pero anunciaba la llegada del verano.

Se impuso conducir unos seiscientos kilómetros, fascinada con la resistencia de su vista, sus manos, sus brazos. Le estaba encantando conducir ese coche. Eligió hacer noche en el Parador de El Saler.

Llamó al parador mientras conducía y reservó una habitación doble superior con vistas al mar. Se prometió a sí misma que jamás volvería a alojarse en un hotel de playa que no tuviera vistas al mar. Se prometió a sí misma no alejarse del mar, porque al lado del mar es imposible el dolor.

Entonces cayó en la cuenta de que durante su

vida con Marce jamás se habían hospedado en un hotel de playa que no tuviera vistas al mar, y el corazón le dio un vuelco, y volvió a tener delante a Marce mirando el mar.

Llegó al parador sobre las seis de la tarde. Se registró en el hotel. Entró en la habitación y la luz inundaba la estancia. Salió a la terraza y se veía el mar. Escribió un wasap a Julio: «Yo también voy a investigar en el Mediterráneo», y añadió unos emoticonos de risas enlatadas. Se puso el bikini y fue a darse un baño a la playa, que estaba desierta, con olas grandes, pues se había levantado viento. Junio no es todavía el mes de los turistas. Solo había algunas personas haciendo deporte y perros corriendo por la arena.

Junio aún tiene un pie en el mal tiempo, pensó Irene, pero es precisamente eso lo que lo hace especial, su consanguinidad con lo desapacible.

El mes de junio era y es el mes de Irene, era su mes, el que le estaba destinado como ser humano. Todos los seres humanos tienen un mes en el que resplandecen de manera única, en el que pueden elevarse hasta ver con sus ojos el misterio de la vida. Hay miles y miles de seres humanos que no creen en el misterio de la vida. Tal vez fuese ella la única creyente. Se sintió ridícula y petulante. Porque igual no son miles y miles sino millones y millones los que no creen en el misterio de la vida, porque creer en el misterio de la vida tal vez solo sea pedantería.

Cada ser humano tiene su mes favorito, el mes que explica su existencia.

Irene estaba enamorada del mes de junio.

Se metió corriendo en el mar porque pensó que así vencería al frío y a las olas, pues el agua todavía conservaba la temperatura del invierno, y pensó en la lentitud con que el verano se acerca al mundo, cómo se va entrometiendo en las cosas, sugiriendo el calor en pleno febrero, sugiriendo la posibilidad de bañarse en un río en un día caluroso de marzo, y así el verano va viniendo a la vida, en una liturgia invisible para los seres humanos, pero que de pronto se había hecho visible para Irene (Irene, la petulante, la enfática, la pedante), lo que la llevó a pensar en las regiones desconocidas de la vida en donde no había estado nunca, y en donde a lo mejor muy pocos seres humanos llegan a estar, pero cuáles eran esas regiones, esos espacios de los que nadie habla, de los que no existen anuncios en la televisión o en internet.

Marce, todo era Marce en su estar más allá de la vida, como si su marido ahora fuesen las olas, la espuma blanca. Todo acababa y empezaba en él, porque así Irene, viendo de este modo las cosas, descansaba de su angustia.

A todo lo llamaba Marce.

Su soledad tenía un nombre propio, era así.

De repente se acordó del Cartier de oro, ¿dónde había ido a parar? ¿Por qué no estaba entre las cosas que él dejó? Un agujero de la memoria; la memoria le creaba laberintos cerebrales, mares y océanos sin peces y sin islas, sin vida, como esos planetas que encuentran los telescopios de la NASA en los que se supone que hay océanos pero no hay vida, así su memoria y así su Cartier de oro, que no tenía vida.

Irene pensó en el silencio, en lo maravilloso que

sería un mundo donde solo se oyeran los pájaros, las olas del mar, la corriente del río, el viento en las copas de los árboles. En ese mundo a lo mejor ella podría encontrar la paz. En ese mundo el caos de su memoria tal vez se volviera orden o solo serenidad.

Si tuviera a su alcance un botón que hiciese estallar miles de bombas atómicas en ese instante, lo apretaría y convertiría el planeta Tierra en una bola de fuego purificador, pero entonces pensó en los peces y en los delfines y en los leones y en los pájaros y se rio, se rio sola, porque jamás haría tal cosa, aunque pudiera.

Las olas azotaban su cuerpo, entraba el agua en su sistema respiratorio, ese momento en que la sal se mete en la nariz y turba el conocimiento, y el agua toma una presencia casi terrorífica, y surge el espectro de la muerte por ahogamiento, pero ella quería sentir la sensación de peligro de muerte por ver si allí estaba Marce, el hombre que la había amado hasta las orillas de su conciencia.

Cómo fue el amor de Marce, y cómo fue el suyo hacia él, aquellos últimos días en que se dijeron tantas cosas, te esperaré al otro lado, al otro lado era al otro lado de la vida, es decir, en el lado de la muerte, *nadar sabe mi llama el agua fría*, pues esto no es más que un rato el uno sin el otro, pero sabiendo que era mentira, manteniendo una sensación de continuidad, incluso hablaron de sus sexos, de si se caen las máscaras de las identidades al final, cuando todos salimos del teatro de la vida, allí mismo quería ir Irene, a cuando se abandona el teatro, y entonces Marce le había dicho que a lo mejor esas afirmaciones de yo soy un hombre y tú eres una mujer no eran más que anhelos de ser algo ante la vaga indeterminación en que la vida biológica construye sus casas de carne, sangre, órganos, arterias, mandíbulas, huesos, neuronas, ojos y fluidos, y todo acaba siendo *polvo enamorado.*

Y quién puede distinguir en el *polvo enamorado* la anatomía de un hombre o la anatomía de una mujer. Y cómo sería dejar de ver a tu ser amado durante miles de años, millones de años, cómo sería eso. No volver a ver a Marce nunca más era una idea espantosa, pero a la vez bella; aun así, lo había visto en el orgasmo con otro hombre. Solo lo había visto, pero no le había hablado, porque Marce había *gloriosamente ardido.* La gente acaba aceptando las muertes de sus seres queridos cuando pasa el tiempo, y el alma se torna decrépita y nauseabunda, porque si olvidas y aceptas ya no eres nada ni nadie, menos que una piedra.

Imagínate, cree oír ella ahora a Marce, imagínate un ser humano enamorado que ha perdido a la persona que amaba, imagínate que sobre este ser humano no actúa el paso del tiempo, sería un milagro, alguien inmune al tiempo. La gente acepta perder a sus seres queridos porque el tiempo se impone. El primer año es terrible. El segundo también lo es, pero menos. El tercero ya es un año extraño, ya te acuestas con alguien. El cuarto trae novedades, el viudo o la viuda ya hace su vida. El quinto año el difunto o la difunta ya es eso: el difunto o la difunta. Se convierten en seres queridos, pero ya antiguos. En antiguos seres queridos. Se les ama igual, pero no la carne. No tienen cuerpo. Se les reverencia, porque son nuestro pasado, pero no por ellos mismos. No vendrá nadie como ellos, pero mientras tanto va viniendo gente. No son como ellos, pero tienen cuerpo. No amamos a los muertos, siempre nos amamos solo a nosotros mismos. Amamos de los muertos aquello que somos nosotros.

Y salió del agua.

No era a Marce a quien amaba sino a ella misma, esa desgracia animal de amarse de una manera tan insoportable, tan succionadora, tan contra ella misma.

Y estaba sintiendo el poderoso viento en su piel.

Conviértete en espectro, le dijo al viento.

Estaba sola.

Su marido había muerto.

Pero cuánto hacía que había muerto, ese maldito laberinto, y el recuerdo de su propia familia, su padre y su hermana, ah, que se alejen de mí.

¿Cuándo todo?, esa interrogación, porque el arte de medir el tiempo no puede ser una prerrogativa del orden político y social del mundo.

Una rabia infinita contra todo lo que fuese acuerdo o convenciones políticas y morales la invadía ahora. El amor que se tuvieron había borrado la civilización de sus cuerpos y de sus almas, eso hace el amor cuando es atávico y disolvente y primitivo: se lleva por delante toda construcción humana, incluso la justicia, que es la convención humana más solemne y menos agria.

Cómo se aferraba a la vida, no por la vida, sino por ella, porque ella era la reina de la vida. Lo había dicho

Marce: «Ire, eres la reina de la vida, pero debes creer que lo eres para que lo seas. Los demás no importan, nunca importaron».

Marcelo jugaba con su nombre.

La llamaba Ire.

Y a veces Ne.

«La luz del sol —había dicho Marce—, eres la luz del sol, por eso la gente ama la luz del sol, porque te ama a ti, la gente no sabe que está enamorada de ti, Ne.»

Pero solo era una mujer viuda.

Mi sed de belleza acabará conmigo, se dijo a sí misma.

Se palpó el sexo, había demasiado pelo allí, no le había dado tiempo a depilarse, tenía que depilarse, pero Julio había navegado en ese bosque, y esa abundancia de pelo castaño lo puso a mil, todas las mujeres españolas tienen el pelo castaño y los hombres también. Estaba jugando con ese pelo.

Se había tragado alguno de sus pelos, eso seguro, y qué clase de alimento es ese, uno de sus enrevesados pelos, retorcidos y escurridizos.

Somos castaños, pensó Irene, y estaba viendo árboles en su imaginación.

Julio había acariciado una selva de castaños y entonces Irene salió de sí misma; recordaba que había visto su cuerpo tumbado en la cama, pero su espíritu estaba fuera, había conseguido de la manera más natural del mundo separar el cuerpo de la conciencia. Ella no pensaba en el alma, pensaba en la conciencia, o más bien en la atracción, porque pensó que ya volvía a estar cerca de Marce. Cada vez que Julio había besado su cuerpo ella recobraba la presencia de Marce, así que vio el día de su boda por lo civil, volvió a verlo todo, el rostro iluminado de Marce, su traje gris, sus manos cogiendo las de ella, la comida que siguió a la breve ceremonia, los besos que se daban todo el rato, el presagio de felicidad, el presagio de una mezcla perfecta entre alegría y seguridad, porque la devoción que sentía hacia Marce significaba que nunca más iba a sentirse sola, también alcanzó a recordar la presencia en aquella boda de su padre, Antonio, alto y elegante, con un traje azul marino, pelo canoso, y de su hermana, Clara, con sus ojos poderosos, pero de mirada dulce, y esas dos presencias le resultaron amenazantes. Y mientras ella recordaba, Julio estaba allí, gozando de ella, y haciéndola gozar a ella; la sensación de culpabilidad anestesiada por su fervorosa visión de Marce.

Marce coronado.

Cada vez que me acueste con un hombre volveré a verte, amor mío, porque *nadar sabe mi llama la agua fría, y perder el respeto a ley severa.*

Cada vez que haga el amor con otro, el pasado no será un pozo sin claridad, sino que aparecerá ante mí el día a día de lo que fuimos.

Irene se duchó y encargó un tartar de salmón al servicio de habitaciones. No iría al restaurante. Prefería cenar en la terraza de su habitación mientras el sol declinaba.

Seguía recibiendo wasaps de Julio.

«Te adoro», decía en uno.

Quería saber dónde estaba.

Irene disfrutaba con esa cantidad ingente de wasaps. Sentirse deseada era una prueba de que estaba viva.

Le escribió por fin uno: «Julio, ¿dónde estás?».

Julio: «Hoy duermo en Cartagena».

Irene consultó en su móvil la distancia que había entre su hotel y Cartagena: 283 kilómetros y 2 horas y 58 minutos.

Eran las nueve y media de la noche.

Si salía ahora mismo llegaría a su hotel a las 12.30.

Irene le escribió: «Parador El Saler, habitación 123, te espero».

Y una vez que mandó el wasap desconectó el móvil.

En ese momento llegaron su tartar de salmón y su copa de vino blanco. No era un camarero sino una camarera quien le sirvió la cena, una mujer joven y bella, con ojos como inmensas rosas abiertas. Miró sus manos. Comparó las manos de la camarera con las suyas. Deseó tener las manos de ella, pero por qué. No lo sabía. Las viudas enloquecen, ¿es eso?

Pero por qué.

Acaso porque también le atraían las mujeres, claro, eso era; algo, en el fondo, profundamente accidental, porque accidentales son los sexos para la naturaleza.

Ya estaba saliendo la luna, y mientras cenaba miraba el móvil, le tentaba volver a encenderlo, pero era mejor así.

Bueno, estaba midiendo el deseo de un hombre. Medir el deseo de un ser humano por otro ser humano, eso es. Sí, era oportuno y decisivo medir el deseo. Porque todo cuanto existe en este mundo puede ser medido, eso es la civilización. Iba a saber si las ganas de estar con ella, de comer sus árboles castaños, de penetrar su carne, de lamer sus pezones, sus pies, su culo, valían o no valían trescientos kilómetros de urgencia, valían o no valían interrumpir lo que estuviera haciendo en ese instante, liquidar su cuenta en el hotel sin comprobarla, como hacen en las películas americanas, coger su coche y salir pitando, conducir, desesperarse, fatigarse en las curvas, en los adelantamientos, cruzarse con camiones, con ambulancias, con otros coches, odiar a los otros vehículos por su lentitud o por su serenidad o por su pusilanimidad, sufrir la espera, y a la vez alentar en su corazón el placer futuro y sentir esa ilusión de que le esperaba un festín de besos y de una lucha sin cuartel cuerpo a cuerpo, de carne contra carne.

Y con esa lucha vendría Marce.

Venía si ella estaba ardiendo; si no ardía, Marce no se presentaba.

Subía por una escalera llena de fuego, porque ardía en medio de la lengua de ese hombre alto y fuerte, pero lo que no sabía ese hombre es que su amante estaba ascendiendo por una escalera de verdad, y al final de la escalera estaba Marce, esperándola con una sonrisa de fuego, porque todo estaba ardiendo, todo eran *medulas que han gloriosamente ardido*.

Y el Cartier de oro en la muñeca, pero no era todo de oro, porque había también acero, de hecho a Cartier le han criticado y afeado que en tiempos modernos usara el acero, porque el acero es democrático, claro.

Al ver las llamas saliendo de los labios de Marce había alcanzado un agotador orgasmo que le dañaba el cuerpo, y cuando había comenzado a descender la escalera jadeaba de cansancio, y solo la ayudaba el recuerdo naciente de haber vuelto a ver a Marce.

Marce, Marce, es absolutamente necio pensar que te he sido infiel por acostarme con el experto en el Mediterráneo, lo he hecho por *desatar esta alma mía hora a su afán ansioso lisonjera*, ha sido solo el trueque de un cuerpo por un fantasma, una alquimia, porque eres tú a quien deseo, pero Marce, Marce, dime cómo podría alguien pensar en que te he sido infiel, mataría a ese alguien, solo te veo al final de la escalera, y eso es lo que quiero, volver a verte, volver a tenerte dentro de mi vida, porque mi existencia está desordenada y rota pues tú te has ido, y cada día compruebo la magnitud de tu amor.

Alma a quien todo un dios prisión ha sido, dijo Irene para sus adentros. Los versos de Quevedo estaban allí todo el rato. ¿Quién pudo haber escrito un soneto como ese si no un ángel o un demonio? Alguien que había visto el fondo del tiempo y de la vida. Ese soneto era una Biblia en catorce versos. Pero había algo en el soneto de Quevedo que le molestaba profundamente, algo escondido en su memoria. De la misma manera, había algo hermoso en él, pues Marce también se lo sabía, porque su padre se lo hizo aprender.

No encendió aún el móvil.

Y siguió pensando en el soneto de Quevedo.

Nadie había visto en él un mensaje cabalístico, una llave, una oración que dicha muchas veces abría los palacios celestiales y permitía ver a los muertos que perseveran en el amor.

Nadie.

Solo ella.

Era el soneto preferido de su madre, de aquella mujer que se había ido con otro hombre, y que se llamaba igual que ella, se llamaba Irene, y que luego sufrió lo indecible por haber tomado esa decisión, porque ese soneto de Quevedo es una fantasía para engañar a la soledad con palabras elegantes. Luego no tuvo palabras para pedir perdón y regresar a casa con su marido y sus dos hijas.

Se tumbó en la cama y encendió la televisión e hizo *zapping* hasta que encontró una película interesante, en un canal de clásicos, una película muy antigua, una película titulada *Carta de una desconocida*, de 1948, interpretada por una mujer bellísima llamada Joan Fontaine. La televisión colgaba de la pared, a la altura justa para que el huésped disfrutara cómodamente de la pantalla con las esponjosas almohadas colocadas en su espalda, pero le reconcomía no saber si Julio iba a venir o no. Y eso hacía que no acabara de hallar una postura agradable, y quitaba y ponía almohadas, o en las piernas o en la espalda.

Las almohadas, que no hablan, que tampoco son Marce, pero recordó escenas en que Marce, cuando llegaban a los hoteles, le aconsejaba qué almohada sería la mejor para su delicado cuello, porque lo primero que pensaba Marce al ver las seis almohadas que a veces colocan en los hoteles era en ella, en su Irene. Todo cuanto veía lo veía en escala Irene.

Siempre ella como primera opción, siempre ella como primera preocupación.

No podía más con lo del móvil, con tenerlo apagado.

Y si venía, tenía que estar guapa.

Siempre estuve guapa para ti, Marce, incluso cuando pasó el tiempo. Pero no hacía falta estarlo porque tú siempre me veías, aunque fuese en chándal por la casa, como la encarnación de la belleza, la bondad y la vida.

Y eso ya no lo tengo.

Ni lo tendré nunca más, pero lo tuve y ahora me obligas a seguir viva, porque así me hiciste prometértelo.

Y dieron las once.

Si había decidido venir, podría llevar hechos cerca de cien kilómetros, a 130 o 140 por hora por la autopista. Se regodeaba con la imaginación: lo veía dentro del coche, nervioso y a la vez feliz, excitado, con ganas de llegar a la espléndida habitación, apretando de vez en cuando el acelerador, arriesgándose a que los radares detectaran su exceso de velocidad y le cayese una multa.

Estaba segura de que vendría.

Al menos, tenía el poder de hacer feliz a un hombre. Un gran poder, pues dar felicidad es también un poder, no un cuidado. Darle su cuerpo para que entrara en el placer y así sentir que su vida era cierta, valiosa.

Mientras tanto, veía la película, la estaba hechizando la historia que se contaba en *Carta de una desconocida*: una mujer enamorada de un hombre a través del tiempo, y ese hombre sin saberlo; ella podría ser esa mujer.

Marce, tú crees que va a venir ese hombre, es decir, si viene él, vendrás tú, y te volveré a ver, ¿verdad?, esa es mi fe, pero cómo puede seguir habiendo oxígeno en el mundo si tú no estás en él, deberías haberte llevado el oxígeno del mundo, y el hidrógeno, y el nitrógeno, y el helio, y el agua y la piedra y los peces y las vacas, habértelo llevado todo porque tú eras el señor de la vida, haberlo convertido todo en *polvo enamorado*.

Irene se repetía: No sabemos quiénes somos hasta que no contemplamos aquello en lo que seremos capaces de convertirnos, y mientras estuve a tu lado, Marce, yo era una mujer sin soledad, pero ahora estás muerto y soy una mujer para la soledad.

En eso me he convertido, en eso me ha convertido tu muerte. Porque debería haberme muerto yo y no tú, así de claro te lo digo.

Así de claro te lo digo, pero a quién se lo estaba diciendo, a quién.

Se puso de rodillas encima de la cama, eso hizo Irene.

Extendió las manos buscándolo.

Su cuerpo dejará, no su cuidado.

Serán ceniza, mas tendrá sentido.

Y su sangre hervía.

Venas que humor a tanto fuego han dado.

Y esa dificultad que tenía a la hora de recordar los años vividos junto a su Marce. Esa acre dificultad. Demasiado grande era esa dificultad para ser simplemente una dificultad y no una negación misma de la memoria. Una negación de la memoria que era una afirmación de una fantasía. Una fantasía que era una excrecencia de la aterradora soledad en que vivía.

Y allí estaba su codicia de un hombre, de otro cuerpo, de cualquier cuerpo. Era lo único que podía devolverle la alegría.

Así que tengo que disfrutar de esta noche de junio, Marce, tengo que respirar hondamente desde esta terraza el olor del Mediterráneo, fíjate, qué mar más poderoso, y qué gracia que mi amante, que el amante de tu mujer viuda, se dedique a investigar las posibilidades turísticas de un dios, porque este mar es como un dios.

Se levantó.

Apagó la televisión y ya no supo cómo terminaba *Carta de una desconocida* y salió a la terraza.

Se cambió los pendientes.

Se puso unos de oro que le había regalado su padre el día de su boda y que a Marce le encantaban.

Se puso su Bulgari. Lo miró y no le convenció. Sacó de su joyero el Patek Philippe que había heredado de su madre, que era a la vez un regalo de su padre. Porque su madre quiso que ella lo tuviera, que tuviera ese reloj para que no la olvidara. No pudo soportarlo en su muñeca, el atroz contacto con la piel de su madre aún debía de permanecer en sus átomos oscuros. Volvió a ponerse el Bulgari.

La luna, allá arriba, era impresionante. Irene contempló la plancha metálica del mar iluminado por la luna, y pensó que no debía alejarse de ese mar, porque tal vez Marce estuviera allí, refugiado en las olas, o escondido en la remota y ciega profundidad, como uno de esos tiburones que alcanzan a vivir quinientos años.

Dos tiburones de quinientos años, eso seremos tú y yo, acumulando agua salada y tiempo, sin ningún cometido más allá de la perseverancia ciega.

Dos tiburones de oro, y palpó los pendientes con el dedo índice y el pulgar.

Qué gracia puede haber en que a una mujer la mire solo un hombre a lo largo de los años, Marce, dime. Qué gracia puede haber en que a un hombre guapo y con un cuerpo maravilloso lo vea desnudo siempre la misma mujer.

La gracia era hablar y hablar, eso fuimos, una conversación diaria de la que ya no me acuerdo. Yo te admiraba, porque eras bondadoso, porque siempre elegías el bien. No me acuerdo de las conversaciones, solo escucho un rumor sin forma, una sensación de lejanía que me deja muerta y sola y destruida.

Marce, voy a encender el móvil.

Y antes de encenderlo, piensa en si Marce hubiera elegido el mal, si los dos hubieran elegido el mal, porque al fin y al cabo qué es el mal, nadie sabe nada. No eliges el mal, lo llevas dentro, simplemente aparece, con una naturalidad inocente.

Y lo enciende y un montón de wasaps se amontonan en la pantalla, casi le es imposible entender la secuencia lógica, y luego los wasaps escritos dejan paso a los mensajes de voz.

Julio está viniendo.

Se ha quejado un poco en un wasap, y deja traslucir que se siente utilizado, o metido en un juego psicológico que destila capricho, aunque no lo ha dicho así, ha sido más diplomático, pero el caso es que viene.

¿Por qué viene?, se pregunta Irene.

Viene a tomar mi cuerpo.

Y ahora, piensa Irene, si yo fuese completamente libre y por tanto completamente irresponsable, tendría que hacer la maleta y salir de este hotel para que ese hombre no me encontrara en esta habitación y se sintiera desfallecer cuando el recepcionista le diera la noticia de que me había marchado.

No se atreve.

No me atrevo, maldita sea, aún hay un sentido de la cortesía en mí.

¿Habría belleza, pasión, fuego, si hago eso?

E Irene lo hace.

Recoge su maleta.

Los perfumes: mira el frasco de Prada, cuántos perfumes lleva en la maleta, seis, siete, ocho.

Los relojes.

Se echa un poco de Prada en los hombros.

Resplandece.

Lo guarda todo, y a los cinco minutos se planta en la recepción, da una excusa de orden familiar, eso que llaman causa mayor, porque además es causa mayor, porque Marce es la gran causa mayor, paga la cuenta con su American Express y se sube a su BMW unos cuarenta y cinco minutos antes de la llegada de Julio.

Son casi las doce de la noche cuando Irene sale a

la autopista. Ante la incapacidad de decirle a Julio quién es realmente, de explicarle algo de su vida, decide huir, marcharse. Parece una niña. Le aturde quedarse, y también le aturde irse.

La noche de junio la recibe y la autopista parece vacía, pero no del todo, grandes camiones se cruzan con ella.

¿Adónde irán esos camiones en la noche de las autovías españolas? Ellos tienen un destino.

Yo no.

Ahora tendrá que encontrar un sitio para dormir.

Piensa en un hostal de carretera, y visualiza una habitación con suelo de baldosas antiguas y un lavabo con grifos pasados de moda y cortina de baño de plástico cuarteado y un colchón vencido, y automáticamente decide regresar en el primer cambio de sentido que vea en la autopista.

Tendrá que volver a inventarse algo en la recepción y tendrá que inventarse también algo para Julio. No hará falta darle explicaciones a Julio, más complejo se le antoja lo que le tiene que decir al recepcionista para que no note la inmensa soledad que arrastra.

Le dirá vaguedades, eso hará con Julio, no le hablará de su matrimonio, le dirá que es divorciada, algo así, algo suficiente, una frase bien declamada, la gente se conforma con frases así, con algo de drama, pero drama siempre superado, porque nadie quiere estar al lado de una mujer loca aunque sea muy hermosa, pues la locura es la fealdad indisimulable.

Recuerda que tuvo terror a no gustarle, claro, ahora se lo confiesa. Porque ya tiene cincuenta años.

Muchas mujeres se vuelven invisibles a esa edad, pero a ella eso no le ha pasado. No le ha pasado porque ha tenido suerte. Porque su cuerpo es de buena ley y tiene un buen pacto con la oxidación. A esas mujeres a quienes ya no miran los hombres porque se han hecho viejas, ¿quién podrá vengarlas o curarlas o sanarlas o redimirlas?

Cómo deshacer una causa mayor, se pregunta ahora.

Se habían equivocado de persona, un error imperdonable de las autoridades, de la policía, por ejemplo.

Llega justo cuando Julio está delante de la recepción del hotel, con una mano en la frente y otra en el móvil. Está viendo a Julio en un momento tormentoso de su vida, dura un segundo o dos.

Cogidos en un momento de la verdad, los seres humanos relumbran, enloquecen, si pudieran vernos entonces, en ese momento en que desesperación, sed, miedo, sexo y dolor se funden, se derriten en una amalgama de humanidad obscena y vacía, piensa Irene, si pudieran vernos entonces convertirnos en ángeles, desesperación y miedo y sexo y vacío y deseo y placer, eso somos.

Cogidos en un momento de la verdad, los seres humanos son entonces verdaderos ángeles, la vida en ellos es más vida en ese trance. Si pudieran morir en ese instante, o desvanecerse, desintegrarse, desaparecer como lo hace una nube o un pájaro o la luna cuando llega el alba, todo sería perfecto.

Julio alza la mirada y la ve.

—¿Por qué quieres volverme loco, Irene? —sube

la voz, con un aire de furia y miedo, y a la vez intentando sobreponerse, aparentando dominio.

Entonces ella lo abraza y lo besa en la mejilla y deja que su perfume de Prada invada los pulmones de Julio. Y luego se aparta de él con un movimiento de una naturalidad casi hipnótica.

Invade sus pulmones y derrota su sangre y sus arterias, ordena mentalmente Irene a su perfume.

—Quiero la misma habitación que he dejado hace una hora, mi asunto familiar se ha cancelado, la policía cometió un error imperdonable —dice Irene al recepcionista sin que Julio pueda oírla.

El recepcionista no entiende cómo un error puede ser calificado de imperdonable y eso le hace recelar de Irene, piensa que tiene delante a otra de esas clientas que se ponen estupendas a la mínima. Pero calla.

Entran los dos en la habitación, que está tal como la había dejado Irene y aún huele a su perfume, y eso le produce una vaga sensación de seguridad.

Abre la maleta.

Cambia de perfume.

Su perfume ahora es otro, su último descubrimiento: Galop d'Hermès, una mezcla de rosa y cuero.

Rosa y cuero, invade a ese hombre, ordena Irene.

Las dos maletas de ruedas están ahora abiertas.

Irene se queda mirando la de Julio.

Está esperando que le eche en cara que haya jugado con él y que le pida algún tipo de explicación, porque tenía dieciocho llamadas perdidas suyas en el móvil y un montón de mensajes de audio, pero

Julio no dice nada. Se limita a sacar un botellín de whisky del minibar. Sale a la terraza y se sienta en una silla blanca, como si de repente hubiera entendido que el acto de querer comprender al otro fuese inútil.

Julio no manifiesta ningún reproche e Irene piensa que si Julio no le reprocha nada es porque está bajo el dominio del fantasma de Marce, porque ella no podría soportar que otro hombre que no fuese Marce le pidiera algún tipo de explicaciones, porque eso sería insoportable, porque eso la mataría.

Julio se levanta y va hacia Irene y ella siente el sabor del whisky en su propia boca, y la seduce ese sabor, porque es intenso y no lo había sentido nunca con Marce, o si lo había sentido lo había olvidado, y eso ahora la mortifica, pensar en haber olvidado algo así. Si olvida cosas de su vida con Marce, las inventará, no pasa nada por eso, porque en el amor-pasión todo está permitido. Busca en su memoria, y al final cree encontrar besos de Marce con sabor a whisky, y esos besos la tranquilizan.

Por fin puede mirar la marca de su reloj.

Es un Swatch, no podía ser otro. Todo se lo lleva la marca de los relojes que llegamos a poseer, piensa Irene.

Se ha quitado el reloj, lo deja en la mesilla.

El Cartier de oro de Marce y el Swatch de plástico, o como mucho de aluminio, de Julio, están los dos relojes ahí, encima de una mesilla. Uno es real, el otro solo está en la memoria.

No son malos relojes los Swatch, piensa Irene, tienen diseño, son sumergibles, tuve uno hace tiempo, cuestan entre ochenta euros los más baratos y unos doscientos los más caros, este debe de ser de unos ciento veinte, por la correa y por el diseño, no gran cosa, pero sí aparente, sí suficiente, sí más que suficiente para lo que vas a llegar a medir en tu vida, sí para el tiempo de tu vida. El mundo entero está lleno de tiendas de relojes Swatch, en los aeropuertos, en los centros comerciales. ¿Qué gente compra esos relojes? Son relojes de clase media. Para medir el tiempo sin esperar mucho del tiempo. Por eso le regalé un Cartier de oro a Marce, porque nuestro tiempo era el tiempo. Los relojes de oro miden el tiempo de los dioses. Los relojes de plástico miden el tiempo de los sirvientes. Así es y así será siempre. Y este hombre ha venido a servirme con su Swatch de plástico.

Él quiere ir muy deprisa, pero por qué tan deprisa, así que ella impone el ritmo. Es tan fácil que Irene imponga su ritmo. Ella gobierna. Es la reina de todas las cosas. Quiere disfrutar de su reinado.

La rosa y el cuero han derrotado a Julio.

Gobierno esto, se dice Irene, estoy mandando yo, sin embargo me siento sola.

Y Julio la besa y quiere arrebatarle el cuerpo, e Irene piensa que pronto volverá a ver a Marce, porque siente el furor de las embestidas de su amante. Pero vuelve a imponer el ritmo con que desea ser amada. Y Julio obedece ciegamente.

Esa obediencia es poder.

El poder la seduce, la entretiene, pero acaba allí.

Y en el fondo le resulta despreciable ser obedecida, porque la obediencia siempre es despreciable, aunque sea ella la obedecida.

Millones de seres humanos obedeciendo, eso vieron Marce y ella, y no quisieron ser como ellos: *Alma a quien todo un dios prisión ha sido.*

Por qué la embestida, se pregunta Irene, por qué tiene que ser así, se pregunta una y otra vez; Julio la agarra por las caderas y la embiste, sus manos le aplastan los pechos. Marce, técnicamente, hacía lo mismo, pero no eran embestidas.

Era una danza.

Ellos danzaban.

El hombre con el que está ahora mismo la embiste; el hombre al que amaba y ama hacía lo mismo, pero era una danza de pasión.

Rosa y cuero, decidle a este hombre que no me embista.

Marce vendrá, ahora vendrá, y podré volver a verlo, asume Irene.

Pero Marce no viene.

Julio yace a su lado, extenuado, jadeante aún.

Irene no consigue entenderlo.

¿Por qué no has venido, Marce?

No han surgido ante sus ojos la escalera ni las nubes ciñendo la escalera.

No logra saber qué ha pasado hasta que oye decir a Julio:

—Ha sido nuestra segunda vez, Irene, Irene bellísima. Y nuestra segunda vez ha sido mejor que la primera.

Irene no está de acuerdo.

La palabra *segunda* es una sentencia y una explicación de la ausencia de Marce.

Y en ese momento Julio rompe a llorar.

Irene, sorprendida y asustada, le pregunta:

—¿Qué está pasando, Julio?, ¿por qué lloras?

Julio le pide que no se marche esa noche porque él también se siente solo.

No le queda más remedio que dormir junto a ese hombre.

A la mañana siguiente Julio quiere una tercera vez, pero Irene no tiene deseo, y dada su insistencia acaramelada y romanticona no se le ocurre decir otra cosa que cree tener alguna infección en su sexo.

Julio muda de rostro.

Se pone lívido.

Y pide explicaciones.

En ese momento llaman a la puerta. Habían pedido que les subieran el desayuno. Abre Julio e Irene aprovecha para meterse en la ducha. Cuando sale de la ducha ve a Julio en la terraza con una copa de zumo de naranja en la mano.

—Es un cuento, ¿verdad?, lo de la infección —dice Julio.

—Sí.

—No deberías haberlo hecho, con decirme claramente que no querías era suficiente, no soy más que una persona, como tú.

4

Los muebles sagrados

Se conocieron a finales de 1999, casi a las puertas del siglo XXI.

Irene echó el currículo en la tienda de Marcelo. Tenía un grado superior de estudios artísticos y había trabajado en publicidad como becaria.

Echó ese currículo con una premonición. Recuerda ese momento como si un ángel hubiera guiado sus ojos hasta el anuncio de trabajo en un periódico de Madrid. Hizo las fotocopias con ilusión y recuerda que casi siempre hacía las fotocopias con un deje de tristeza: la cola de gente esperando, la cara de la dependienta, el ruido de los folios saliendo calientes hacia una bandeja, el tamaño descomunal de las máquinas, la trituradora de papel, la encuadernación en canutillo, el ambiente estudiantil y menesteroso de las copisterías.

Mandó el currículo por correo.

Lo mandó certificado.

Nunca lo hacía, nunca mandaba los currículos certificados, pero esta vez sí.

Ni azar ni casualidad, sino designio.

A la semana tenía una entrevista de trabajo con el dueño de la tienda.

Marcelo le dijo que su perfil era el que estaba buscando, quería que Los Muebles de Todos, así se llamaba la tienda, tuviera su toque original. Llevaba ya casi tres años con el negocio, que había levantado en la calle Blanca de Navarra gracias a la herencia familiar de Tory y Valeria, y quería renovarlo y hacer algo grande, algo distinto.

Así que la contrató.

Irene fue la única persona que advirtió cierto deje en su español, y se lo hizo notar.

—Qué acento tan original tiene usted, parece italiano —le dijo en la entrevista.

Para Marcelo ese reconocimiento de su origen ligó a Irene al recuerdo profundo de Tory y de Valeria. Como si sus padres hubieran vuelto a la vida a través de la observación de Irene, o como si sus padres se la hubieran enviado.

Ella comenzó a apasionarse con el trabajo.

Quería publicitar la tienda de una manera distinta, darle otro aire.

Había diseñado un catálogo con fotos innovadoras.

Había entendido muy bien las ideas de Marcelo, su sentido de la belleza, tan italiano.

De hecho, cuando Marcelo vio el catálogo se sintió hondamente conmovido, pues la idea de que todos los seres humanos necesitan muebles para dar sentido a sus vidas estaba perfectamente captada. Los demás dependientes, Jonás y Araceli, trabajaban muy a gusto con Irene. A los tres meses se fueron todos de cena de Navidad.

Era un 22 de diciembre.

La gente compra muchos muebles por Navidad.

La gente que aún no tiene un sillón orejero lo echa en falta cuando llegan las Navidades. Y aquellas Navidades triunfó el sillón orejero. Irene había hecho unas fotos de un modelo de orejero, de un fabricante valenciano, que fue un éxito, tal vez por el color elegante del tapizado. El negocio iba bien. Y Marce, así lo llamaban todos en la tienda, los invitó a cenar a los tres en un buen restaurante de la calle Santa Engracia. Mesa para cinco, pues también vino Teo, que era transportista y un excelente montador de muebles.

Fue esa noche.

Claro, esa noche.

Los cinco estaban contentos, además Marce ya había pagado las nóminas, con la extraordinaria de Navidad y con una paga extra de beneficios. Parlanchina como siempre, Araceli habló del regalo de Navidad que le había comprado a su sobrina, que se llamaba Iris y tenía siete años. Les enseñó una foto, que llevaba en su cartera: Iris resultó ser igual de pelirroja que ella pero con tres décadas menos. No existían los smartphone entonces, y aunque parezca mentira la gente llevaba fotos de sus seres queridos en la cartera.

Todos hablaron con entusiasmo, con risas y bromas constantes.

Cenaron lubina al horno, y era lubina salvaje, lubina del Cantábrico.

De postre había turrones y helado de vainilla de Madagascar.

Aunque Marce echó de menos un buen tiramisú.

Y cava español y gin-tonic y whisky.

Celebraban con anécdotas el éxito del orejero valenciano y cómo las fotos y la publicitación inteligente de Irene lo habían convertido en un icono de la tienda. «Hogar, filosofía y placer», así rezaba el titular del catálogo.

—Genial lo del hogar y el placer, Irene —dijo Araceli.

—Es una idea muy sofisticada, porque hogar va asociado a familia, y sin embargo Irene lo ha asociado a placer —agregó Marcelo.

Estuvieron cenando hasta la una de la mañana, luego se fueron juntos a un bar de copas y allí comenzó todo.

Esa noche fue cuando Irene y Marcelo se dieron cuenta de que había nacido el vínculo, y empezó su danza de amor, porque a Marcelo se le ocurrió citar el primer cuarteto de «Amor constante, más allá de la muerte» de Francisco de Quevedo. Cómo podía saber aquel hombre la trascendencia que tenían para ella esos versos:

Cerrar podrá mis ojos la postrera
sombra que me llevare el blancò día...

Acabaron recitando el poema al unísono.

Ajenos al resto, se contaron sus vidas. Es lo primero que hacen los enamorados, o los que van a serlo: se cuentan sus vidas. Pero en ellos hubo algo extraordinario: el relato de sus vidas fue sencillo y humilde, porque desde el primer momento desterraron la vanidad y el orgullo y la apariencia y por tanto la pedantería y con ella la mentira.

Veinte años después, postrado en la cama del hospital, Marcelo no hubiera cambiado ni una coma de lo que le contó aquella noche de Navidad en que durmieron juntos por primera vez. Y eso fue un éxito del amor y otro testimonio irrefutable de que en ellos dos se había depositado lo sobrenatural, lo mágico, lo extraordinario. Y esa presencia de lo mágico seguía allí.

—¿Sabes, amor? Me acuerdo de nuestra primera noche, me acuerdo de que todo empezó con los versos de Quevedo —dijo Marce con una voz débil, con las manos esqueléticas, con el cuerpo consumido por el cáncer.

—Te voy a sacar de aquí hoy mismo —le contestó Irene.

—Hazlo, este sitio es el peor sitio del mundo, aquí solo hay tristeza y desolación, fíjate cuánta fealdad por todas partes. Feas son las camas, feas las ventanas, feo el armario donde has puesto mis camisas, yo creo que mis camisas están llorando de tristeza y miedo, mis camisas están aterrorizadas, feos los médicos, feos los diagnósticos, feo el cuarto de baño, y lo más feo de todo es la ducha, ¿te acuerdas de las últimas ideas que he tenido para los cuartos de baño, de los muebles que se me ocurrieron?, me entran ganas de ir a ver al director de todo esto y regalarle muebles para los cuartos de baño, muebles portadores de vida y no de muerte.

—Esos muebles para el cuarto de baño que has diseñado son preciosos, da gusto mirarlos, solo mirarlos es bastante: esa mampara con el retrato de Marilyn Monroe de Andy Warhol es maravillosa, como para ducharse dos o tres veces al día —rio ella.

Él la miró y esbozó una sonrisa, le cogió la mano, se puso serio.

—Irene, amor mío, pronto no podré mirarte ni tú te sentirás contemplada, tenemos que hablar de ese momento, porque tienes que prepararte para el momento en que ya no sentirás mi mirada física —dijo Marce.

Firmó el alta voluntaria.

Llovía mucho y cogieron un taxi.

Madrid caminaba por el otoño profundo, justo cuando noviembre muere y diciembre está cogiendo la mano del moribundo; en esas fechas, allí, estaban los dos, subidos a un taxi.

Extremadamente delgado.

Más morfina.

Tú eres morfina.

Tú eres el sol que este otoño oculta.

Abramos los armarios y miremos nuestra ropa.

«El momento en que ya no sentirás mi mirada física.»

Los armarios, nuestros armarios, nuestros muebles, donde la ternura se cobijó, donde tuvo su casa y la ternura se hizo materia.

Estos muebles son sagrados.

Irene recuerda.

Irene va y viene en sus recuerdos.

Irene piensa en si hubiera... porque todo es un *si hubiera pasado tal cosa*.

Si hubiera pasado tal otra.

Y se construye una vida mental alternativa, pero no es real.

Irene y la realidad.

Van cogidos de la mano todo el rato.

«*Take my hand*», canturrea Marce y le aclara a Irene que esa frase aparece en la canción *Baba O'Riley* de sus adorados The Who.

Todos los días salen a cenar a algún sitio que les gusta, y los fines de semana cogen un avión y vuelan a sitios donde les apetece ir, y se quedan en la habitación del hotel, tumbados en la cama, pero cogidos de la mano.

Acaban de llegar a Roma, porque Marce tiene nostalgia de Cinecittà, los maravillosos estudios de cine en donde su padre trabajó con denuedo y se hizo respetar entre los decoradores. Irene lo oye hablar de Tory, de las películas en donde Victoriano trabajó como carpintero.

Aún quedarán decorados suyos en alguna nave abandonada de Cinecittà, piensa Marcelo.

—¿Quieres que vayamos a la casa del Testaccio? —pregunta Irene.

Marce no contesta.

—Es tu infancia, Marce, la casa de tus padres.

—No los conociste, Irene, a ninguno de los dos.

Se alojan en un hotel que se llama Santa Chiara, al lado del Panteón.

Marcelo se tumba sobre la cama, y le ruega, le implora a Irene que se dé un paseo por el Panteón, que vaya a la Piazza Navona, que lo haga por él, pero ella quiere quedarse a su lado.

—Qué sentido tiene que hayamos venido a Roma si no es para estar juntos en otro sitio, porque estar juntos en otro sitio es estar juntos de otra manera.

—Por favor, sal, y mira por mis ojos, te lo suplico —insiste Marce.

E Irene atiende su súplica, porque va a mirar para él.

Y a los cinco minutos Marce ve por sus ojos. Él está tumbado en la cama, con la luz de la tarde entrando en la bonita habitación, en una *de luxe*, más grande, con sofás y mesa de café, y con balcón, y con vistas.

Veinte años de matrimonio y siguen perdidamente enamorados. No han tenido que hacer ningún esfuerzo de la voluntad.

Cero terapias.

Cero angustias.

Cero infidelidades.

No había sentido nada hacia otra mujer jamás. Si no fuera por esta terrible enfermedad, qué feliz soy, encima la tienda, mi negocio, va viento en popa, se dice a sí mismo Marce.

Cero discusiones.

Una pareja perfecta.

Marcelo piensa: El día en que nos casamos fue un día perfecto, como el que canta Lou Reed en la canción de ese título. No vino mucha gente, mi padre ya había muerto, y cómo le habría alegrado conocer a Irene. Vino mi tía Alicia, mi hermana no pudo venir, tendría que haber venido, pero no lo hizo. Me dio la enhorabuena por teléfono. Alicia dijo que no se lo tomara en cuenta, y es verdad, no era necesario, pero no por lo que Alicia pensaba, sino porque con Irene todo está bien siempre y nadie más allá de nosotros dos importa.

Ha sido tan intenso este amor-pasión que la gente nos dejó a solas. Eso me volvió loco, ¿por qué pasó eso, por qué hemos llegado a amarnos tanto?

Marce ahora cree estar viendo el Panteón con los ojos de Irene, ella lo está viendo, y si ella está viendo el Panteón, a él le basta, con eso tiene suficiente, porque se han fundido en un solo ser.

No siente envidia, ni buena ni mala.

No siente codicia.

Con que ella lo vea, con que ella siga experimentando cualquier clase de placer, él tiene bastante. Si a ella le da la luz del sol, a él también le acabará llegando esa luz del sol, a lo mejor más tarde.

Si no fuera por la enfermedad —vuelve a decirse Marce—..., sería Dios.

Está viendo Roma para mí —piensa Marce—, luego intentaremos hacer el amor, pero mi cuerpo desfallece, y eso da igual, ¿por qué da igual? Se lo he preguntado a Irene y ella siempre me dice: «Coge mi mano».

Todo el secreto del universo se fue a vivir a las manos de ellos dos. No vieron nada en la vida que se pudiera comparar con estar juntos y amándose. No vieron una profesión, una vocación, un trabajo, nada, no vieron nada.

No dijeron: «Trabajamos, progresamos en nuestras profesiones, por ejemplo, tú eres médico y yo abogada, y somos un buen médico y una buena abogada o lo que sea que se pueda ser, vivimos, nos realizamos en nuestros trabajos y nos hacemos compañía mientras tanto».

Dijeron: «Estamos enamorados y casualmente

hay una civilización a nuestro lado, mira qué cosa más curiosa, que mientras nos amamos haya a nuestro lado ciudades y países, bares y tiendas, carreteras y aviones, televisiones y ejércitos, coches y barcos, reyes y ministros, camiones y autobuses, reinas y secretarios, ricos y pobres, qué sorpresa tan innecesaria».

Hasta cuando comen lo hacen cogidos de la mano.

Marcelo busca en el teléfono móvil un bolero:

Atiéndeme,
quiero decirte algo...

Recuerdos de Irene como barcos sobre el mar, esos barcos que se ven desde las playas y nadie sabe adónde se dirigen, ni por qué están allí, ni si son reales o una fantasía de la luz, el agua y el horizonte.

Marce piensa: Ahora tal vez deje de darme la mano, cuando la enfermedad se vuelva inhumana, tóxica, infernal, insoportable, entonces dejará de cogerme la mano, es como si necesitase un momento de descanso en esta pasión, pero no lo creo, no lo creo, ella seguirá cogiendo mi mano.

Su sentido de la responsabilidad.

Su sentido del valor.

Marcelo piensa: Y qué estupidez esa idea de envejecer juntos, porque los verdaderos enamorados no envejecen, eso es una vulgaridad, eso es una mentira.

Yo me muero, no envejezco.

Nuestro amor ha ido rejuveneciendo.

Dicen: «Hemos envejecido juntos», como si eso

fuese un éxito, el no va más, y nosotros hicimos justamente lo contrario: nos dedicamos a rejuvenecer juntos.

Lo que sí hubo: yo la protegí, eso sí fue arrebatador para ella. Le apartaba todos los demonios, reducía los peligros a simples inconvenientes, y sabía que mi sola presencia eliminaba la melancolía, el miedo, el aburrimiento, el vacío.

Por eso me amaba y me ama como una condenada.

Mi condenada Irene.

Porque proteger es amor.

Y cuando no esté yo, ¿quién la protegerá?

¿Y por qué la amaba yo?

No lo sé.

Nunca lo supe, ni lo sabré.

Irene, sus bajeles, sus fantasías.

Y ahora está volviendo.

Vuelve, noto sus pasos en la recepción del hotel.

Su sonrisa se hace inmensa porque está enamorada de mí.

Y está ya en el ascensor.

Y se acerca.

Oigo sus pasos en el pasillo, buscando el número de nuestra habitación.

Y me va a contar noticias de Roma.

Las calles llenas de gente, la brisa, el sol, los helados, las tiendas de ropa, me lo va a contar todo, y yo estoy medio mareado en la cama, con el estómago fatal, con los ojos cansados, con las piernas que casi no siento, sin hambre, sin deseo de nada, por culpa de la quimio.

Yo no quiero morirme, no quiero irme de esta fiesta de estar con ella.

Y ya enfila el recodo y al final está nuestra habitación.

Está mirando la moqueta.

Y ha estado fuera solo 32 minutos.

No sabe estar sin mí más allá de 32 minutos.

Lo dice mi Cartier de oro.

—Hola, amor, Roma eres tú —susurra Irene.

Y se besan, y se desnudan y tocan sus cuerpos, y el cuerpo de él está reducido a piel y pestilencias y fluidos químicos, una ciénaga de ruina y desolación.

—Sácame de esta cama —le dice Marce.

Marce se ducha ahora, y luego se afeita y se viste.

Han traído su mejor traje.

Su corbata, sus zapatos Yanko, su colonia Tom Ford, y el perfume Frédéric Malle para Irene, y bajan a la recepción e inundan el ascensor de sus colonias, que se mezclan, y esa mezcla se cuela por los botones de los pisos, por los paneles de las puertas, por las rejillas de ventilación, y piden un taxi. Ella lleva el Patek Philippe de su madre.

—Por favor, que sea un buen coche, queremos que nos pasee por Roma, mi marido no puede caminar porque tiene cáncer y queremos que la tapicería sea blanca —lo dice Irene en español, porque le da igual que la entiendan o no, o porque sabe que las lenguas de la Tierra son una superstición si osan compararse con lo que ellos dos llevan dentro de sus almas.

El recepcionista la mira con perplejidad y pena, sonríe y le dice que está casado con una española, y que habla y entiende el español.

A los diez minutos hay un Maserati en la puerta. Los asientos son de cuero blanco. Hay agua mineral y peladillas de chocolate. Irene, como una niña, coge dos, se las mete en la boca y sonríe mientras Marce la besa y repite que el recepcionista era un ángel y que le encanta cómo suena la palabra *Maserati*.

—Sí, es esa i al final, las íes son un adorno de las palabras, por eso el italiano es una lengua tan maravillosa, por las íes, que son como golondrinas en un templo.

Y recorren la ciudad, e Irene baja la ventanilla y entra una suave brisa del mes de abril, confundida con la luz, e Irene quiere ir al Vaticano porque dice que debería recibirlos el papa, y Marce le responde: «Debería declararnos santos».

Se ríen.

Una risa interminable: el papa, pero qué demonios están diciendo.

Dan vueltas por el Vaticano, piden al chófer ir al Gianicolo, y se detienen en el Fontanone.

Y salen del coche.

Y se sientan en la terraza del Gianicolo.

Esta ciudad los protege.

Entonces la mano enferma de Marcelo se mete debajo de la falda de Irene, y va ascendiendo hasta tocar el sexo de Irene, e Irene lo mira, y le dice:

—Es como la primera vez, siempre es como la primera vez.

Y los dos están pensando lo mismo, y esto es lo que piensan: Por qué hemos tenido esa suerte, quiénes somos nosotros para haber alcanzado el mayor tesoro del cielo y del infierno, sobre todo porque los dos sabemos que Dios no existe y no ha existido jamás y que la vida no tiene conciencia de sí misma.

Somos el 0,01 por ciento de la estadística, ese ínfimo porcentaje que no ve sexo y cuidados como entidades opuestas, por eso estamos aquí, en Roma.

Somos el prodigio, normalmente los prodigios no existen, o acaso una vida no sea otra cosa que la espera y la esperanza de ver algo excepcional, sobrenatural casi, antes de que nos alcance nuestro final.

Y una pregunta posible: ¿fabricamos nuestra obsesión sexual del uno por el otro desde el artificio, desde la voluntad, desde el trabajo?

No, joder, claro que no.

Si hubiera sido así no habría funcionado jamás.

Menuda estafa es eso de las terapias de pareja, menuda mentira triste, odio todo eso por una razón bien simple: no hay nada que atente más contra la libertad y la vida que una terapia de pareja.

Jamás pisamos la consulta de un triste psicólogo.

Nunca.

Si la naturaleza no te da constantes ganas de hacer el amor con tu mujer, o a tu mujer no le dan constantes ganas de hacerlo con su marido, eso no tiene arreglo, simplemente se ha hundido, se ha gastado como se gastan las suelas de unos zapatos, no hagas el payaso yendo a contarle ese hundimiento horrible a un psicólogo o a una psicóloga, porque la naturaleza es inapelable. Además, si de entretener a los psicólogos se trata, porque se aburren, pues que los entretenga su puta madre.

La civilización no soporta que el bien y el mal sean ilusiones, no soporta a la naturaleza, lleva siglos corrigiendo a la naturaleza, y esta de vez en cuando envía un prodigio a la humanidad, y ese asombro somos Irene y yo.

Alejarse de la naturaleza es alejarse de la vida; madre mía, si he pensado yo sobre eso. No soy ningún filósofo, pero he hecho mis lecturas, claro, leí libros en los que se habla de todo esto, hasta que me di cuenta de que lo que yo veía no salía en ningún libro, porque todos construimos un pensamiento propio sobre la vida. Hasta el ser más desvalido y más maltratado posee una filosofía de la vida, un entendimiento de la vida.

Todos los psicólogos que se dedican a las terapias de pareja son solo, y en el mejor de los casos, gente bienintencionada, aunque su negocio representa una humillación de la vida.

Si hubiéramos dejado de hacer el amor todos los días, nos habríamos separado, eso siempre lo supimos Irene y yo.

Y supimos más: siempre tendría que ser como la primera vez. Y si no era como la primera vez, también nos habríamos separado.

Pero aún es como la primera.

Siempre es como la primera.

Yo tuve dos novias antes, una en Roma, pero un día ella se dio cuenta de que no la escuchaba cuando me hablaba, y me lo dijo y los dos lo entendimos; se llamaba Natalia, y me acuerdo de que íbamos a su casa cuando sus padres se ausentaban, recuerdo sus ojos negros que se clavaban en mi pensamiento, y el cuarto de baño con la navaja de afeitar de su padre, que era parecida a la del mío, y con los productos de belleza de su madre, que me asustaban, porque me recordaban a mi madre, que ya estaba muerta, y en aquel cuarto de baño me sentía extranjero y asustado, y después todo se enfrió y lo dejamos, y a ella tampoco le importó mucho, pero no recuerdo bien su cuerpo desnudo, y a veces la volví a ver, pero solo para charlar de cosas, de trabajo, de viajes, de amigos, y luego encontró a alguien y yo me fui a Madrid. Y en Madrid conocí a María del Mar, que era de Huelva, y pasó lo mismo. Exactamente lo mismo; un día me dijo que estaba ausente, que no la miraba, y yo no era consciente de eso, pero era verdad. Mar estudiaba enfermería y luego sacó una oposición y encontró plaza en un hospital de Córdoba, y se fue al sur, su amado sur. Un día vino a verla su madre a Madrid, y comimos los tres en un restaurante italiano de la calle Carretas, que ya no existe, y nos invitó la madre, y yo no sabía qué decirle a esa mujer que se dirigía a mí como su «futuro yerno» mientras lanzaba una sonrisa de complicidad con la vida. Sentí pánico en aquella comida. La madre de Mar se llamaba Mercedes, y era una señora con gafas, y pómulos sobresalientes y ojos apacibles. Mar me hablaba de sus estudios de enfermería y yo me aburría y me entraba una sensación horrible de cansancio, de no ser yo sino un maniquí, un actor, una piedra.

Y luego vino ella, vino Irene, y todo explotó. Sin embargo, esas dos mujeres, esas dos novias del pasado, siguen en su memoria, y a veces imagina cómo habría sido su vida con ellas, especialmente con Mar, que es a la que más quiso.

Ahora sigue tocándola, y se excita, y jadea, y se

muere de placer, de un placer que es siempre el mayor placer que Irene puede recibir y él también.

Y sus manos están húmedas de las aguas de Irene, de los fluidos que emergen de su cuerpo.

Es un enigma el placer, son los cimientos de la felicidad.

Dice Marce:

—Es el placer el misterio.

Dice Irene:

—La gente teme esa palabra, teme al placer, porque elimina el sentido del tiempo, eso hace el placer.

Marcelo piensa: Como la primera vez siempre, siempre, siempre, me está susurrando, y ella me toca y yo la toco.

Y así llevamos veinte años, piensa Irene, y siempre es lo mismo, como la primera vez que lo hicieron, como la primera vez que se sedujeron el uno al otro.

Así fue de continuo.

Algunos amigos, como Carola y Pepe, que tenían una tienda de lámparas muy cerca, dejaron de llamarlos; también Berta y Luis José, buenos clientes de Los Muebles de Todos, con quienes llegaron a hacer un viaje juntos a Lisboa, de fin de semana, porque no hay nada que cause más espanto que el inexplicable milagro de una pareja en donde el sexo no se oxida ni se desvanece con el tiempo. Carola y Pepe o Berta y Luis José no podían soportar estar con un matrimonio que todo el rato se besaba y que era incapaz de abrirse al mundo, como si con ellos no hubiera conversación posible, y lo peor es que Irene y Marce no eran ni conscientes.

Carola los miraba casi con miedo, ella llevaba diez años casada y quince de pareja con su Pepe, con el que ya no hablaba de nada. Berta, más o menos lo mismo. Pepe y Luisjo tal vez no fuesen tan envidiosos, más bien les vencía la curiosidad, pero estuvieron de acuerdo en que lo mejor era no frecuentarlos, aunque no lo verbalizaron con sus respectivas mujeres. Cómo expresar que a otros les va tan bien, cómo verbalizar que deberíamos pensar qué nos ha pasado, lo mejor era que los nombres de Marce e Irene se fueran borrando de los planes de cena y los planes de fin de semana, de cine, de teatro, de lo que fuese. Con no verlos, era suficiente. Saber que existían era lo peor, pero intentaban olvidarlos, y el olvido siempre funciona.

Es complicado soportar el placer ajeno, porque nos dice que estamos muertos, eso hace el placer ajeno, señala la muerte del que lo mira. El placer ajeno, si es más grande y poderoso que el tuyo, te dice que estás muerto.

Y eso era palpable, no se podía esconder, de modo que la gente huía de ellos sin saber muy bien —o no queriendo saber— la razón.

Se nota y se notaba en esto: sonrisa descomunal, estado constante de alegría, de nervios, de alteración, de tener dentro del alma una energía que te convierte en dueño de las cosas; dueño del aire, de las piedras, de las nubes, de la inteligencia, te sientes un representante de la vida.

Los abandonaron todos los matrimonios amigos. Parecía un misterio.

Hasta sus familiares huyeron. La hermana de Irene, por ejemplo, también dejó de llamarlos.

Por eso han venido a esta ciudad.

Y ahora se están besando y sus lenguas, que llevan veinte años de conocimiento, de tacto continuo, no están cansadas la una de la otra. ¿Qué lenguas pueden decir lo mismo después de veinte años?

Se habían dado cuenta de que no necesitaban a nadie.

¿Fue verdad, fue así?

Irene, ¿fue así, de verdad que fue así?

Las parejas acaban necesitando vida social. Ellos no la necesitaban, y en esa falta de necesidad vieron otra manifestación del milagro, pues les había sido revelado que la vida social de una pareja es proporcional a su falta de deseo sexual.

Irene, ¿es verdad?

Si estaban en un restaurante, era como si fuese siempre la primera vez que comían o cenaban juntos. Porque tenían una sed inagotable el uno del otro.

Espaguetis a la amatriciana en Roma, siempre en Roma, la primera vez que vinieron fue en el año 2001.

Entonces Marce la llevó a ver la casa de su infancia, en el barrio del Testaccio.

Recuerda Irene que bailaron canciones italianas en una discoteca de las afueras.

Saca ahora la mano de sus bragas, y están temblando los dos, aquí, en el Gianicolo, y regresan al coche y le piden al conductor que siga con el Maserati dando vueltas y más vueltas por la ciudad de Roma.

Y hasta el conductor ha comprendido lo que les pasa, lo que se llevan entre manos.

Veinte años durmiendo desnudos, uno al lado del otro, eso se llevan entre manos.

Podrían ser treinta, o cuarenta, si no hubiera sido por la muerte, eso piensa ahora Irene. Veinte años entrando el uno en el otro todos los días, y no solo una vez cada 24 horas, sino más, y poco a poco se fue abriendo una dimensión de la vida que nos dejó ciegos. ¿Hay enamorados como nosotros?, nos llevamos preguntando hace mucho tiempo.

O solo me lo pregunto yo, no lo sé.

No hemos encontrado a nadie como nosotros. Los vampiros, el hombre lobo, Superman, los inmortales, también se preguntan lo mismo, dice Irene.

Se ríen.

Se carcajean.

Regresan ahora al hotel.

Irene lo ayuda a salir del coche y a caminar hasta el hall.

Marce se tumba en la cama.

Se quita el Cartier y lo deja en la mesilla.

Se quita el traje.

—Cuélgalo dentro del armario, por favor, Irene, en el armario —dice Marce.

Irene abre el armario.

—No está mal este armario —dice Irene.

—Son mejores los nuestros —dice Marce.

Ella se tumba a su lado. Aún necesitan dormir, contra eso no pudieron rebelarse, pues eran conscientes de que los furiosamente enamorados no duermen, y sin embargo ellos necesitaban dormir.

También han seguido comiendo durante estos

veinte años, eso sí, no mucho, pues los dos son flacos, delgados. La gente (antes de salir huyendo) se lo decía, les preguntaba por su régimen de comidas, «Cómo estáis tan guapos y delgados», y qué decirles, o cómo decirles que habían sido elegidos por el universo en expansión para representar el triunfo de la vida.

El deseo hace crecer el alma y enflaquece el cuerpo.

Boca arriba, en silencio ambos, se han cogido de la mano. Marcelo se desliza hacia el sueño oyendo en su alma los acordes de *Amarcord* de Nino Rota. Irene permanece despierta mucho rato, preguntándose cómo será el futuro.

5

La enamorada del viento, III

Cinco horas de viaje calculó el navegador de a bordo. Y 491 kilómetros era la distancia que había hasta su próximo destino: el Parador de Aiguablava, en la provincia de Girona.

De parador a parador, era una buena idea, pensaba Irene mientras conducía con placer su BMW. Accionó el pliegue de la capota y el viento entró en el coche y le azotó el rostro con tanta fuerza que borró el remordimiento y el recuerdo incómodo del encontronazo que había tenido en el desayuno con Julio.

Su forma de salir de la habitación, que había sido una huida en toda regla, le pareció ahora —gracias al viento que abofeteaba su cara— una pequeña obra de arte.

Así se sentirán las águilas en el cielo, pensó Irene. El Estado debería suministrar coches descapotables a sus ciudadanos. Hay más libertad en este viento salvaje que en ir a votar cada cuatro años. Mucha más.

Ellos nunca fueron a votar, ahora se acuerda.

No tenían tiempo.

Cómo iban a ir a votar si estaban siempre de luna de miel.

Se sintió una anarquista cósmica.

Los enamorados son anarquistas siderales y no votan nunca.

Porque votar no es un acto de responsabilidad sino de obediencia.

Así se fueron aislando, porque al final rompieron amarras con toda forma de realidad: política, familia, amigos.

Solo la tienda, que era también una fantasía.

Marce, Marce, no viniste ayer; te enseñé mis piernas y no viniste. «Acaso sean tus piernas lo más refinado de tu cuerpo», me decías siempre. No viniste, porque no hubo milagro ni revelación.

«Ve con otros hombres, yo estaré allí», me ordenaste antes de morir.

Y lo estoy haciendo.

No sé si hombres o solo cuerpos, carne y huesos, ojos y lenguas que hablan y dicen palabras más o menos razonables, cuerpos que están viviendo en el mismo momento que mi cuerpo, cosa que tu cuerpo ya no hace.

No dijiste más, que me fuera con los otros, que la saliva de los otros cubriera mi piel, que era lo que tú más querías.

Seguían llegando doloridos y sofocantes wasaps de Julio.

Pero Julio ya no servía para subir la escalera que llevaba hasta Marce.

Wasaps de Julio, uno detrás de otro, necesitaba volver a verla, eso es lo malo de que vean una vez tu intimidad, pensó Irene, que da derecho a seguir viéndola.

Ya está diciendo lo que tú me decías, Marce.

Irene paró en una gasolinera y llenó el depósito, esos cincuenta litros de gasolina que bullían y que la mano del hombre trasladaba desde el corazón de la Tierra al depósito de su automóvil, ese viaje de la energía de un lugar a otro, eso también era erotismo.

Estaba cerca del mar.

Estaba ya en la provincia de Tarragona.

Le dictó al navegador la orden de encontrar la playa más cercana y esa era la playa de Cambrils.

Al rato estaba delante del mar.

Esa sensación de libertad que solo sabe dar el mar le rasgó el corazón. Cómo fuiste capaz de decirme que fuera con otros hombres, pensó Irene, cómo fuiste capaz de saber que estarías en ellos, ¿eras un brujo?, claro que existen los brujos y los clarividentes, todo eso existe, y tú lo eras, sabías que la carne de cualquier hombre era la tuya, sabías ver eso que nadie más ve, solo tú, y ahora pretendes que lo vea yo también, que estaba atada a ti. Pero dime, Marce, dime adónde se ha ido nuestro pasado, porque los matrimonios pueden recordar juntos, y así no se pierde la memoria y esta se hace invencible, como el mar: *cerrar podrá mis ojos la postrera sombra que me llevare el blanco día.*

No puedo ni resucitar una conversación contigo. Esa nebulosa, esa huida del pasado, caballos viejos caídos en los ríos, carne humillada. La boda, ese día sí puedo. Tal vez para eso existen las bodas, para no olvidar un día, un solo día, para esculpir un día en el firmamento del olvido, caballo blanco. Una boda por lo civil, mi padre y mi hermana, tu tía Alicia, ya envejecida, y tu hermana Paola, que no vino. Alicia me miraba como se mira un mapa incomprensible. Ya muy acabada, Alicia nos miraba desde unas gafas viejas y amarillas. Tú le cogías la mano. Dijiste en la ceremonia que tu padre y tu madre vivían en tu corazón y Alicia te miró con asombro, con incredulidad, era como si sus ganas de abandonar este mundo emergieran en unos ojos. Al poco murió. También me acuerdo del entierro de Alicia, en el Tanatorio de la M30. Estábamos los mismos que en nuestra boda, solo que ella, Alicia, estaba muerta. Cuando recuerdo a tu tía Alicia me muero de miedo, porque es como si esa anciana, con su mirada incrédula, con su moño blanco, con sus huesos sin forma, conociera lo que nos iba a pasar, o lo que me iba a pasar a mí. Y su roñoso piso de Usera, su nevera, me acuerdo de eso, el sofá mugriento, el olor a cerrado, un bordado y encima una televisión viejísima.

Mientras se ponía el bikini dentro del coche se golpeó un codo contra la ventanilla y se sintió ridícula, y al segundo de sentirse ridícula, una oleada de desesperación se metió en su alma.

Salió a darse un baño.

No había mucha gente, y otra vez volvió a comprobar que el mes de junio todavía está fuera de las hordas turísticas.

Estaba sola entre las olas.

Imaginó el mundo hace cien mil años.

Nadie en ningún sitio.

Tenía que olvidar el fantasma de Alicia, era

como un mal presagio, esa vieja, esa mano bruta y basta cogiendo la mano de Marce, lo mal que olía su piso, las cosas de ella, fotos, ropa gastada, un armario negro. Todo para Cáritas.

Vio el mundo sin civilización alguna, como un prodigio de la libertad, y sintió que había estado allí entonces, hacía cien mil años.

Lo buscó entre las olas, pero Marce no apareció, no estaba, y aun así era tan intensa su búsqueda que los dioses del universo se apiadaron de la pobre Irene y sumergieron en su mente la fantasía de que él regresaba, pero no sabían los dioses del universo si hacerlo regresar como memoria o como cuerpo, porque ellos no conocen las diferencias entre la memoria y el cuerpo ni los gustos de los seres humanos.

Los dioses del universo, a oscuras, intentaban ayudar a la pobre Irene, pero los dioses están ciegos, aciertan una vez de cada mil, por azar.

Una vez de cada millón o millones, por azar.

Están ciegos, no nos ven, pensó Irene, pero nos buscan por si pueden ayudarnos; nos buscan, tampoco demasiado, de vez en cuando, a veces, cuando nos recuerdan, pero nos recuerdan poco, porque tienen millones de pensamientos que atender, y nosotros somos uno más, y muy secundario.

Los dioses del universo querían ayudar a la pobre Irene, pero ellos están en otra estancia, nos tientan desde la caverna más profunda de los agujeros negros que transitan el vacío del cosmos, y no saben cómo ayudarnos.

Al salir del agua le entró un hambre terrible.

Volvió al coche y se quitó el bikini mojado y se cambió de ropa.

Vio sus pechos desnudos, y recordó miles de palabras de alabanza y de besos de Marce, parecían música esos pechos, llevaban tantas cosas dentro, como si fuesen depositarios de tres mil años de erotismo y lujuria. Pero esas alabanzas estaban en el pasado, y el pasado es el país de la invención. Todo el mundo se inventa el pasado.

Se miró los pezones.

Estaban maduros, como el sol.

Eran lo más importante del universo, sus santos pezones.

Esa vieja, Alicia, la tía de Marce, la vio allí, entre las olas, en el mar, emergiendo, como si le dijera: «Eres una mentirosa, tu vida es una mentira vergonzosa».

Encontró un bonito y vistoso restaurante a pie de playa. Le dieron una mesa agradable, con las ventanas abiertas, por donde se colaba una brisa marina que albergaba la temperatura perfecta.

Miró la carta y se pidió una lubina salvaje a la plancha.

—¿Con cabeza o sin cabeza? —le preguntó el camarero—. Con cabeza es más sabrosa, pero la gente últimamente no quiere ver las cabezas de los pescados.

Irene se lo quedó mirando, le interesó esa observación tan dañina para su negocio, y vio allí ante ella a un hombre de unos cuarenta años, con una barba de tres días que le quedaba bien, con un tatuaje en el cuello. Él también la miró de manera especial.

—Pues con cabeza, claro, y con los ojos abiertos si es posible —dijo Irene.

El camarero se rio.

Rieron juntos.

—Le voy a traer la mejor lubina del mundo —dijo.

Irene advirtió que en realidad era el *maître* del restaurante. Y que había escogido un buen restaurante.

Qué puede importar que la lubina salvaje cueste cuarenta euros, Marce, si es para la lengua y el paladar de tu Irene.

Dime, Marce.

Dime, Marce, por qué veo a Alicia ahora, esa mujer otra vez, esa vieja que me miró siempre con un cuchillo en la mano.

El pasado es así, son rostros, gente que no nos quiso, gente que sabía que éramos malos.

Alicia, esa vieja que me sigue como una sombra para recordarme que a lo mejor me quise más a mí misma que a ti.

Y si escojo un vino de treinta euros, ¿me dirás algo, Marce?

No dices nada.

Ella, Alicia, ella sí diría, diría «esa mujer está loca».

Y si en vez de un vino de treinta euros me como la lubina con un champán francés de ochenta euros, ¿hablarás entonces? Y si también escojo el encanto de ese hombre, ¿vendrás entonces?

—¿Cómo se llama usted? —preguntó Irene.

—Horacio, para servirla —dijo el *maître*.

—Mire, Horacio, quisiera acompañar la lubina con champán en vez de con vino blanco.

—Sabia elección.

Horacio ordenó a un camarero traer una cubitera de mesa para mantener frío el champán, e Irene fue contemplando la ceremonia de servilletas blancas y planchadas con mimo, de la cubitera resplandeciendo, la llegada de la lubina. Horacio indicó al camarero que iba a proceder él mismo a limpiar y extraer la espina y a decapitar la hermosa pieza.

Sus manos tenían estilo. Manos grandes, bien proporcionadas, con un aire de solvencia anatómica que producía confianza. Su habilidad con los cubiertos hechizó a Irene. Era puro malabarismo. Pensó en esas manos sobre su cuerpo.

Casi fue un acto erótico, como si hubiera desnudado a la lubina, y la exposición a la vista de su carne blanca tenía algo de violación sacrílega de la intimidad de los océanos.

Horacio depositó en el plato de Irene los lomos de la lubina y luego le sirvió el champán en su copa.

Así que Irene comió su lubina y fue bebiendo.

Ya se había bebido casi media botella de champán ella sola cuando se dio cuenta de que tenía que telefonear al Parador de Aiguablava y retrasar un día la reserva. No podía conducir en ese estado.

Le pidió a Horacio que le recomendara un buen hotel en Cambrils y él le aconsejó que se alojara en el Villa Fortuny, un cinco estrellas recién inaugurado.

Una hora y veinte minutos después estaba alojada en el Villa Fortuny, en una doble superior con vistas al mar.

Se tumbó en la cama y el efecto del champán hizo que se quedara dormida. Cuando despertó se sintió despejada. Pidió a la recepción que le trajeran un café americano con leche. Al colgar, se arrepintió de haber pedido un americano, porque hubiera preferido un expreso, y si hubiera estado Marce allí, él habría sabido qué era exactamente lo que deseaba, si un americano o un expreso.

Ya eran más de las seis de la tarde.

Bajó a la piscina a darse un baño.

Nadó, el agua estaba fría, pero casi no tenía cloro, no había nadie en el agua, piscina solitaria y dentro una mujer solitaria, con un Seiko sumergible en la muñeca, una armonía que solo contemplaba el gran contemplador, su Marce, desde el otro mundo.

El Gran Contemplador, así lo pensaba ella, y el Gran Contemplador acababa siendo una creación artística de su cerebro, de su alma.

El alma de Irene.

Esa roca de minerales preciosos, descomponiéndose y recomponiéndose.

Regresó a la habitación y fue directamente al tique y la tarjeta del restaurante, buscaba un dato. Había guardado la tarjeta porque eso lo solía hacer con Marce, guardaban las tarjetas de los restaurantes en donde habían sido felices, donde habían comido bien, donde habían disfrutado de la vida. Eran ya las siete y cuarto de la tarde. Telefoneó al restaurante y pidió hablar con Horacio. Le dijeron que no estaba, que no vendría hasta las ocho.

Esperó.

Marce, Marce, tú sabías decirles al mundo y a la vida estas palabras: «A mi Irene no la tocaréis nunca». Marce, tú me cuidabas. Sabías qué ropa me tenía que poner y qué ropa me tenía que comprar, qué teníamos que comer y qué había que elegir en las tiendas, sí, sabías qué era importante y qué no lo era, discernías, distinguías, sabías qué hacer en cada momento para que tu Irene triunfase sobre la hostilidad y las amenazas y los peligros y el odio, toda esa maldad que hay en el mundo.

Eras la salud, eso eras tú.

Y entonces, cuando te dabas cuenta de mi terror a la noche, de mi absoluto miedo a meterme en la cama, tú me cogías la mano hasta que me iba durmiendo, y yo sabía que quien me cogía la mano era la bondad.

También eras la primavera.

Y eras un niño.

Y un caballero.

Y un relámpago.

Y un planeta iluminado con bombillas de colores y serpentinas de colores y con una orquesta llena de saxofonistas, un planeta viajando por el universo a veinte kilómetros por hora, lentamente, para que los músicos saxofonistas no se despeinaran, porque todos iban muy peinados, con la raya bien marcada, con el pelo negro.

Y me quedaba dormida, libre de todo miedo y de todo mal.

Libre de toda vanidad humana, pues a tu lado no necesitaba ser nadie para los demás: no necesitaba triunfar, no necesitaba ninguna clase de éxito social o profesional.

Podía ser invisible a los demás y triunfaba sobre los demás, por tu amor. La mayoría de los seres humanos han sentido una vanidad devastadora porque no sabían qué era el amor.

La vanidad de los emperadores romanos, la vanidad de las faraonas de Egipto, la vanidad de Napoleón, de Hitler y de Stalin.

Irene y Marce: invisibles.

Pensé que yo había venido a este mundo a encontrarme contigo, eso es. Que había un plan, que había una voluntad, un designio, una aquiescencia de los poderes terrenales, una misión.

Una elevada misión.

No sabía cómo decirlo.

No teníamos nombres.

No quiero recordar lo que todas las viudas recuerdan, pero no hay nada más enigmático que una viuda enamorada de un cadáver a quien cree ver vivo cuando está en brazos de otros hombres.

Las viudas guardan el secreto de los hombres muertos, de todo cuanto llegaron a ser, de cuanto llegaron a hacer. Las viudas son mendigas. Pero la viudedad de Irene, ¿qué era sino un alarido, un grito?

Las viudas guardan maridos difuntos que siguen hablando y besando y se convierten entonces en mujeres sagradas.

Las viudas somos el Mediterráneo.

Estamos locas de ensoñación y delirio.

Las viudas verdaderas, quiero decir las viudas llenas de un amor que ya no tiene destino, que se queda en el aire, dando vueltas como un demonio.

Irene miró el Seiko y ya era la hora de volver a llamar. También era el momento de cambiarse de reloj, porque para el agua usaba el Seiko, pero solo para bañarse. Así que se puso el Bulgari.

Le cogió el teléfono el propio Horacio.

—Horacio, soy Irene, ¿te acuerdas de mí?

—La hermosa mujer de la lubina y del champán francés.

Por cómo lo dijo, Irene supo que él no había pensado en otra cosa desde que se habían despedido.

—Estoy en el Villa Fortuny, en la habitación 411.

Y dicho esto, colgó el teléfono, con el corazón acelerado.

Estaba muy nerviosa.

Dudas, mil dudas, todas oscuras. Y, sin embargo, eran vida.

¿Y si estoy poniendo en peligro mi vida, Marce?

Dime. ¿Vendrá ese hombre y tú con él? ¿Se abrirán las nubes y estarás tú allí en medio, en carne mortal, recordando la mejor historia de amor de todos los siglos?

Irene miró en rededor y reinaba ya la noche, esas noches de junio que esconden el verano naciente.

Corazón que no puede ser colmado, pero sí saciado, sí saciado con la presencia de Marce, que toma la carne de otro hombre en una ceremonia antigua y ritual de transustanciación, de alquimia de sangre, corazón, hígado, pulmón, riñón y hueso.

Médula espinal, bazo, esófago, uretra, laringe, recto, vejiga y corazón, siempre corazón.

Medulas que han gloriosamente ardido.

¿Vendrá ese hombre?

Está sonando el móvil, era de esperar.

Quiere aclaraciones, medita Irene.

El número del móvil de Irene se ha quedado grabado en el teléfono del restaurante.

Ya son wasaps lo que recibe Irene ahora.

No sabe ese hombre, ese Horacio, *maître* del restaurante Las Olas, que ella no contestará, de la misma manera que Dios no contesta las oraciones de sus creyentes.

Dios jamás ha contestado a ningún ser humano.

Sin embargo, lo siguen llamando.

Irene piensa: Dios solo nos contestó a nosotros, a Marce y a mí, a nosotros sí nos cogió el teléfono, al primer tono, porque Él es caprichoso y no encuentra ningún motivo de interés para contestar plegarias y ruegos y oraciones y promesas y tratos de sus millones de admiradores repartidos por el mundo, admiradores vivos y admiradores muertos, pero a nosotros sí, enseguida descolgó y dijo: «*Alma a quien todo un dios prisión ha sido*».

Eres una loca, estás completamente loca, es la soledad, esta soledad, esta ausencia, pero ¿de quién?

Si Dios no contestó nunca a los millones de hombres y mujeres que le rezaron, yo tampoco contestaré a los hombres.

Irene imagina el pensamiento de Horacio: «¿Y si es una trampa, y si me roban, y si me extirpan un riñón, y si me matan?, pero no puede ser una trampa, se trata del Villa Fortuny, es un cinco estrellas, ¿y si es una loca, una de esas mujeres piradísimas que dan vueltas por el mundo buscando un príncipe, o un marido, o buscando morir?, ¿y si es una asesina, de esas que luego te echan un vaso de gasolina en la cara y te prenden fuego y te desfiguran de por vida?, ¿y si es simplemente una mujer, solo una mujer, solo un ser humano, como yo?, pero ¿quién es?, y cómo saberlo si no es aceptando ir a esa habitación».

Irene: ¿Y si es un hombre casado, felizmente casado? Pero ese milagro solo se dio una vez, Dios nos lo dijo. Y fuimos nosotros, nosotros dos, Marce y yo. Misión de la imaginación de las viudas es prolongar el pasado, agigantarlo, recrearlo, y si no se puede recrear porque duró poco, inventarlo.

Misión de las viudas es que el marido difunto siga cumpliendo años, eso es lo que tengo que hacer.

Irene lee los wasaps de Julio, que poco a poco van distanciándose en el tiempo, como una fuerza que se agota, y ve que de un momento a otro Julio desaparecerá en ese océano indefinido de los wasaps amorosos que están ocurriendo en ese instante en el planeta Tierra.

Billones de wasaps que contienen besos y hondos deseos de amar y ser amado, pero eso no se cumple, se cumplen el sexo, la copulación, las risas, las caricias, también las humillaciones, pero más allá no hay nada.

De haber algo, será la angustia.

Más allá está Marce, reza Irene.

Irene: Si viene ese hombre, ¿vendrás tú, Marce?

Pero Marce no contesta.

Irene: Ese hombre pensará que tiene que ducharse para venir hasta aquí cuando termine su turno, cuándo termina un turno en un restaurante de casi lujo, lujo del todo no era, casi lujo, ah, la cuenta, voy a mirar la factura, ciento veintisiete euros, setenta euros el champán, cuarenta la lubina, casi lujo o lujo, quién puede saber eso, pero si él es el jefe, podrá irse antes, eso seguro, pero habrá sudado, y querrá estar limpio y aseado para mí, ¿habrá ducha en un restaurante de casi lujo? Imagino que sí. Querrá ponerse una camisa bonita, y esa no la tendrá allí, la tendrá en su casa, en donde seguro tiene esposa, pero la camisa que llevaba este mediodía es suficiente, pero no puedo escribirle para decirle que con la camisa que llevaba hoy es suficiente, pero claro luego está el pantalón, que esos pantalones de camareros y *maîtres* no tienen gracia alguna, son pantalones negros anodinos, rutinarios, formales, vacíos, no pensados para la fiesta del amor, ¿fiesta del amor?, ¿dónde está esa fiesta? ¿Y su mujer, si tiene mujer?, que espero que la tenga, porque si no la tiene, ¿qué mérito habrá en esta ofrenda, Marce, qué mérito?

Recuerda ahora Irene que Marce quiso publicar sus poemas, sus escritos, sus fragmentos de cuentos y diarios. Poemas llenos de palabras cursis y frases recargadas, todos muy malos. Eran cosas para nosotros, y a pesar de eso fue a una imprenta e hizo una edición de seis ejemplares, y yo le dije que con una de dos ejemplares habría bastado.

¿Qué quería que hiciésemos con los cuatro restantes?

Uno para su hermana Paola, otro para mi padre, otro para mi hermana y otro para mi sobrina, para cuando creciera.

Y dos para nosotros.

Eso dijo.

Alicia ya había muerto entonces, gracias a Dios.

6

Lo dorado lo invade todo

Llaman a la puerta.

Dos golpes secos, pero sonoros.

Ha debido de meditar cómo llamar, con cuántos golpes, con qué grado de fuerza.

Es Horacio, que nada más terminar su turno en el restaurante se ha subido a su coche y se ha plantado en la puerta de su habitación.

Claro que ha venido.

Y ya ha entrado en su habitación, porque Irene le ha abierto sin dudar, para qué dudar.

Y sus grandes manos, las que habían desnudado la lubina salvaje, se posan sobre el cuerpo de Irene.

Se desnudan como locos, y se besan como si estuvieran compitiendo por algo, y al final, en la cama, por fin Irene puede ver de nuevo a Marce, allá en lo alto de una escalera.

Marce, Marce, ¿eres tú?

Y Marce sonríe y asiente con la cabeza, justo en el momento en que Irene y Horacio entran en la región breve y confusa del orgasmo.

Y son escasos diez segundos el tiempo que les es concedido, dependiendo de la duración del placer de

Irene. Lo ve con su pelo rubio destellando, y la sonrisa. Tiene los ojos dorados.

Nadar sabe mi llama la agua fría, suena ese verso en su mente.

¿Y si es solo una alucinación?, piensa Irene cuando todo termina, cuando Marce se desvanece.

¿Se trata de una fuerte sugestión?

Eso dicen los psiquiatras, los psicólogos, los médicos, los científicos, incluso los artistas.

No *dejará la memoria, en donde ardía*, se dice a sí misma para creer.

Creer en un soneto y no en la ciencia.

Al final de una escalera, él allí, esperándola para decirle algo que no ocupa el espacio y el tiempo de una palabra. Pues solo sonríe, es como una brisa, pero esa sonrisa y esa mirada significan algo.

Es una sonrisa profundamente buena; como si la bondad se encarnara en una sonrisa.

Claro, piensa Irene, él no tiene tiempo, por eso no dice palabras. El lenguaje existe en el tiempo, una frase necesita dos o tres segundos para ser dicha, y Marce ya carece de tiempo porque está muerto. Además no lleva el Cartier de oro.

Pero los que sí tienen palabras son los hombres con los que se está acostando.

Horacio le está diciendo que la adora, que se ha enamorado de ella, que está dispuesto a dejar a su mujer. Horacio habla porque tiene tiempo.

Y toda esa declaración de intenciones de Horacio acredita, de un modo mágico, que ha visto a Marce al final de la escalera.

Todo ese enamoramiento súbito de Horacio son

cosas que Marce, desde el reino de los muertos, pone en su boca para tranquilizarla, para sacarla del pozo.

—Me iré contigo, haré un buen divorcio, se lo dejaré todo y ya está —dice él, envalentonado, como si hubiera encontrado un tesoro.

—¿Cómo se llama tu mujer? —pregunta Irene.

Están los dos tendidos en la cama, desnudos, con el balcón abierto, entrando el aire húmedo de junio, con la mano del Mediterráneo sobre ellos.

—Se llama Margarita.

—Es un nombre precioso.

—Lo es.

Cómo decirle que, para ella, él ha sido solo una escalera, un lugar de tránsito, un delicado espacio que los ángeles, la naturaleza, la vida, las estrellas, la materia, la muerte, las nubes, el silencio, las olas, las montañas, las lunas, los vivos y los muertos, las ecuaciones matemáticas de sexto grado, la alianza entre Dios y las máquinas, la alianza entre los hombres y las máquinas, la alianza entre Dios y las mujeres iluminan, un atávico espacio que se ha abierto ante ella para ver a lo lejos, subido como en un pedestal, a quien fue el amor de su vida, y verlo diez, doce, trece segundos, tal vez solo un segundo, o dos segundos.

Verlo allí, acodado en una balaustrada.

Verlo allí, coronado de muerte, pero sin olvido posible. Y sin que pronuncie una sola palabra. Qué difícil es creer en las visiones que no dicen ni una sola palabra.

Su cuerpo dejará, no su cuidado, esa es su fe.

—Enséñame una foto de ella —dice Irene.

Horacio le enseña una foto de Margarita en su

teléfono móvil, e Irene la mira, y la amplía con los dedos pulgar e índice, y la sigue ampliando y Horacio asiste atónito a ese deseo de Irene de contemplar con detalle el rostro de su mujer, va de los ojos oscuros a los labios rojos, de los labios rojos al cabello rubio. Y mientras Irene se abisma mirando ese rostro a Horacio le tiembla la voz porque se da cuenta de todo.

Y Horacio comienza a vestirse en un silencio mustio.

Se pone el reloj.

Es un Festina deportivo.

Irene calcula el precio: unos ciento treinta euros.

Sabe que tiene que marcharse de esa habitación, sabe que tiene que salir de esa cama y sabe que no puede pronunciar ni una palabra.

No puede pronunciar ni la palabra *adiós*.

No puede decir ni «Ojalá que volvamos a vernos».

Ha sido testigo de un milagro.

La magia del cabello de las mujeres, eso ha visto.

Porque Irene también es rubia.

Lo dorado lo invade todo.

Revolotea la brisa del Mediterráneo, que se inflama ante los ojos de Horacio, quien ha visto cómo una mujer con la que acaba de acostarse está mirando los ojos de la mujer que lo ama de verdad.

Y la palabra *Margarita* se refunda en el interior de ese hombre que ya no sale de su asombro.

Duda en el último instante, cuando ya su mano toca el pomo de la puerta. Una duda pesada cae sobre su pensamiento como una piedra de cien kilos en un charco de barro.

Como si Irene supiera que Horacio está dudando le dice:

—Yo ya soy la mujer de otro.

Y él es el marido de otra, y se siente desleal. Ve la deslealtad comerse su corazón, ve la traición comerse su alma, porque la deslealtad en el amor castiga más a quien la comete que a quien la padece.

Sufre más quien engaña que el engañado, y tres mil años pensando que es al revés, porque el que engaña es un mendigo, uno o una que pide en cualquier esquina.

Sale de la habitación, silencioso.

Camina por el pasillo.

No coge el ascensor.

Alguien lo saluda en la recepción, un colega de la hostelería de Cambrils, pero Horacio no se detiene.

Le cuesta encontrar su vehículo, no recuerda dónde lo ha aparcado, y sabe que no lo recuerda porque su pensamiento ha caído en un pozo de tinieblas, de culpabilidad y de vergüenza. Se enfada consigo mismo por haber olvidado dónde está su Nissan Qashqai, comprado con el dinero que les prestó Lucía, la madre de Margarita, porque a ellos no les llegaba.

«A mi madre le hace ilusión, déjala que nos ayude.»

Y ahora estaba viendo esa ilusión de su suegra como una losa atada a su cuello. Encima Margarita y su madre eligieron el modelo *full equip*. «Así me tendréis que sacar a pasear de vez en cuando», dijo Lucía.

Y esa frase de su suegra retumba en las cavernas de su biología ancestral como un adiós a la vida.

Su suegra también es una mujer, como Irene, una mujer que siempre le ha mostrado un afecto inquebrantable, una buena mujer, porque la bondad también está aquí, es una persona más, la bondad, juzgando lo que hace él en este instante. La madre de su mujer siempre había creído en él y lo había visto como un hombre de bien, lo había defendido y lo había querido y lo quiere, y ahora él se había acostado con otra que no era su hija. Por qué se ordena así la vida, y qué horror sentiría Lucía si descubriera alguna vez esta deslealtad de su yerno. Lo acabaría perdonando, pero destrozaría su corazón.

—Irene, Irene —dice Horacio mientras busca su Nissan Qashqai—. Me devuelves a este lodo, pero tú no vives en este lodo.

Se agita furiosamente porque no encuentra su Nissan. Mira la hora en su Festina deportivo, que le regaló su hermano Roberto el día de su último cumpleaños. La sonrisa de Roberto cuando le dio la caja con el reloj, la sonrisa de su familia, todo eso ahora no funcionaba, tenía que pararse el reloj, pero no lo ha hecho, vuelve a mirar su Festina y el segundero sigue avanzando, sigue adelante, hacia el final del tiempo, de su tiempo. Y del reloj pasa otra vez a concentrarse en el Nissan.

Y estaba tan pletórico el día que fueron a recogerlo al concesionario. Porque fueron los tres. Y Lucía estaba feliz de haber podido ayudarlos con mucho más de la mitad de lo que costaba, porque valía treinta y cinco mil euros y ella había puesto veinticinco mil sin inmutarse. Y no le cabía ninguna duda de que ese dinero estaba muy bien invertido en el nuevo automóvil de su hija y del marido de su hija, que era otro hijo. Pero entonces, y allí estaba el problema, si él también era un hijo para Lucía, eso significaba que Margarita era su hermana.

Y ahí está el coche, por fin lo ha encontrado. Usa su mando a distancia. Entra en el coche, que aún huele a nuevo, y ese olor le devuelve el olor de su familia y de la seguridad que esa familia le ofrece. La tapicería le resulta acogedora. Como si la tapicería le hablara y le dijera «Ánimo, todo se arreglará» y «No ha pasado nada grave».

Cesa el amparo de la tapicería y regresa ella, regresa a su pensamiento Irene. Y la intimidad de ese cuerpo.

Irene no es su hermana.

Es su amante.

La palabra *amante* son besos, mordiscos, arrodillamiento, toda clase de fluidos que emergen como la sal del mar, todo leyendas y locura y orgasmo que da la paz.

Irene, Irene, por qué me has devuelto al lodo, vuelve a repetirse como una salmodia.

Arranca el motor y recorre los metros que llevan a la salida del aparcamiento del hotel, y frena de golpe, y dirige el coche hasta un arcén.

Saca el móvil de su bolsillo.

La llama, llama a Irene, pero ella no contesta el teléfono.

Se da cuenta en ese instante de que el lodo podía ser comestible. Vuelve a arrancar el motor y regresa a su casa, donde lo espera su mujer, a quien ahora tendrá que contarle alguna historia, y es entonces cuando se da cuenta de que tiene veintitrés llamadas perdidas de Margarita. Las había ignorado antes, pero en ese instante se convierten en realidad: veintitrés llamadas.

Esas veintitrés llamadas son amor también —piensa Horacio—, pero no lo son del todo, porque los seres humanos no se pueden inventar una pasión que no sienten. Esas veintitrés llamadas están llenas de humillaciones de ida y vuelta.

Horacio se siente tan confuso que cuando entra en casa ni siquiera lee la nota que Margarita ha dejado sobre la mesa del comedor: «Mi madre acaba de morir y tú estás en la cama de alguna zorra, eres un farsante y un sinvergüenza».

7

Los amantes no serán humillados jamás

No existió la humillación conyugal.

Eso piensa Irene.

La humillación conyugal, sí, eso es.

Desde que se casaron.

La gente que trabajaba para ellos entraba de vez en cuando en el despacho de Marce y le decía: «Me quiero divorciar, no aguanto más».

Nuestra tienda y nuestros empleados, anda que no vimos dolor, recuerda Irene, como el divorcio de Teo, el transportista, y cómo ellos dos lo ayudaron, porque fue su mujer quien se largó con otro. Y Marce diciéndole que era una suerte, y que daba igual quién hubiera dejado a quién, lo importante era que Carlota —así se llamaba la mujer de Teo— no era el amor de su vida, y que era afortunado porque lo había descubierto a tiempo.

Lo que había allí era miedo.

Lo habían visto más veces: que si el piso se lo queda uno o se lo queda otro, que «qué voy a hacer a mi edad», que «ya no me mirará ningún hombre» o «ya no me mirará ninguna mujer», la de veces que oyeron eso.

Era el miedo.

Marce e Irene no conocían ese miedo.

Porque ellos sabían que solo se vive una vez, y el miedo no forma parte de la naturaleza, el miedo es cultural y social.

El miedo es alienación, eso es.

La gran humillación de la vida.

Las mañanas de domingo salían a la terraza y se besaban allí, y no había humillación.

Las mañanas de lunes hacían lo mismo, y no había humillación.

Salían a cenar y siempre tenían mil temas de conversación, y siempre era la intensidad de la primera conversación, la conversación ilusionada de la conquista, siempre esa, siempre nervios e ilusión, siempre precipitados los dos, siempre atolondrados.

Sin miedo.

Todos han sido humillados, nosotros no.

Nosotros.

Irene y Marcelo.

Poco después de esa charla con Teo, Carlota entró en la tienda pidiendo a gritos hablar con Marce. Parecía una loca, estaba fuera de sí. Una mujer guapa, con una melena corta, con tacones y falda ajustada, de piel rojiza.

—¿Cómo es posible que a mi marido le dé igual que lo haya abandonado? Yo solo quería darle un susto, tú le has dicho algo retorcido, ¿qué le has dicho? —le preguntó delante de todos los empleados y algún cliente.

—Le he dicho que era afortunado de saber que

su amor verdadero aún estaba por llegar, eso le he dicho —contestó Marce, mirando a Carlota.

Y se hizo un silencio sepulcral.

Y en ese instante apareció por la puerta Teo, que venía a buscar una mesa y seis sillas para llevarlas a su destino.

Teo y Carlota se miraron, aún se gustaban, aún quedaba algo remoto.

A los pocos meses Teo encontró a Nuria, como si las palabras de Marcelo hubieran sido una profecía de pronto cumplimiento.

Recuerda Irene ahora a Nuria y a Teo, el día en que Teo los invitó a cenar para presentarles a Nuria, que trabajaba en una gestoría. Luego Nuria ayudaría a Irene, tras la muerte de Marce, con el traspaso de la tienda. Lo más gracioso es que Nuria, físicamente, era clavada a Carlota: el mismo tipo de corte de cara, melena corta y falda ajustada, solo que la piel no era rojiza sino oscura.

—Los muebles —decía Marce—, los muebles son importantes.

Los recién casados, los ya casados, los que se iban a casar, y las nuevas formas de parejas que fueron apareciendo a lo largo de estos últimos treinta años, parejas formadas por hombres, parejas formadas por mujeres, sea como fuere, todos necesitaban muebles. Parecía una ley universal.

Todos los enamorados necesitaban muebles para sus casas, y allí estaban Marcelo y su tienda.

Nuestra tienda era luminosa, la pensamos para ellos, para quienes necesitaban crear materia sólida para su historia de amor.

Mesas para comer juntos.

Sofás para sentarse uno encima del otro.

Para hablarse uno al lado del otro mientras llovía en las calles.

Los enamorados necesitan belleza.

Sin belleza el amor no encuentra casa.

En los primeros años Irene ayudaba en la tienda con un ahínco feroz, hasta que se inventaron el Juego. Hasta que aparecieron ellas dos: la pintura y la poesía. Decidieron llamarlas así: el Juego.

A Irene siempre le había gustado dibujar y pintar y escribir poemas. Un día Marce le dijo que destinarían una habitación de la casa para que ella se entregara al Juego.

El Juego siempre eran ellos dos.

Irene dibujaba a Marce.

Irene los dibujaba a los dos.

Haciendo cosas.

Marce e Irene comiendo.

Marce e Irene paseando por el Retiro.

Marce durmiendo en la cama desnudo.

Irene cocinando unos espaguetis.

Marce fregando una cacerola en calzoncillos.

Irene tomando el sol desnuda en la terraza.

Cosas así.

Y luego escribía poemas de amor.

Marce le regalaba los libros de los poetas famosos, pero a ambos les gustaban más los poemas de Irene porque hablaban de *nosotros*.

Les gustaban Luis Cernuda, Pedro Salinas y Pablo Neruda.

El Juego los imantó, porque les seducía verse reflejados en los poemas, en los dibujos, porque era como vivir dos veces: una en la vida, otra en las pinturas y los poemas de Irene.

De modo que un día Irene decidió quedarse en casa pintando y escribiendo. Fue una decisión de ella. Irene lo quiso así. Como si hubiera tenido una revelación: «Quédate en casa pintando y escribiendo».

Ella, a las pinturas y a la poesía.

Él, a los muebles, intentando que los amores de la gente se fueran encarnando en materia, en maderas, a ser posible en maderas nobles y no en sucedáneos inhóspitos, plastificados, innobles.

A Irene le pareció que escribir y pintar y vender muebles eran trabajos para difundir y defender la belleza en el mundo.

Creyó que ella y su marido estaban dedicados a la misma utopía, a la misma fantasía.

Los muebles de Ikea son la derrota del amor. La banalización de los muebles se cernía sobre el mundo trayendo la banalización del amor, la banalización de las casas, de las grandes liturgias de la edificación de hogares, casas verdaderas para el amor entre hombres y mujeres, mujeres y mujeres, hombres y hombres. La melamina se puso de moda. Lo invadía todo. «Se puede juzgar una época por sus muebles», decía Marce.

Le daban miedo los muebles de mala calidad. No es que sufriera profesionalmente ante los muebles construidos con materiales de tercera categoría, es que esos muebles le causaban terror, insomnio, angustia.

Era por su padre, claro.

Una forma de devoción a Tory.

Marce presintió la corrosión del amor en las parejas que compraban muebles de mala calidad. Como si los plásticos y los serrines adulterados emanasen radiaciones hostiles para ese amor.

El negocio iba bien porque Marce vendía muebles de manera apasionada.

Le encantaba venderlos.

Nogal, roble, pino, abeto, castaño, caoba, madera, materia. Marce y sus exaltaciones de la madera.

—No deberían llamarla madera sino sangre de la Tierra —decía—. *Madera* es una palabra injusta —clamaba.

Lo que más le gustaba era ayudar a las parejas que decidían casarse o se iban a vivir juntos. Pensaba en esa palabra, en la palabra *juntos*. Con la imaginación se metía en sus casas e intentaba aconsejarles pensando en que esos muebles iban a ser los testigos de miles de cosas, que iban desde el entusiasmo y la euforia hasta tal vez el desamor.

Todo son recuerdos, brotes oscuros de Irene.

Marce, con su tienda, les daba un servicio a la vida y al amor, eso piensa ella.

Su Marce ayudando a la edificación del amor universal desde una tienda de muebles.

Se enamoraba del amor que se tenían los clientes que decidían amueblar su primera vivienda en común.

Contrató más gente: hasta seis personas trabajaban para Marce e Irene.

Porque Irene le dijo: «Son tus empleados, transmíteles tu entusiasmo».

Marce decía esto: «Imaginad que vosotros sois

los propietarios de esos muebles, imaginad el sol del amanecer iluminando esos muebles».

Quería que entendieran su importancia.

«Hablan de las humillaciones en el trabajo, pero nosotros no las toleramos nunca», era una frase de Marce que recuerda Irene. Jamás, ni Marce ni Irene, permitieron ninguna humillación laboral por parte de nadie, cada uno hacía su trabajo y si alguien dejaba de hacerlo, eso significaba que el entusiasmo había fracasado, y si el entusiasmo fracasaba era Marce quien había fracasado.

Los predilectos de Marce eran los montadores, porque ellos iban a las casas de los clientes, ellos obraban el milagro.

Levantaban estanterías, montaban camas, mesas, sillas, armarios.

Medían el espacio con sus metros profesionales, plateados.

Colgaban lámparas, cortinas, espejos. Su trabajo transformaba el espacio. Un buen montador de muebles es como un discípulo de Dios.

Una lucha contra el vacío del espacio.

Gladiadores del bien absoluto.

Sus martillos, sus destornilladores eléctricos, sus taladros, sus cajas de herramientas.

Sus sonrisas.

Su camaradería.

Ante la mirada atenta e impresionada de los clientes, los montadores daban sentido a sus casas, a sus pisos.

Ellos se sabían contemplados.

Marce les dijo: «Que os miren, que vean que hacéis milagros».

Donde solo había espacio inerte, paredes, pilares, tabiques, ellos levantaban un orden, un sentido, un país. Un país hospitalario, porque los muebles son hospitalarios.

Construían hogares, de la naturaleza que fuesen esos hogares.

Los montadores de muebles ayudaron a Marce a entender su profesión. En realidad, le recordaban a su padre.

El espíritu de Victoriano Mora presidía la tienda.

«Mi padre nunca tuvo un destornillador eléctrico —les decía a los montadores—, pero fue amigo de Federico Fellini y el circo romano de *Ben-Hur* lo construyó él con madera de pino.»

Además de las mesillas de noche, sus muebles preferidos eran los armarios, porque en ellos hombres y mujeres y niños y niñas guardaban sus ropas. A veces caía en hondas meditaciones sobre cómo afectaría el paso del tiempo a los armarios que montaban sus operarios. Le gustaba saber que los montajes eran perfectos, como fueron los de Tory en *Ben-Hur*.

La obra bien hecha sigue siendo revolucionaria.

Al principio acompañaba a los montadores y él mismo revisaba la calidad y seguridad de la instalación: que los tornillos estuvieran encajados con milimétrica precisión, que los niveles fuesen perfectos, que todo emitiera robustez, armonía y encanto.

A los montadores les caía muy bien Marce.

Siempre hablando de su padre, del oficio de carpintero para el cine, algo que les sonaba lejano, o casi irreal, casi fabuloso.

«La gente deja en sus trabajos lo mejor de sus vidas —decía Marce—. Eso hizo mi padre. Por eso lo quería tanto Federico Fellini, porque mi padre hacía lo mismo que él.» Y si alguno de los montadores no sabía quién demonios era ese tal Federico Fellini, Marce le explicaba que era un director de cine, y les citaba películas suyas y escenas concretas y actores y actrices.

Recuerdos de Irene.

Suaves recuerdos de Irene que se deshacen, y no es única en eso, todos los seres humanos son iguales, son recuerdos que parecen bruma, nieve, nubes, delicados recuerdos que se convierten en recuerdos sombríos cuando se les pide que sean vida presente y no solo pasado.

Aún le oye decir a sus montadores: «Las horas que metéis aquí, en esta librería empotrada que estáis armando, se convierten en una energía llamada a perdurar».

Eso de «llamada a perdurar» lo había leído en un verso de Irene, que lo había sacado de un poeta ruso.

—Porque esa librería que estáis montando puede aguantar perfectamente cincuenta años, o tal vez setenta, o tal vez cien, hasta que alguien decida colocar otra cosa en esa pared, y cuando alguien decida desmontarla os tocará a vosotros, a través de vuestro trabajo, y vosotros ya no estaréis en este mundo.

Acariciaba esos armarios.

Miraba a la cara a quienes los habían comprado, y deseaba que sus armarios los acompañasen el resto de sus vidas.

«Me he pasado la vida construyendo hogares», eso decía Marcelo. Los seres humanos construyen hogares. Cuando dos enamorados se van a vivir juntos necesitan muebles, y los muebles son la materialización de su amor.

Las almas de los seres humanos se agarran a los muebles cuando la muerte los cerca. Buscan una mesa, una estantería, una cómoda en donde guardar su ropa. Los niños recuerdan su infancia con los muebles que sus padres eligieron, las camas, los armarios, la mesa de la sala de estar, la mesa de la cocina, las sillas de la cocina.

Irene dibujaba y pintaba los armarios que Marce diseñaba.

Irene pintaba a Marce comprobando que los armarios estaban bien montados, y así su matrimonio se hacía material.

Ay, la materia.

—Irene —decía Marce—, mi Irene, mi amor, mi sangre.

Algunas noches Irene se acercaba a la hora del cierre de la tienda. Cuando los empleados se habían marchado, se quedaban ellos dos solos, mirando los muebles, que estaban vacíos de intención, eran seres prodigiosamente ridículos, eran materia inútil, solo alcanzaban sentido cuando conseguían emocionar a los seres humanos, cuando se iban a vivir con los seres humanos, pero a Irene y a Marce les gustaba verlos antes, antes de que viajaran a las casas, a los hogares.

—¿Dónde irá este armario de caoba tan bonito?

—Irá a una pareja de recién casados —contestaba Irene.

—Guardarán camisas de él y vestidos de ella.

—Envejecerán a la vez, armarios y amores, armarios y matrimonios.

Eso decían, eso recuerda Irene que decían.

Cosas así.

Luego, cuando volvían a casa, Irene dibujaba los armarios llenos de ropa, de ropa inventada, claro. Y se reían y se besaban y se acariciaban y la excitación los envolvía y con la faceta artística de Irene descubrieron que su amor cobraba materialidad, es decir, se excitaban aún más, si es que eso era posible.

Los dibujos y los poemas de Irene eran como una celebración, o más bien como un certificado de realidad, de que todo lo que les pasaba era real, porque se sentían representados más allá de las fronteras de sus cuerpos.

Porque se sabían elegidos.

Dos humildes elegidos.

Sabemos que a nadie le ha pasado, ni a nadie le pasa, piensa Marce, tendido en la cama del Santa Chiara, con la mirada perdida en el cuerpo de Irene.

¿Deberíamos haber puesto anuncios en los periódicos para saber si había gente como nosotros?

No era ni es fe.

La fe es superstición.

Era y es constatación, hechos, realidad, materia, piedra, madera, carne, hueso, tierra.

Era y es tierra.

Hechos.

Amor.

Fuimos dos idiotas, piensa Irene ahora, dos perfectos idiotas, y uno está muerto, y la otra no sabe qué hacer con el dinero.

8

Si miro el mar, el tiempo no existe

Irene piensa: Si un ser humano desea hacer arte y belleza de su memoria, ¿quién se lo impide?, ¿qué ley lo impide? ¿Hay decretos gubernamentales, normas jurídicas, hay impuestos, hay que pagar al Estado por ello, un 15 por ciento, un 20 por ciento de la ganancia? Si el Estado se enterase, me robaría el 90 por ciento de mi ganancia. No el 90, sino el 99,9 por ciento, y me multaría y me perseguiría y me encarcelaría y me llamaría insolidaria, me llamaría puta, me quemaría viva, me lapidaría.

Me llamaría bruja.

Qué va, ojalá me llamara bruja y puta.

Me llamaría solo «insolidaria».

Mala mujer, ah, quién me llamara a mí mala mujer.

Mala mujer con su mal hombre, caminando hacia el fin del mundo, bajo la nieve, el sol, la lluvia, el tiempo, la nada.

Mala mujer, qué hermoso, no hay esclavitud en esas dos palabras, o sí la hay, claro que la hay.

Esclavitud y vida es lo mismo siempre.

Vivir es ser esclavo del tiempo en que vives: sus

leyes, sus costumbres, sus vestidos, su tecnología, su sentido del bien y del mal, su moral, su dinero, su comida, su medicina, su psiquiatría, su industria ideológica, porque la ideología es una industria más, como la industria conservera de las latas de sardinas, de caballa, de pulpo a la gallega, de calamares negros en su tinta.

¿Han estado vivos alguna vez esos calamares negros que salen de esas latas de calamares en su tinta?

Llevan tanto tiempo en la lata, les han hecho tantas cosas antes de meterlos en la lata (los han troceado, les han añadido conservantes, los han hervido en masa) que es imposible pensar que ese calamar que entra en tu boca haya sido alguna vez un ser vivo.

Me quemarían otras mujeres.

Mujeres quemando a otras mujeres porque no piensan como ellas. Cómo les gusta a los seres humanos quemar en la hoguera a otros seres humanos. Siempre hay razones sólidas para acabar con la mujer de al lado.

Irene lleva veinte años pensando.

Irene, Irene.

¿Acaso es una mala persona?

Mala persona son dos palabras terribles, son el descrédito social de este presente histórico más grande que se puede formular.

Irene se ve a sí misma contemplando cómo su marido se iba convirtiendo en huesos, cómo la enfermedad lo iba reduciendo a un esqueleto, pero era el esqueleto de su Marce, y se decía a sí misma de nuevo que también en esa transformación estaba siendo afortunada, pues estaba viendo cómo era por dentro el ser del que llevaba enamorada veinte años, como si estuviera asistiendo a uno de los mayores espectáculos del arte o de la naturaleza o del cosmos, como era el camino hacia el cadáver de su amado, ese camino que todo ser humano debe realizar, siendo el camino hacia el cadáver un camino de conocimiento, pero de conocimiento de qué.

Eso es terrible, piensa Irene.

¿Conocimiento de qué?

Dolor, tal vez, siempre el dolor, o más allá del dolor, la inconsistencia de lo que somos, una inconsistencia que parece un error de la naturaleza por habernos dado conciencia, porque la conciencia es un error.

¿Un maravilloso error?

Sabía que Marce se estaba muriendo, pero ella era incapaz de comprender la naturaleza del futuro, pues una de las grandezas del amor profundo es que solo tiene presente. Y él estaba allí, y ese estar allí de él lo era todo, como había ocurrido siempre.

A veces escupía sangre, y ella la veía allí, en el suelo, y le parecía un símbolo del amor. La sangre que salía de su boca y que quedaba colgando de su lengua, que había sido deseo y placer. Pero ¿no lo era igualmente ahora? ¿Quién decide qué es erótico y qué no lo es?

¿Quiénes son los bastardos y las bastardas que han legislado sobre el erotismo?

Esa sangre errática, que no tenía destino cierto en el mundo, que había caído sobre el parqué de la sala de estar, y el parqué se había iluminado al recibir esa sangre. La sangre de él, de su marido, pensaba Irene. Y no quería limpiarla. No quería ir a por la fregona para que se la llevaran el agua y los productos químicos. Esa sangre iluminaba el mundo. Seguían en el milagro.

¿Por qué ellos, si eran vulgares y corrientes?

El «por qué ellos» no los abandonaría jamás.

Odian las historias de amor aquellos que decidieron que el amor era una superchería y eligieron vidas sin amor.

Aman las historias de amor aquellos que están enamorados en todo momento de un hombre, de una mujer, de una mujer, de un hombre.

Hubo varias operaciones, pero no las recuerda bien.

Hubo humillaciones físicas y hospitales, pero para Irene todo era entrar en regiones desconocidas del cuerpo de Marcelo.

Hubo una bolsa que recogía los orines de Marcelo y los almacenaba desde un tubo que estaba conectado a su vientre. Pero ni siquiera esa bolsa menguó el deseo. Y ellos dos veían allí una dimensión desconocida de la vida, que no era condenable, porque juntos vieron que nada de lo que venía de la vida era condenable.

Eso no es fácil, eso es una obra de arte.

—¿Quién nos ha elegido? —preguntaba Marcelo.

—La mismísima naturaleza, o Dios, por darle un nombre a la naturaleza, es el único que se me ocurre, alguien más fuerte que un superhéroe, me parece a mí, alguien con poder para crear materia, planetas, soles, estrellas, mares —contestaba Irene, usando palabras sacadas de sus poemas.

—Tiene que ser Dios; así que existe, mira por dónde hemos averiguado que Dios existe en esta bolsa de excrementos.

Y se reían los dos.

Para saber que el final era real, Marce le pidió a Irene que lo dibujara todos los días, y así lo hizo ella, con un arte casi fotográfico, en el que poco a poco el cuerpo y la enfermedad fueron convirtiendo a Marce en un ser para la muerte, e Irene iba dibujando la llegada del fin.

Los médicos ni se enteraron.

Marcelo veía cómo los médicos no advertían ese portento y entendió mejor los secretos de la vida, que muchas veces proceden de la ceguera. Estaban ciegos aquellos médicos.

Irene pintaba el deterioro de Marce.

También escribía poemas sobre la enfermedad y el amor. Luego los rompía o los quemaba en el fregadero de la cocina.

Si Marce se había transformado en enfermedad, Irene amaría esa enfermedad.

Pero ¿fue así de verdad? Irene, ¿fue así?

Las cosas son como se recuerdan, no pueden aspirar a ser de otra manera, de modo que no hay conocimiento posible. Al ser las cosas como se recuerdan se transforman en leyendas. Y las leyendas son manos sucias palpando vida en la oscuridad.

¿Existió Julio César?

—Julio César —le dijo Marce—, llámame así en los poemas, con ese sobrenombre legendario.

—Mejor Napoleón —le contestó Irene.

Y llegó a la cumbre de su pasión cuando Marce

lloró al saber que se iba a ir de este mundo sin ver a Irene en manos de la enfermedad y la muerte futuras que le estaban reservadas a ella, así que se concentró en cómo volver de entre los muertos, cómo estar con ella por un afán de conocimiento que a veces en los libros se calificaba de amor maldito, pero no era así, porque el amor solo es amor, es decir, el amor es una vasta extensión de hechos y besos y abrazos y muerte sin adjetivación moral.

En los momentos finales de la enfermedad se produjo como un nuevo matrimonio entre Irene y Marcelo.

Ya no se separaban ni un minuto.

Entendieron entonces algo que pocos seres humanos son capaces de vislumbrar en sus existencias: que no había tenido sentido eso que se llama la vida social, y aunque es verdad que no había sido mucha, la poca que fue podían habérsela ahorrado. También eso les fue regalado: contemplar regiones insólitas del conocimiento humano. Eran, sin embargo, regiones malditas. Porque es muy difícil que un ser humano acepte tanto riesgo de ser aniquilado.

Tenían que vivir, eso es verdad, y la tienda de muebles fue un negocio exitoso, y todo lo que en el negocio llevaba a cabo Marce servía para adornar su amor, de la misma manera que la dedicación artística de Irene también ataviaba ese amor.

Es verdad que tenían dinero en el banco, y eso podía ser molesto de cara a saber qué habría pasado con su matrimonio si hubieran sido pobres, pero esa es otra historia, o abre la puerta de otra historia, pero también muy querida por ellos dos, pues Irene escribió un poema sobre dos vagabundos, dos sintecho que dormían juntos en unos soportales de la Gran Vía madrileña, y le dijo a Marce que eran ellos dos.

Aquel día estuvieron a punto de regalar su dinero y sus propiedades, pero no lo hicieron, porque no quisieron renunciar a los adornos, al placer, a los viajes y a los hoteles, pero lo pensaron.

Claro que lo pensaron, pero no dieron el paso.

No lo dieron.

A veces Marcelo tenía pánico a que el olor corporal del cáncer pudiera hacerse perceptible ante los sentidos de Irene. Todas las insanias visuales y olfativas y palpables de la enfermedad estaban allí, ante Irene.

Pero ella no las veía.

Y ahora las recuerda mal.

¿Por qué no las veía?

Cuántas veces se preguntó Marce por qué Irene no veía la degradación y el hundimiento de su cuerpo.

La respuesta era bien sencilla: tampoco él hubiera visto, de haberle tocado a Irene esa suerte, la degradación y el hundimiento de ella.

¿Qué mérito tenían ellos?

No tenían talento alguno más allá del entusiasmo de Marce para vender muebles y de las habilidades artísticas de Irene para esbozar dibujos y pinturas de un naturalismo correcto y aceptable de la vida que llevaban. Y escribir poemas y prosas llenos de tópicos, de palabras ya gastadas, de cursilerías vacuas y oxidadas.

Nada de nada.

Ningún rastro de algún don de la inteligencia, del talento o de lo que fuese.

Una normalidad absoluta.

Por eso solían hacer muchos viajes al mar; siempre que podían, iban a pasar fines de semana a la costa del Mediterráneo.

Y allí se plantaban los dos, frente al mar, en cualquier estación del año, y aunque no verbalizaban la razón, los dos sabían cuál era. Se quedaban allí, mirando el mar, porque aunque el mar no hablaba, parecía contener en su informe presencia alguna vaga equivalencia de la mágica vida que estaban viviendo.

Les calmaba mirar el mar.

El mar era la equivalencia material de su amor-pasión.

Pensaban que allí, en los fondos marinos, donde nada es real y sin embargo nada es irreal, donde lo real y lo irreal son categorías inútiles, el milagro del amor que vivían podría tener su morada, su mansión, su refugio, incluso su ataúd.

Comían y cenaban en restaurantes con terrazas al mar.

Se hospedaban en hoteles con vistas al mar.

Y cogidos de la mano miraban las olas, el brillo de las aguas, la mansedumbre lejana de las mareas, esa forma de vida inalterable que tenía que ver con el don que les había sido regalado por la naturaleza, aunque la relación íntima entre el mar y ellos les era completamente desconocida, solo albergaban una remota intuición de un parentesco perdido en la noche de la especie humana.

Recuerdos de Irene.
Irene.
Si miro el mar, da igual todo.
Si miro el mar, el tiempo no existe.
Si miro el mar, me lo puedo inventar todo.

9

La enamorada del viento, IV

Irene miró el Mediterráneo al lado de su hotel, desde el coche. Lo miró con ansias de comprenderlo, de abarcarlo, incluso de arrancarlo del espacio y arrojarlo con su mano derecha contra el cielo, contra las estrellas.

Descuartizar el mar como si fuese una vaca, una res, un cerdo, un cordero.

¿Qué hacer con las vísceras?

Echárselas por encima.

Hoy se había puesto el Omega de oro amarillo con acero, un diseño clásico, pero profundo, solo le molestaba que las horas estuvieran en números romanos. Las horas deben estar en números arábigos, porque hay que darles claridad a las horas, la misma que tiene el dinero, que usa esos números y no los romanos. Miró el segundero, su duro avance contra el futuro. Los relojes mecánicos dan una oportunidad a cada segundo; los de cuarzo no.

«Mira, Marce, cómo se desplaza lentamente el segundero de tu Cartier, cómo a cada segundo le es concedida su oportunidad. Eso el cuarzo no lo hace», le dijo el día en que se lo regaló.

Arrancó su BMW descapotable e introdujo en el navegador el Parador de Aiguablava, que era a donde quería ir antes de haberse encontrado con el *maître* infiel. Y el navegador le dio una distancia de 240 kilómetros. Lo haría en menos de tres horas.

Ahora se acumulaban wasaps de dos hombres en su teléfono móvil mientras ella se concentraba en las dos veces que había conseguido ver a Marce al final de aquella extraña escalera con la mano levantada hacia ella, y con esa sonrisa enigmática —pero ¿era él, realmente él?—, y no podía hablar, o sus palabras eran inaudibles, aunque movía los labios.

Ellos habían convocado esa escalera. Ambos: primero Julio, luego Horacio.

Recordó a Julio, un hombre experto en un mar.

Nosotros también lo fuimos, tú y yo, Marce, piensa Irene, también nos especializamos en el Mediterráneo, o tal vez tuvimos la doble nacionalidad, porque a veces íbamos al Cantábrico, y al Atlántico, que aunque tengan dos nombres son las mismas aguas.

De nuevo alzó la vista desde la consola del GPS hacia el Mediterráneo, contempló la manera en que el sol se elevaba sobre las aguas, como si fuesen dos seres que existían en paralelo, dos seres para los cuales el encuentro era una posibilidad abandonada a las inercias cósmicas, porque era posible que dentro de cinco mil millones de años el sol tocase al fin las aguas del Mediterráneo y al tocarlas las hiciera arder, o era posible también que el Mediterráneo apagara con sus olas las llamas del sol, en un desafío que escapaba a la razón, pero no al milagro que había ocurrido entre Marce y ella.

¿Y si no hubiera sido así?, piensa Irene, o acaso no te lo estás inventando todo. Y qué diferencia habría, vuelve a decirse Irene, qué diferencia habría si él ya no está para desmentir o corroborar mi historia.

Otra vez esa vieja salía del subsuelo de su memoria, esa mujer que se llamaba como una novela de niños, y era en realidad una bruja dentro de su conciencia, esa mujer que pensó que su sobrino se había enamorado de una mala hembra.

Habría una diferencia gigantesca, se dice de nuevo, y cierra los ojos y siente una desolación insoportable.

Llegó al Parador de Aiguablava con hambre, pero tenía ganas de ver su habitación de categoría superior con vistas al mar.

Esta vez el Mediterráneo estaba como elevado, como si fuese una pared. Recordó las investigaciones turísticas de Julio, que le alegraron de nuevo y le hicieron sonreír por dentro, y en ese instante hubiera deseado que él estuviera allí con ella para besarla entera, comenzando por los pies.

Marce volvió a su pensamiento.

Marce, buscaré un hombre hoy y te lo ofreceré en el cadalso de mi cuerpo para que vengas a verme.

Para ver tu sonrisa al fondo de una escalera.

Abrió la maleta.

Salió a la terraza.

La brisa era intensa, y el mar mandaba un viento arrebatado contra su rostro.

Recordó palabras de Julio: «Buscan el paraíso, o una señal del paraíso, es este mar el elegido por todo el turismo occidental, aquí viene a parar todo el dinero que los países del norte son capaces de producir, es como una especie de flujo del norte al sur y del sur al norte, pero todavía hay miles de kilómetros de costa mediterránea por explorar, todo el mundo pone el grito en el cielo por la explotación turística del Mediterráneo, y sin embargo hay cientos de playas inaccesibles, lugares maravillosos donde no hay nadie, solo sol, arena, olas y viento, y yo me dedico a encontrar esos lugares, que en nuestro argot llamamos *enclaves macizos*... si la gente viera esos sitios que yo he visto, rogaría tener allí una casa para ver ese espectáculo todos los días. Así funciona mi negocio; hasta que llegue el día en que no quede ni un metro de playa, ni viva ya ni un solo pez debajo de las olas. A veces pienso que llegará ese día, pero tengo la certeza absoluta de que yo no lo veré porque he calculado que para eso faltan unos cien años, y cuando llegue ese día, seguro que ya sabrán construir o crear peces de manera artificial, incluso peces mejorados, con más texturas, y más saludables, y seguirá habiendo excelentes ofertas en los restaurantes de playa, incluso con sabores que hoy no sabemos ni soñar, por ejemplo peces hibridados, mezclas inauditas de merluza y mero, o rape y bacalao, o pulpo y rodaballo. Imagínate un cruce entre rape y rodaballo, parece un sueño gastronómico, todo eso será posible, y me lo perderé. En el futuro la gente se reirá de nosotros por comer rapes que solo saben a rape. O merluzas que solo saben a merluza. Imagínate un pez que sea merluza y bacalao al mismo tiempo y que al probarlo tu alma se encienda y levite de alegría ante lo desconocido».

Se duchó con agua fría.

Enclaves macizos, esas dos palabras un tanto pomposas.

Salió desnuda a la terraza.

Se tumbó en una hamaca.

Veía las uñas pintadas de sus pies encima del Mediterráneo.

Hizo una foto de sus pies y el mar con su teléfono móvil.

De repente, tuvo miedo, se sintió acorralada.

Recordó que la obsesión de Marce era esa, que no tuviera miedo, que no tuviera angustia, que no se sintiera sola, pero todos esos preparativos habían sido inútiles.

Regresó al interior de su suite y se quedó mirando la enorme pantalla de televisión que estaba en la pared de la habitación. Sintió la inutilidad profunda de ese aparato. ¿Qué hace allí ese mamotreto?, pensó. Le entraron ganas de desmontarlo y arrojarlo al vacío desde su terraza. No sería difícil desengancharlo, aunque podría llevarse media pared. A través de ese rectángulo negro, profundamente feo, vio lo que somos como civilización: una fantasía.

Si somos una fantasía, al menos que esa fantasía contenga pasión: *venas que humor a tanto fuego han dado*. Le pareció un insulto a las pasiones de su corazón que estuviera allí ese aparato. La televisión, no sabía en qué manera, humillaba las ansias de belleza de su vida. Sintió un asco insoportable. Ese aparato le resultaba nauseabundo.

Marce odiaba las mesas auxiliares para la televisión porque eran feas, pero los clientes las pedían.

Siempre las pedían, siempre.

«Nadie debería llevarse a casa ese trasto —decía Marce—; no saben que ese mueble anestesia el deseo.»

Llamó a la recepción.

—No soporto la presencia de ese aparato en mi habitación. Por favor, llévenselo de aquí, no he pedido que esté aquí este aparato, es un insulto contra mi religión.

—Entiendo cómo se siente, pero no puedo hacer nada al respecto, créame que la entiendo —le dijo el recepcionista, perplejo porque ella había estallado de pronto en una carcajada.

Irene colgó.

No ha entendido el chiste, pensó, pero tal vez fuese verdad que la televisión atacase a su religión. Marce y ella nunca vieron la televisión. Tenían una, pero era para ver las películas de Federico Fellini.

Ahora que lo piensa, ni siquiera veían las noticias. Nunca supieron nada de los famosos de la tele. ¿Quién debía de ser aquella gente, los famosos?, sabían vagamente de ellos porque de vez en cuando salían en las conversaciones con los clientes o incluso con los empleados. Seguirán estando allí, oscureciendo la vida: famosos de la política, de la sociedad, de la economía, del deporte. Menos mal que también se morían, era lo menos que podían hacer: morirse, desaparecer. Contribuían a la alienación de aquellos cuyo único patrimonio es la vida biológica.

Fue al cuarto de baño y se miró en el espejo.

La pantalla era el espejo.

Horas más tarde se arregló, se pintó un poco,

cambió el Omega por el Bulgari, se puso unas gotas decisivas de Eleventh Hour de Byredo —que dejaba tras de sí un olor a tierra mojada, a árboles movidos por el viento de primavera, a iglesia con luz de mediodía— y bajó a cenar.

Al pasar delante de recepción se quedó mirando al hombre que había detrás del mostrador, un hombre con barba, con americana y corbata, de unos cuarenta años, de cara amable, de gesto sonriente.

Irene se acercó hasta él para preguntar la ubicación del restaurante.

Leyó su nombre en el pequeño rótulo que colgaba de la solapa de la americana. Se llamaba Joaquín Sanfeliu y tenía acento catalán.

—Soy quien la ha atendido cuando ha llamado pidiendo que le retirasen la televisión —le dijo el recepcionista mientras le indicaba el camino al restaurante.

Pidió mejillones de roca al vapor con una copa de cava.

No quiso cenar nada más.

Pero se comió todos los mejillones, pensó en que se merecían acabar en su cuerpo, infundiendo sangre y energía en sus órganos.

Tan solo quedó uno sin comer, pues era imposible abrirlo.

Regresó a su habitación, esta vez sin mirar a Joaquín Sanfeliu, quien dejó caer un «Buenas noches» a su paso que quedó sin respuesta.

Sacó del minibar una cerveza y salió a la terraza. Los mejillones y el cava le habían dado sed. Se puso un poco más de Eleventh Hour. En la terraza contigua una pareja joven hablaba de sus cosas. Ignoraban su cercanía porque Irene, sigilosa, no había encendido la luz exterior.

—El Tesla de tu padre se va a los ciento veinte mil euros, me parece —dijo la voz masculina.

—Pero aparca solo —dijo ella.

—No sé si ese modelo lo hace, también me gusta el A8, y valen lo mismo.

—Pero ¿quieres o no quieres un Tesla para nosotros? Porque ni el Mercedes ni el A8 me acaban de convencer, están muy vistos. Además, todo el mundo tiene ya uno de esos dos, en cambio el Tesla no.

—¿Nos lo regala? El Tesla, digo —preguntó él con tono desdeñoso.

—Pues claro, le hace una ilusión tremenda, y si compra dos, el precio es muy bueno —aclaró ella con una euforia un tanto desesperada.

Irene entró en la habitación, fue a la mesilla de noche y descolgó el teléfono.

—Sanfeliu, ¿puedes llamar a la habitación de al lado y decirles que se callen?

Volvió a salir a la terraza.

Seguían hablando.

La charla le impedía concentrarse en el Mediterráneo, sobre el que había caído la noche.

Volvió a entrar en la habitación y descolgó el teléfono.

—Sanfeliu, ¿eres tú?

—Sí, señora Márquez.

Oía su apellido por primera vez en las últimas semanas, y se sintió molesta, como descubierta. La imagen de su padre, Antonio Márquez, apareció al fondo de sus pensamientos. No le gustaba su apellido, pero sí su nombre, que era grandioso: Irene.

—Llámame Irene.

—¿En qué puedo ayudarla?

—La pareja de la habitación de al lado está hablando de un Tesla. ¿Qué es un Tesla?

—Es un automóvil, señora Irene, un modelo de automóvil muy innovador.

—¿Y un A8?

—Es un modelo de la marca Audi, un coche alemán.

Irene sabía perfectamente lo que era un Tesla y lo que era un A8, porque le gustaban los coches. Se puso un poco más de Eleventh Hour.

Volvió a descolgar el teléfono.

—Al habla Sanfeliu, ¿en qué puedo servirla, señora Irene?

—Ya sabes el número de mi habitación, tú más que nadie lo sabes, lo sabes muy bien y sabes lo que tienes que hacer —dijo Irene, y colgó.

A los doce minutos, Sanfeliu estaba llamando a la puerta.

Y a los veinte minutos abrazaba el cuerpo de Irene con un nerviosismo y una ternura casi adolescentes. Pero se había ido de su turno una hora y cuarto antes de lo permitido, mintiendo a su compañero, diciéndole que le había llamado su mujer por una urgencia, y eso le angustiaba.

Sanfeliu desnudo en un lugar prohibido, incumpliendo una advertencia enérgicamente expuesta por la empresa: jamás intimar con clientes, jamás visitar a clientes en sus habitaciones, eso jamás.

Código deontológico de la hostelería española.

Sanfeliu, el empleado, convertido de repente en cliente, y después de cliente, en amante, y después de amante, en enamorado.

—No, por favor, no digas que sabías o que supiste que éramos dos almas gemelas cuando te pedí que viniera alguien a descolgar el televisor —dijo Irene.

Sanfeliu estaba exaltado. El Eleventh Hour había hechizado su alma.

Y la televisión, enorme, seguía allí, muda, desconectada.

Al menos había conseguido desenchufarla, y colgaba el cable, y ya no se veía la luz roja del *standby*.

—¿Por qué ponen esas malditas pequeñas luces rojas en los malditos televisores? —preguntó Irene.

—No lo sé, pero te adoro —dijo él, con esa exageración atávica de los hombres asustados, y comenzó a besarle los pies, e Irene estaba ya excitadísima.

Voy a verte en diez o quince minutos, Marce, lo que tarde este Sanfeliu en comer este cuerpo que te pertenece a ti y no a él.

Este cuerpo, Marce, que se quedó aquí, mientras que el tuyo se fue, *serán ceniza, mas tendrá sentido*.

¿Por qué la enfermedad eligió tu cuerpo y no el mío?

Irene: Que este Sanfeliu hipnotizado y hechizado sea solo un médium.

Sanfeliu: un hombre joven aún, bien parecido, de brazos musculosos, con un tatuaje bonito en un brazo, una especie de animal mitológico, con una barba suave en donde aparecía ya alguna cana, con unos pies robustos que le recordaron al cristo de Velázquez.

Dime algo hoy, por favor, Marce.

Y Sanfeliu cogía las manos de Irene.

Y gemía.

—¿Qué perfume es este? —alcanzó a preguntar el recepcionista.

Ten cuidado, Sanfeliu, no vayas a perder tu trabajo, estuvo a punto de decir Irene. Se le estaba despertando el sadismo. Le apetecía que Sanfeliu perdiera su trabajo, le apetecía que también los demás perdieran cosas, pero un trabajo, qué demonios es perder un trabajo.

Si Marce perdió la vida, todos deberían perder algo.

Irene: Pero si nosotros no veíamos la televisión, cómo demonios íbamos a saber qué es perder un trabajo.

Irene ya estaba ascendiendo por la escalera, ya estaba en los primeros peldaños, sentía dentro a Sanfeliu.

Transfórmate en él, rogó Irene.

La escalera de caracol brillaba, como si fuese de oro, y comenzó a subir, era la tercera vez, y se fijó en los detalles.

Hoy no era de caracol exactamente, pero sí lo había sido las otras dos veces; es una escalera cambiante, pensó Irene.

Irene: ¿Y si rezo una oración, ahora que comienzo a ascender? ¿Es verdad esta música que está sonando ahora?, ¿has querido convertirte en música? Pero si nosotros dos no teníamos nada especial, aún me acuerdo de cuando insististe en que un pintor famoso y un crítico de prestigio vieran mis dibujos y mis pinturas y los dos fueron muy amables, pero también muy ceremoniosos, y agradecieron la estupenda comida a la que los invitaste y a ninguno de ellos lo volvimos a ver nunca más; almejas, percebes, langosta y cigalas, los llevaste a una marisquería de lujo, se pusieron morados, porque yo no tenía ningún talento, en realidad solo queríamos saber si había alguna razón para merecer este don de amarnos así, nunca lo supimos, ¿verdad, Marce?, y ahora suena una música como si fuese de oro, y ya te estoy viendo salir del espacio profundo, de las llamas, y solo tengo una cosa que decirte, y es que ya no me siento protegida, me siento abandonada, terriblemente indefensa, terriblemente desdichada, y di algo, pero te estoy viendo, eso es todo, ¿verdad, amor?

Sanfeliu quedó exhausto al lado del cuerpo de Irene.

Irene miró el rostro de Sanfeliu y pasó del sadismo a sentir ternura por ese hombre, algo que no había sentido ni por Julio ni por Horacio. Miró el reloj de Sanfeliu, que estaba sobre la mesilla. Era un Marea, un reloj barato, de cuarenta euros, con suerte cincuenta, un insulto al tiempo.

La miseria y el tiempo.

Julio había despertado en ella curiosidad por su trabajo de exploración turística del mar Mediterráneo. Ella también creía en el Mediterráneo. Tal vez por una razón: es imposible edificar sobre él autopistas, urbanizaciones, centros comerciales, aeropuertos, cárceles, estadios, gasolineras, mataderos de vacas y de cerdos y de pollos. Horacio, fraternidad hacia su esposa Margarita, que era rubia como ella, y desprecio por su adulterio, en realidad se tendría que haber acostado con Margarita, o con la lubina, y soltó una carcajada.

Por Joaquín estaba sintiendo ternura, tal vez por su tristón Marea, pero no le gustaba sentir ternura por ese cuerpo mentiroso.

Y el reloj era abominable.

Lo miró mientras el sueño lo vencía.

Miró sus pies y pensó que los de Marce eran iguales.

Ató cabos.

Has sido tú, ¿verdad, Marce?, el que has dejado que este hombre duerma a mi lado, ha sido porque te he dicho que me siento vulnerable, abandonada, a la intemperie.

Has invadido a este Sanfeliu, te ha resultado cómodo entrar en él tal vez porque es un pobre desgraciado sin voluntad.

Te he visto otra vez sonreírme, al cabo de la escalera.

¿Qué significa esa escalera?, por favor, dímelo.

Y las llamas, ¿qué son?

El fuego que te quema, ¿qué es?

Medulas que han gloriosamente ardido.

El sueño de Joaquín Sanfeliu contagiaba serenidad a aquella habitación y la televisión dejó de parecerle a Irene algo espantoso, ya daba igual.

Salió a la terraza y afortunadamente no oyó ninguna conversación de sus vecinos. Cayó en la cuenta de que el odio a la televisión que había sentido al llegar venía de la continuidad del mundo después de la muerte de su marido. Eso representaba ese aparato horrible, el hecho evidente de que el mundo seguía produciendo novedades. Y que ella se había visto obligada a sobrevivirlo, a sobrevivir a su marido.

Irene: Te he visto otra vez, cinco segundos, tal vez seis, o tal vez solo cuatro, o aunque solo fuese un segundo, porque un segundo también es tiempo, un segundo también es mucho tiempo, pues es tiempo, el tiempo en que el cuerpo de ese hombre que ahora duerme plácidamente me ha llevado hasta ti; otra vez me has sonreído, y entiendo que no puedes hablar y que haces un esfuerzo enorme por estar ahí; lo hablamos, sí, lo hablamos, dijiste «Lo intentaré»; yo ni siquiera lloraba, te oía, entendía lo que estaba pasando; «No puedes venir conmigo», decías, «Pero yo podré acercarme a ti»; «¿Cómo lo sabes?», te preguntaba; y se hacía el silencio.

Irene se acostó al lado de Sanfeliu, y se fue quedando dormida. Al cabo de una hora se despertó sobresaltada, había tenido una pesadilla, y por dos segundos pensó que era Marce el hombre que estaba a su lado.

Se levantó de la cama y salió a la terraza.

Se sentó.

De pronto, regresaron las voces de sus vecinos. Esta vez él le estaba pidiendo algo, a lo que la mujer al final accedió. Irene estaba muy quieta, petrificada, respirando en silencio, con la luz apagada, nada hacía sospechar su presencia.

Y sus vecinos aprovecharon la oscuridad y la hora profunda de la madrugada para besarse en la terraza, e Irene oía los besos y los gemidos que comenzaban, y pronto los ruidos sordos de las acometidas de él, y pensó en cómo cada intimidad es distinta, aunque todas se parecen. Le llamó la atención que él gimiera más que ella, y sintió compasión y algo de rabia hacia ella porque la adivinó como una mujer complaciente y vacía de toda personalidad.

No era una reina.

Si ella no es una reina primero, imposible que él sea un Dios después.

Escuchó todo el acto.

Duró unos escasos cinco o seis minutos.

Pensó en esa cantidad de tiempo.

Pensó en las mil formas de belleza con que Marce exaltó su cuerpo durante veinte años.

Pensó en esa cantidad de tiempo: veinte años.

Veinte años, veinte segundos.

Volvió a pensar en la pareja de al lado, en los gemidos, en cómo le había sido dado el conocimiento de esa intimidad, y pensó en la intimidad de billones de seres humanos, vivos y muertos, y en ese huracán de intimidad, en ese lugar escondido al que vamos para decir lo que somos.

Irene: ¿Cómo fue nuestra intimidad, Marce?

Le asustó no recordar bien esa intimidad, porque la intimidad que recordaba con claridad era la que acababa de tener con el hombre que estaba durmiendo en su cama. Lo miró. Miró también sus pantalones con el cinturón colgando, miró sus zapatos, que no le gustaron, pues no tenían tacón. Eran planos.

Los zapatos, Marce, cuántas veces nos sedujo ir de zapaterías. Y el gusto que tenías para elegir zapatos. Nunca te hubieras comprado unos zapatos como los de Sanfeliu, que denotan falta de voluntad, falta de escrutinio, falta de energía, falta de pensamiento.

Cogió los zapatos de Sanfeliu y los lanzó con ímpetu al vacío desde la terraza y se sintió poderosa.

No los dos a la vez, sino uno por uno, intentando que el segundo aún fuese más lejos que el primero.

Se acercó al hombre y lo despertó zarandeando con suavidad sus hombros.

—Tienes que irte, no es prudente que te quedes aquí, imagínate, podrías tener problemas con la empresa —le susurró Irene.

—Pero me gustas mucho, me siento muy bien a tu lado, es casi amor esto, tu hermosura, tu forma de hablar, tu manera de ser —dijo Sanfeliu, recobrando la consciencia, que le vino envuelta en el olor de Eleventh Hour.

—Bien, eso es maravilloso, pero yo solo te digo que ahora lo prudente es que regreses a tu casa —dijo Irene con determinación.

—¿No crees en mis sentimientos hacia ti? —insistió Sanfeliu.

Irene no dijo nada más. Solo miró fijamente a los ojos de ese hombre, lo miró con una fuerza pesada y oscura cuyo origen ni ella misma conocía. Ese desconocimiento la hizo temblar un instante.

Por qué estoy mirando así a este hombre, pensó Irene, es una mirada que simboliza millones de miradas, miradas que se perdieron en la oscuridad del tiempo.

Sanfeliu se levantó, dijo «te adoro», se puso su Marea, y se volvió loco buscando los zapatos e Irene se reía por dentro.

—No sé dónde están tus zapatos.

Sanfeliu salió descalzo de la habitación.

Irene abrió el neceser y arrancó del blíster dos ansiolíticos y se los tragó con un poco de agua, y al rato se quedó dormida, en la zona de la cama en donde no había estado Sanfeliu.

Los ansiolíticos la conducían a la serenidad. Marce la internó una vez en una clínica de lujo para quitarle la adicción, pero fue imposible. Y al final no solo desistió, sino que por amor él mismo acabó tomándolos.

—Mejor los ansiolíticos que el alcohol —le dijo un terapeuta prestigioso.

A la mañana siguiente se duchó y bajó a desayunar. No encendió el teléfono móvil, lo imaginó inundado de wasaps de sus tres hombres.

Quería beber un zumo de naranja helado.

Muchas veces Marce le había hecho reflexiones sobre el lujo, así que Irene se puso a pensar en el lujo mientras bebía su segundo zumo de naranja.

Irene: Las naranjas, Marce, somos tú y yo.

Marce: Cuando quieras sentirme bebe naranjas, yo estaré en las naranjas.

Marce le decía que había un milagro en las naranjas. Ah, sí, el lujo, las cosas que Marce le dijo sobre el lujo, porque Marce sabía muchas cosas, hablaba y hablaba y el mundo se convertía en algo comprensible y bello, y por eso le puso ese nombre a su tienda: Los Muebles de Todos. Quería que todo el mundo se sintiera llamado a comprar en su tienda, que la gente la sintiera suya. «Cualquiera tiene derecho a tener una mesa de verdad en su casa —decía Marce—: una mesa de madera, una silla de verdad, de auténtica madera, una estantería de caoba, para que esos muebles perduren, para que no acaben en el estercolero, para que se conviertan en herencia, en legado. La mayoría de la gente, sobre todo los jóvenes, vivirán sin poseer nunca un mueble de verdad, todo serán baratijas, no conocerán el roble, el cerezo, el pino.»

Sí, Marce, la herencia, eso es el lujo, decías, ¿verdad, mi amor?, rememoró Irene. Y en ese momento las manos de una mujer retiraban su plato vacío, y miró esas manos, y vio en esas manos un resplandor que la atrajo, y de esas manos pasó al rostro de la camarera, una chica guapa, morena, alta, delgada, el pelo recogido en una coleta, e Irene le dio las gracias.

Irene: Treinta años me separan de esta joven, yo tengo cincuenta y ella tendrá veinte. Cómo decirle que tiene que abandonar este trabajo, que su hermosura no puede consumirse aquí, cómo decirle eso al mundo entero, Marce, eso era lo que tú pensabas, tú ordenabas las cosas, sin ti este mundo es un caos.

Afortunadamente, no estaba Sanfeliu en la recepción.

Se apresuró a hacer el *check out*, se montó en su BMW y entonces cayó en la cuenta de que no sabía cuál era el siguiente destino.

Daba igual.

Encendió el motor, puso el navegador, corrió la capota y salió a la autopista. Era un mediodía de junio lleno de luz, aire y sol.

El aire le ardía en la cara.

Marce, el aire ya no arde en nuestras caras, ya solo arde en la mía.

10

Alicia

Alicia recibió encantada a su sobrino, el hijo de Victoriano. Era más alto que su padre, en eso se fijó nada más verlo en la puerta de su casa, demasiado complicado ir a buscarlo a Barajas, qué sabía ella de aviones y de aeropuertos. Vivía en un pequeño piso del barrio madrileño de Usera. Se había quedado soltera. Había sido toda la vida peluquera en el barrio. Una buena peluquera. Lo recibió con todo su cariño en su casa y allí le cedió el dormitorio principal y ella se fue a la habitación más pequeña. Lo trató como al hijo que no había tenido. Un noviazgo de doce años con un mecánico de coches para que luego Sebas, así se llamaba, la dejara plantada por otra, por Matilde, que para colmo también era peluquera. A nadie se lo contó, porque no tenía a nadie, porque su hermano Victoriano se había convertido en su hermano de Roma, es decir, en un ser lejano, en nadie a quien recurrir. Así que lloró sola y se dedicó con ahínco a ser una buena peluquera, y dejó su corazón y su pasión y su ternura en los cabellos de cientos de mujeres que ansiaban estar más bellas para esos seres llamados los hombres.

Pero su Marcelo era su sobrino, alguien libre de todo mal, alguien en quien la vida recomenzaba.

No comenzaba, sino que recomenzaba.

El piso olía a viejo, y eso fue lo que dijo Irene en cuanto salieron de la primera visita que la pareja hizo a Alicia.

—Es mi tía —dijo Marce.

Había preparado unas empanadillas de escabeche y había abierto una lata de mejillones. También tenía dos cervezas de marca blanca enfriándose en la nevera. A Irene todo eso le pareció un espanto.

Alicia lo supo nada más verla, supo que en Irene anidaba algo oscuro, como si lo llevara escrito en la frente. No se cayeron bien nunca. Alicia pensaba que Irene era una mujer egoísta y falsa. E Irene siempre vio a Alicia como una bruja, aunque en realidad Alicia la compadecía. Vio en Irene una soledad imposible de curar. Una hoguera insaciable. Un abismo de exclusividad.

«No sé para qué vienen al mundo esas mujeres —decía para sus adentros la vieja Alicia—. Por qué no se las quedará Dios para él, para que le sirvan de monjas, o de criadas, no sé para qué las envía a la Tierra. Son mentirosas, y no saben que mienten, por eso debemos compadecerlas, no saber que estás mintiendo cuando mientes es lo peor que le puede pasar a una mujer. Se enamoran de hombres que no existen. De eso viven, del amor, pero del amor a quién. A nadie, y este pobre muchacho tendrá que cargar con esa loca, que es igual que su madre, porque yo sé lo que hizo su madre, que plantó a su marido y sus dos hijas y se fue con un viajante, en el coche de un viajante, porque me lo contó su padre el día de la boda. Me dijo qué coche era, un Mercedes. El Mercedes de un viajante de ropa de mujer.»

Alicia intentó decírselo a su sobrino pero no sabía cuáles eran las palabras, la entristeció no tener estudios para poder decirle con palabras lo que para ella era una visión precisa y completa de Irene. No quería hablar mal de ella, y eso era lo que acabaría pasando si decidía contarle su presentimiento.

Se calló.

Siempre había estado callada.

Hay seres humanos que en el silencio construyen la mayor condenación moral de la vida.

«Después de tanto sufrimiento de esta familia, de mi pobre hermano viudo, de tantas penas, mira cuántas penas —se decía Alicia—, y yo enferma, enferma de la artrosis y del corazón, que dice el médico que es muy grande, después de tantas cosas yo pensaba que este sobrino sería feliz, y no lo va a ser con esa loca, con esa bala perdida, porque esa Irene es una bala perdida, y a mi otra sobrina ni la conozco, maldita sea, no sé nada de ella, su voz en el teléfono de vez en cuando, o sea, una vez al año, y pronto ni eso.»

A Alicia le sorprendió el Cartier de oro que Irene le regaló a su sobrino. Lo vio en la muñeca de su sobrino y se aprendió el nombre. Le fascinaron el oro relumbrando sobre el acero y la forma cuadrada del reloj, porque los relojes que ella había visto siempre eran redondos y este era cuadrado y era imposible no mirarlo, acentuaba su presencia esa herejía geométrica, parecía una joya más que un reloj, parecía un objeto maligno. Significaba algo más que saber la hora, eso era. Y qué puede haber más que saber la hora, todo sirve para algo, qué significa todo ese lujo para algo tan normal como saber si son las ocho o las nueve de la mañana, o las seis de la tarde. Saber la hora en que comienza el trabajo y la hora a la que se acaba la jornada.

Sí, pero ella sabía que existía algo más, y ese algo más estaba metido dentro de ese reloj, como si ese reloj fuese una iglesia, porque también Dios es el bien, y eso es muy simple, pero lo guardan en catedrales, en santuarios, en altares.

Un altar, claro, eso era ese reloj.

Unas semanas después de la boda Alicia subió al metro de Usera y se fue a una joyería de la Gran Vía, ya sabía ella que existían esas joyerías. Una vecina se lo dijo: «Esos relojes se compran en la Gran Vía, allí se compran». Llevaba el nombre escrito en un papel. Era un nombre en francés: Cartier. Nadie, ni sus vecinas ni los conocidos del barrio, sabía nada de esa marca ni de cuánto costaban esos relojes. Fue a ver a Ramón, que tenía una joyería a dos manzanas de su piso, y le dijo lo que ya intuía.

—Eso del Cartier es en la Gran Vía —dijo Ramón—, yo solo vendo Casios. Eso del Cartier es de ricos —remató.

Alicia se quedó mirando los Casios que vendía Ramón, eran relojes de tres mil pesetas, y parecían muy modernos y muy caros. Pero esos relojes no eran como el que esa loca le había regalado a su sobrino. Esa loca le había regalado a su sobrino un regalo envenenado, ese nombre raro: Cartier. También era raro el nombre de los relojes de Ramón: Casio.

La atendieron con cierto recelo. Una chica alta, de melena lisa, de ojos azules habló con ella. Alicia quería saber el precio del reloj. Quería saber si recordaban a una mujer comprando ese reloj. La dependienta de melena lisa le dijo los precios de los Cartier, pero variaban de un modelo a otro. Alicia tenía memoria fotográfica, y al final identificó cuál era, uno que valía un millón doscientas cincuenta mil pesetas.

Ese le había regalado, el de más de un millón.

Le enseñó una foto de Irene.

La dependienta dijo que no la recordaba, pero mintió.

Alicia salió de la joyería con ánimo sombrío.

Se acordó de su hermano Victoriano, de lo poco que se vieron, pensó en Marce, en su sobrino, y tuvo la sensación de que hasta las familias acaban convertidas en una fantasía más de la vida.

«Ya veré a mi hermano el año que viene», se decía, y era 1973. «Ya será en el verano que viene», y era 1974, y así siempre. Tal vez porque en el fondo no querían verse. Por eso lo que hizo Tory fue mandarle a su hijo Marcelo, porque su hijo no estaba enfangado en el recuerdo y en la muerte y en el dolor de una guerra. Más o menos lo que pasó con la monarquía española, que no reinó don Juan de Borbón sino su hijo Juan Carlos I, eso ocurre hasta en las familias principales. La continuidad familiar es responsabilidad de los hijos, que están limpios de la suciedad de la historia, pero al estar limpios no heredan nada y nada conservan y nada mantienen, porque los legados no son legados humanos si en ellos no hay miseria, injusticia, pesadilla y también esperanza.

Regresó a su piso de Usera, y pasó la tarde viendo fotos de sus padres, y de Victoriano y de ella cuando eran niños.

Muy pocas fotos y mucho dinero el reloj. Quizá el dinero estuviera bien gastado así, pero se corrigió esa deriva heterodoxa de su pensamiento. ¿Duraba más una foto o un reloj de oro? ¿Qué transmitía mejor la presencia de los muertos, las fotos o el oro que habían tocado con su piel indefensa ante la vida pasando veloz?

Arrugó el papel en que tenía anotada la palabra *Cartier* y lo arrojó a la basura. Luego puso la televisión y se fue olvidando de todo y se quedó dormida. Se despertó y ya era de noche. Hacía frío. La televisión seguía encendida. Había dormido por lo menos dos horas. Estaba angustiada. Tuvo una premonición: esa mujer no le daría hijos a su sobrino, por eso le había comprado un reloj de lujo.

«Sebas, fuiste un hijo de puta», y volvió a cerrar los ojos.

11

La muerte llama a la puerta

Irene ve pasar ahora por su fantasía una mañana del 2021 en la cual Marce y ella fueron al servicio de oncología del Hospital Universitario Puerta de Hierro.

No es un recuerdo, es una visión, es más poderoso que un recuerdo.

El hospital estaba rodeado de automóviles, taxis y particulares, y un tráfico humano de gentes con mascarillas quirúrgicas. Había agitación, ese tipo de agitación que es enemiga de la vida.

Marce tenía un rostro sombrío, era el rostro que se le ponía cuando iba a ver a los médicos. Esta vez la cita hospitalaria era urgente. A ninguno de los dos les gustaba ese hospital. Era el sitio más feo del mundo, decía él; Irene no se mostraba tan radical, porque así no ayudaría en nada a su marido, pero pensaba lo mismo.

Marce decía que los hospitales son casas de la fealdad.

—No saben elegir los muebles, no hace falta que los muebles sean tan feos, no es un problema de asepsia médica, es un problema de falta de gusto que hace que no te importe morirte con tal de no seguir viendo muebles tan feos —decía Marce.

—Si hubieran venido a nuestra tienda —añadía Irene—, les habríamos podido ayudar a embellecer las habitaciones de esta gente, que son seres humanos, esas camas horribles, esas mesillas, esos sillones, pobres de nosotros.

Eran los seres abominables quienes proveían de hospitales a la gente corriente, y ellos lo sabían.

Su lucha contra los seres abominables se basaba en una sola arma: una tienda de muebles.

Metieron la tarjeta sanitaria en una máquina y esta les dio una clave de espera, como en las pescaderías o en las carnicerías o en las fruterías de los centros comerciales, eso lo habían diseñado y pensado muy bien los seres abominables.

Miraron la clave: AJPVIT.

Intentaron buscarle algún sentido a la clave, algo que no fuese el triste azar, o más bien el inhumano y mediocre trabajo de los seres abominables.

A de Amor.

J de Juventud.

P de Pasión.

V de Viento.

I de Irene.

T de Tory.

Se rieron. Se dieron un beso. Habían descifrado la clave al unísono, como si fuesen una sola inteligencia emergiendo sobre la triste civilización de los seres abominables, que a cambio de vidas confortables entrega muertes sin relevancia y anonimatos profundos.

Al rato su clave apareció en una pantalla, precedida de un ruido desagradable, y junto a la clave un número de despacho.

La oncóloga les dio malas noticias.

El cáncer de colon había hecho metástasis, pero abrió la puerta a la esperanza sugiriendo una operación para frenar su avance.

Dijo que las metástasis hoy en día tenían tratamiento, y que a veces podían convertirse en una enfermedad crónica, pero que el paciente podía seguir viviendo con bastante normalidad.

Tres semanas después Marce era intervenido.

Les explicaron que se trataba de una cirugía para eliminar la sección del colon que contenía el cáncer junto con los ganglios linfáticos cercanos, además de eliminar las áreas de propagación del cáncer.

—Hay gente que nos inunda a preguntas, y usted no ha hecho ninguna —dijo la médica, que se llamaba María Castillo, en una entrevista previa a la operación.

Pero Marce no quiso explicarle por qué no hacía preguntas, se limitaba a apretar la mano de Irene.

—¿Ha entendido los detalles de la operación? —insistió la oncóloga, fijando en los ojos verdes de Marce sus ojos verdes—. Necesito saber que lo ha entendido, porque yo también pienso en usted.

Y fue allí, en ese «yo también pienso en usted», donde Marce vio la naturaleza gravitatoria de su amor. La oncóloga se pasó tras la oreja un mechón rubio del cabello y frunció los labios finos mientras lo miraba serena. Irene estudió ese rostro dominado por unos pómulos pequeños, rosados, y con manchas en la piel, como si esas manchas formasen un complejo archipiélago de islas diminutas. Pensó en un viaje que hicieron a Grecia al principio de su vida juntos. Islas griegas en la piel, pensó.

La doctora Castillo se había fijado en ellos de manera especial desde la primera visita, porque estaban todo el rato cogidos de la mano, porque les brillaban los ojos, porque llevaban algo dentro que cuestionaba y relativizaba la autoridad de la muerte, que ella representaba.

A pesar de tener cuarenta y tres años ya se había hecho adicta a su autoridad, que procedía de los cuerpos enfermos, sentenciados y aterrorizados. No era una persona malvada en absoluto; todo lo contrario, más bien era una persona bondadosa, de una bondad más sólida desde que había tenido a su hija, hacía entonces cinco años.

Pero seguía dictando sentencias de muerte, y no podía evitar sentirse poderosa, y el poder era vida, una droga primitiva que procedía del origen político de la muerte.

Y percibía, llevaba más de diez años percibiéndolo, cómo ante sus pacientes su presencia imponía solemnidad, silencio, liturgia, terror, autoridad e incluso una fe ciega. Y eso la hacía sentirse importante. Como no tenía conocimientos humanísticos, pues los médicos de hoy no estudian humanidades porque los seres abominables han decretado que los médicos ignoren el lenguaje y la belleza, no sabía que cumplía un viejo papel social, inherente a la civilización, un rol sacerdotal, el cometido de anunciar la muerte, con toda su ceremonia. No sabía que no había novedad alguna en su función social. No hay nada que humille más a un ser humano que una sentencia de muerte.

Y todo eso no existía ante esos dos seres humanos, ante Irene y Marcelo, que no solo no le tenían fe, sino que tampoco le tenían miedo.

—Mire —dijo al fin Irene—, no le tenemos miedo a usted porque estamos enamorados. No sé si usted lo estará en su matrimonio, o en su convivencia de pareja, permita que lo dude, pues si lo estuviera lo habría entendido todo desde el primer momento.

Marce se quedó mirando, mientras hablaba Irene, una fotografía con un marco de plata que había encima de la mesa de la doctora Castillo; en la foto aparecía ella junto con un hombre y una niña.

—Yo solo cumplo con mis obligaciones, no estoy aquí para ningún tipo de juego psicológico ni para que me falten al respeto —dijo la doctora, intentando visualizar en el centro de su alma toda una vida de trabajo, toda una vida de esfuerzo profesional, y toda una vida de amor a su marido, Roberto, que también era médico, y a quien acababa de sorprender en un lío con una enfermera, qué vulgaridad tan de manual, y se habían dado un tiempo, y en ese tiempo ella se había liado con su odontólogo, que a su vez engañaba a su mujer, que era abogada del Estado, y a ella no le gustaba ese hombre, y además ahora tampoco le gustaba Roberto, de modo que su alma se había quedado vacía, pero qué es el alma, nunca la había visto en un cuerpo.

Salieron de aquel aséptico despacho, en el que no había ni una gota de belleza más allá de la luz natural que entraba por una ventana, más que despacho era un deprimente cuchitril al que llamaban consulta médica, y se fueron al aparcamiento, salieron todo lo deprisa que pudieron de ese horror hospitalario y se fueron a pasear por el parque del Retiro.

—No hay nada más alejado de la salud que un hospital —dijo Marce.

Seguían cogidos de la mano, envueltos en un gran silencio mientras paseaban por los anchos andadores del Retiro, aunque a veces cogían alguna senda y se perdían bajo los árboles y se daban de bruces con alguna estatua o con algún bar. No se decían nada, porque también habían alcanzado ese lugar privilegiado en donde no hace falta hablar; hacía tiempo que conocían ese sitio, el sitio en donde jamás cabe esperar del otro ninguna traición.

No esperar sino una cortesía infinita, jamás una mala palabra, jamás una censura, jamás un desprecio, una humillación.

Dentro de cincuenta años no quedaría ningún rastro de ellos dos. Pero ese pensamiento era una estrategia para ocultar un hecho seguro y que a Marcelo le pesaba: él no estaría allí para ayudarla a morir a ella.

12

El crimen, el secreto y la pregunta

No le contaba a Marce demasiadas cosas de su pasado, ese lado oscuro de Irene que solo había visto aquella anciana llamada Alicia, que siempre la miró como si conociera sus secretos venenosos.

Alzándose contra sí misma, contra su habitual silencio, como si quisiera poner a prueba su amor, Irene le contó a Marce un hecho importante de su vida anterior a él. Estaban desnudos encima de la cama. Acababan de hacer el amor.

Pudo contemplarlo desnudo: alto, delgado, con los brazos largos y las manos grandes, el pecho ancho y la mirada bondadosa, y vio que ese hombre era su destino. Se había sentido saciada y se había sentido amada. Tal vez esa felicidad no le perteneciera. Tal vez esa felicidad se derrumbara cuando le dijera lo que le tenía que decir.

—Tenemos que hablar de mi pasado, no puedo seguir adelante sin decirte algo que me ocurrió y que es importante que sepas —se decidió Irene.

Las palabras se oyeron como algo angustioso, y también como una prueba, una prueba de amor.

—¿Quieres saber si después de contarme lo que

me tengas que contar te voy a seguir queriendo como te quiero? Pues ya sabes que sí, ya sabes que me da igual lo que tengas que contarme, es más, no tienes ninguna obligación de hacerlo a no ser que quieras que ame también tu pasado.

También tenía que ser amado el pasado de Irene si estaban enamorados de verdad.

—Es imposible que algo que hicieras en el pasado tenga el poder de arruinar lo que siento por ti —le dijo muy seguro.

La ilusión con que los dos se habían enamorado parecía desafiarlo todo.

Marce sentía que ya había comenzado el envejecimiento, ese lugar al que vio llegar a su padre, ese lugar donde a los seres humanos les entra una súbita prisa por vivir que acaba en melancolía, y a veces en destrucción, como fue el caso de Tory. Ya había llegado a la edad en que la vida sin una fuerte ilusión en el alma se convertía en veneno, al menos para el tipo de hombre que él era, porque eso lo había heredado de su padre, esa búsqueda, ese apremio, esa necesidad de vivir, eso que su padre vio en Cinecittà, o en Fellini y en su Valeria. A todo lo llamó Valeria, y él había visto hacer eso a su padre. Ponerle un nombre a todo cuanto existe, tal vez para abreviar la magia de la vida, tal vez por desesperación, tal vez por culto a una religión personal que no tiene oraciones ni teología más allá de las sílabas corrientes de un nombre que acabará en el olvido: Valeria.

Volvieron a besarse.

Se cogieron de la mano, se acariciaron, se buscaban, querían protegerse, lograr un país de carne y ternura, pero solo se conocían desde hacía cinco noches, cinco encuentros salvajes que habían edificado ya un árbol sólido que ascendía hasta el mismísimo sol.

Los enamorados edifican árboles hacia el sol.

Los enamorados edifican una gigantesca falsedad.

Terrible, el destino humano.

La historia de su padre revoloteaba en la cabeza de Marce, el amor de Tory a su madre, Valeria. Y cómo al final se fue con ella, camino de la nada y la muerte. Unos meses antes de morir, Tory le confesó a su hijo que se despertaba en mitad de la noche y sentía que había vuelto, que Valeria estaba en la casa. Duraba segundos la alucinación, pero él conseguía alimentarlos, echarle leña a ese fuego de tres, cuatro, cinco escasos segundos para que se convirtieran en cinco horas y así seguir vivo.

—Nada se vive dos veces —dijo Marce.

Irene se tiró a la piscina de su pasado, y decidió contar un hecho que la abrumaba, que le dolía y la trastornaba.

Seguían desnudos, en la cama, tan solo una sábana los cubría, pero era una sábana que se movía con ellos, una sábana que tan pronto les cubría el sexo como lo dejaba al descubierto.

No les daba miedo la desnudez del sexo del otro, eso pensó Irene antes de arrojarse al vacío.

—Hace diez años maté a un hombre en defensa propia —dijo al fin Irene—, un hombre que era mi novio, fue un accidente.

Irene hace una pausa, y mira el rostro de Marce, intentando averiguar el efecto de su confesión en algún movimiento incontrolado de sus facciones, en el nacimiento de una mueca de estupor o de angustia. Los ojos de Marce están igual que antes de la confesión. Mira su desnudez y es la misma. Pero no puede mirar su alma. Aún no puede mirarla, así que lo que mira son gestos, movimientos, ademanes, actitudes, muecas, pero no encuentra nada apreciable. Bien, ya ha soltado su secreto, ya está. Sigue siendo el mismo hombre guapo. No hay una fealdad recién surgida en su rostro. Por un momento, el atractivo de Marce le parece inalterable. Qué importante es la belleza física, piensa Irene, qué guapo es este hombre, y acaso ser guapo lo es todo para tener una buena relación con la vida, porque si eres guapo la vida no puede contigo, y es mentira que ser guapo o ser feo sea algo subjetivo, no, no es subjetivo, porque la vida es objetiva.

—¿No quieres saber más? —pregunta Irene.

—Quiero saber lo que tú quieras que sepa, pero si la pregunta es si me has impresionado, claro que me has impresionado, pero yo estoy aquí, y no pienso moverme de aquí.

—Era de noche, fue a las tres de la mañana, yo estaba en la cama durmiendo, vivíamos en Parla, en un cuchitril, yo tenía diecisiete años, me había independizado, no aguantaba más vivir con mi padre y con mi hermana, mi madre ya había muerto, murió joven, casi tan joven como la tuya, él vino completamente drogado, me despertó a empujones, me sacó de la cama, me quitó la camiseta, yo no quería sexo, estaba dormida, entonces me pegó un puñetazo, me sujetó los brazos y comenzó a violarme, como pude me lo quité de encima.

Irene vuelve a hacer otra pausa. El rostro de Marce no ha caído en la fealdad, mantiene inalterables sus pómulos, su mirada, su frente sin arrugas nuevas, sin cansancio repentino.

Un rostro sin miedo, eso ve Irene.

No, no va a desmoronarse la ilusión.

—Entré en pánico, fui hasta la cocina, en la cocina me volvió a dar un puñetazo en la boca, me sangraba el labio, tenía mis propias manos llenas de sangre, y él seguía gritando, quería matarme; entonces cogí un cuchillo que estaba en el fregadero y cuando vino a por mí se lo clavé en el cuello, y ahí cesó todo. Luego mi memoria se pierde en un laberinto de declaraciones, vino una ambulancia, los del SAMUR, la policía, recibí asistencia médica y psicológica; el psiquiatra forense, un hombre joven, llevaba poco ejerciendo, dictaminó inmediatamente terror insuperable, un policía me dijo que había tenido suerte, que no todos los psiquiatras forenses eran así, pero este psiquiatra era joven y había visto violencia de género sin ninguna duda, y luego la jueza que me tocó lo consideró legítima defensa, no hubo cargos de la fiscalía, sino todo lo contrario, entré en un programa de protección a víctimas de violencia de género.

Irene volvió a hacer una pausa y miró a Marce, quien se acababa de levantar de la cama y se había puesto una camisa y un calzoncillo.

—Voy a hacer café —dijo.

—¿Me sigues queriendo? —preguntó Irene, y pronunció esa frase como si fuese una niña a la intemperie, una huérfana.

—Te adoro —dijo Marce—, pero sé que faltan más cosas. Te escucho, tienes toda mi atención.

—Se llamaba Gustavo, Gustavo Moreno, y tenía una madre y una hermana; la hermana es como si no existiera: se había ido a Finlandia, se había casado con un finlandés al que había conocido cuando trabajaba de camarera en la costa malagueña, un finlandés rico, y se olvidó de su madre y de su hermano. A la madre solo le quedaba su hijo. La madre vivía en Orense, la familia era de allí. Y cuando se enteró de la muerte de su hijo se plantó en Madrid y quería sacarme los ojos de la cara. Pero todas las instancias legales me apoyaban a mí, y ella se quedó sola, desamparada y sola. Pero yo recuerdo su rabia, su dolor. Intenté explicarle lo que había pasado. Fueron las drogas, ¿sabes? Los dos éramos adictos a la cocaína. La madre, que se llamaba Charo, decía que yo había metido a su hijo en la droga, pero eso era mentira, los dos estábamos allí por voluntad propia, mierda, ya me estoy descomponiendo, qué recuerdos de mierda, debes de pensar de todo, seguro que ya has cambiado de opinión, seguro que piensas que soy basura y que sería capaz de clavarte a ti también un cuchillo.

Irene volvió a escrutar el rostro de Marce a la búsqueda de la decepción, del miedo, de la desilusión que había visto en otros hombres en estos últimos diez años, hombres que no decían nada de palabra, pero a los que les mudaba el rostro, enrojecían o se quedaban en silencio, en un silencio negro, o deslizaban un gesto de desesperanza, o pensaban en cómo romper lazos con esa mujer que venía de un crimen y de un pozo de violencia y horror. Eso le había pasado con Ignacio, un corredor de bolsa hijo de un amigo de su padre con el que estuvo saliendo un tiempo hasta que le contó la historia de Gustavo. Lo mismo le volvió a pasar con Hernán, a quien conoció en un taller de pintura, y que era abogado en un buen bufete, y con el que llegó incluso a planear una boda hasta que le contó la historia. Era infalible esa historia, todos se marchaban, pero Marce no lo haría. Hernán incluso se ofreció a revisar el caso, en su condición de letrado, pero lo que revisó fue sus prioridades en la vida, y quien mata una vez, puede hacerlo una segunda. E Irene había visto esa prudencia atávica de los hombres, ese instinto de supervivencia que los obligaba a escapar de ella con una razón incontestable: no querían acabar como Gustavo. Hasta les daba miedo dejarla, porque pensaban que eso podría ser también peligroso, cualquier relación con una mujer así era peligrosa, tanto para acabar la relación como para continuarla. Pasaban miedo. Simplemente, optaron por hacerse los ocupados, ir dando largas sin decir la verdad.

—Has tenido que sentirte inmensamente sola —dijo Marce.

—La madre se volvió medio loca, era lo único que tenía en la vida, y yo estaba en pleno trauma, y en manos de los psicólogos, que me ayudaron al menos a salir del infierno de la droga.

Y otro silencio, y Marce que no pregunta nada, que no desea conocer otro punto de vista, que no quiere datos —le basta con la interpretación generalista de Irene—, que no necesita papeles, sentencias, atestados, comprobantes de lo que pasó. Porque el progreso son certificaciones y documentos probatorios. Porque en algún sitio habrá informes, sumarios, pruebas periciales, una autopsia, unas declaraciones, unos vecinos opinando, habrá cientos de palabras durmiendo en archivadores de las administraciones, millones de papeles de hechos luctuosos que ocurrieron y ocurren en España todos los días.

Y ahora Irene recuerda a un policía.

Un policía especial.

Pero no quiere contarle a Marce este detalle.

Hubo un policía que le preguntó algo esencial. Porque todos hacían las mismas preguntas, que no eran preguntas sino apoyos, consejos, auxilios, acompañamiento, solidaridad.

Pero ese policía, que se llamaba Manuel Andrada y era comisario, de unos cincuenta años, con abundante pelo, levemente simpático, pero a la vez reservado, le hizo una sola pregunta, y la trató de usted, no de tú. Y la pregunta fue esta: «¿Recuerda si tardó mucho en llamar a una ambulancia o si la llamó inmediatamente?».

Esa pregunta se clavó en su corazón como un garfio oxidado y lo arrastró por el lodo de los años.

Un par de días después volvió a encontrarse con Andrada en las dependencias judiciales. Tuvo que volver a hablar con él. Tenía en las estanterías de su despacho de la policía libros de literatura, eso le extrañó.

Estuvieron hablando de nuevo.

Andrada le dijo con ironía amable:

—Bueno, todo está ya cerrado, usted es joven, lo

superará, además, el de ustedes no creo que fuese un amor constante, más allá de la muerte.

Andrada observó que Irene se quedaba perpleja, y sin entender qué le quería decir.

—Ah, sí, lo digo por el soneto, un soneto de Quevedo, ya sabe, el poeta barroco, lo habrá estudiado usted en el bachillerato, o al menos antes se estudiaba en el bachillerato.

Ese soneto no se separa de ella. Fue entonces cuando su gusto por la poesía se convirtió en un hechizo, en una forma de salmodia interior, hija de un presagio de muerte, hija del accidente de su novio, hija de un retraso tal vez culpable, tal vez no, tal vez peor que culpable, a la hora de levantar un teléfono.

13
Fantasma

¿De verdad fueron veinte años de pasión y sexo?

¿Y si hubieran sido menos?

¿Quién aguanta veinte años de buen sexo?

Y ese fantasma de la bondad de Marce la estaba enamorando de nuevo, en otra región, en otro país.

Otro enamoramiento, este más frío, pero igualmente hermoso, porque la belleza está llena de países distintos, de continentes en los que alientan ciudades populosas, dramáticas, inalcanzables.

De modo que existe el segundo enamoramiento.

Ella creaba grandes acontecimientos.

Irene, la hacedora de grandes acontecimientos.

Y los miles de observaciones atinadísimas.

Y los miles de consejos.

Y los miles de cuidados.

Y el anteponer todo lo de ella a todo lo de él sin esfuerzo, sin sacrificio, sin voluntad, por enamoramiento, por decantación natural, por naturaleza.

No vale la voluntad de querer ser bondadoso.

Jamás valió eso.

El triunfo de la bondad absoluta requiere iglesias.

Millones de ellas.

Irene: ¿Cuántas iglesias tiene Jesucristo en este mundo? ¿Hay un ranking de iglesias? ¿Qué religión tiene más iglesias? Marce, tú solo tienes una iglesia en donde eres recordado y adorado a diario, la iglesia de mi corazón.

Madre mía, no se puede ser más cursi.

Madre mía, qué loca estás.

Cállate ya.

Me callo.

No podría decirse de Marce que fuese altísimo, pero sí podía decirse que tenía una estatura aventajada, porque su cuerpo se deslizaba por el espacio de una manera armónica, como si acariciara el contorno del aire; sí podía decirse que era ancho de hombros, pero no de una forma que resultase explícita, se veía que sus hombros eran fuertes, pero no amenazantes.

Fortaleza sin amenaza, así eran también sus ojos. Y su pelo había construido diques, similitudes y alianzas con el color de los ojos. Y las manos eran grandes, y el dedo cordial de las dos manos tenía una leve desviación en la falange de la uña.

Y esa desviación indicaba un camino, un horizonte, una utopía.

Y en aquellas Navidades del año 99 Irene supo que se iba a producir en su corazón un fenómeno de naturaleza radical, se iba a producir la concentración de su atención en una sola persona y la exclusión de su mente de todas las demás.

Decenas de personas iban a ser excluidas.

El amor es la más alta celebración del fascismo

del corazón, miles de seres son preteridos, declarados invisibles, para dárselo todo a un solo ser. Y esta operación se lleva a cabo todos los días, y se extiende en el tiempo, viene desde el pasado y se proyecta hacia el futuro.

Un día la exclusión se rompe y aparece el amor convertido en tiranía, pero ese no fue el caso de Irene y de Marce.

Su exclusión fue inacabable.

No puede darse la exclusión sin la concupiscencia, sin la voluptuosidad sólida.

Viajaban en avión, en tren, en automóvil, en autobús, en barco.

Todos los otoños Irene le regalaba un jersey de cuello de cisne de la mejor lana cachemir, o merino. Y a él le quedaban de miedo esos jerséis, que luego se ponía ella. Con los primeros fríos, esos jerséis que protegían el cuello eran su pequeño tesoro de elegancia y dulzura.

Un día cruzaron el estrecho de Gibraltar, para ver si cambiando de continente su concupiscencia sufría menoscabo, pero no fue así. Concupiscencia no alterada por la mudanza de los cuerpos físicos que la mantienen en estado de constante exaltación.

Recuerda Irene que fue en el año 2015.

Por tanto, llevaban quince años juntos.

E hicieron el amor en el lavabo del ferri que iba de Tarifa a Tánger, es decir, a África, y la concupiscencia no se vio alterada ni rebajada ni disminuida. Era inmune al cambio de continente.

¿Sería inmune al cambio de planeta?

Eso se preguntaba Marce, y decía «pero eso ya no podemos saberlo» y se reían en su hotel de Tánger. Y luego salían a cenar después de haber hecho el amor como la primera vez que lo hicieron, hacía más de quince años.

Y el milagro estaba allí delante de ellos, siempre el milagro.

Y las cenas en los restaurantes de las ciudades a las que viajaban eran siempre la primera cena.

En Tánger, por ser África, tal vez por ser otro continente, mientras cenaban en un restaurante llamado La Terrasse, pensaban que a lo mejor en mitad del plato principal alguno de los dos, por aburrimiento o curiosidad o por lo que fuese, desviaría la mirada para ver qué hombres o qué mujeres había en las mesas de al lado, para saber de otras conversaciones, para saber de otros rostros en los que la vida también estaba presente, pero no, no ocurría, y el férreo contrato de exclusividad seguía vigente.

No miraban a nada ni a nadie.

Los dos sabían del milagro.

Pero quien primero lo había visto y quien pensó en darle nombre fue Marce.

Él lo había visto antes.

Nunca supieron muy bien qué nombre ponerle al prodigio, se lo iban cambiando; era tan delicado darle nombre a eso, al milagro, qué nombre dar a algo que no ha existido nunca antes de ellos.

Marce hacía chistes: «Es más sencillo volar».

Irene los continuaba: «Es más fácil caminar sobre las aguas».

Irene: «¿Cómo se llama este país?».

No encontraba tampoco nombre para ese país en el que vivían ellos dos, solos.

¿Arcadia?

Más bien un país llamado *Nosotros*.

Los despertares en la casa de Chamartín, los desayunos de domingo en la cama, aquel jaleo de zumo de naranja y churros que Marce compraba recién hechos, porque «lo recién hecho mantiene vivo el amor», «qué cursi te pones, Marce».

Y sus visitas al Museo del Prado al mediodía de los domingos de otoño, enfundados los dos en sus jerséis de cuello de cisne. Se habían hecho Amigos del Museo, para poder ir todos los días. Así se sentían un poco propietarios del Prado. Propietarios de la historia del arte.

«¿Quiénes son los dueños de las obras de Velázquez, de El Greco, de Goya?», preguntaba Marce, y él mismo se respondía diciendo: «Nosotros».

Se quedaban delante de *Las meninas* de Velázquez y entraban los dos a la vez en la profundidad de ese cuadro.

No estaban solos ante el fantasma y la brutalidad y la hostilidad del arte y del tiempo como la mayoría de la gente, lo veían a la vez, pero no por ello perdían el placer de estar solos frente a la belleza. La ferocidad de la belleza la enfrentaban juntos; la bondad de la belleza, solos, pero cogidos de la mano.

Recorrían todas las salas del Museo del Prado cogidos de la mano y, como el mundo se limitaba a ellos, no veían qué pocas eran las parejas que seguían su ejemplo. Se limitaban a vivir sus pasiones sin preguntarse la razón de semejante regalo. Devoraban ese regalo, devoraban la vida.

Memoria de Irene.

14

La enamorada del viento, V

Decidió viajar por las carreteras secundarias, por carreteras nacionales, sin peaje. Había muchos camiones, pero tenía todo el tiempo del mundo y tampoco sabía con certeza cuál era su destino para esa noche. Solo sabía que estaba impaciente por abandonar España. Iba viendo en el navegador cómo ese momento se acercaba.

Paró en el paso fronterizo de La Junquera para poner gasolina y comer algo. Todo eran camiones, cientos de camiones, y los restaurantes no ofrecían ningún plato atractivo. Demasiada carne, demasiadas patatas fritas, informes croquetas, pimientos bañados en aceites oscuros, beicon achicharrado, demasiados pasteles y bizcochos industriales. Cómo puede haber gente que se coma eso, pensó Irene, seguro que te pasa si ves la televisión.

Pidió un café con leche, y estaba bueno, eso la animó. Tenía espuma, le encantaba que el café con leche tuviera espuma. Miró al camarero que le había preparado el café con leche y le sonrió agradecida.

De repente, sonaron truenos en esa cafetería restaurante de La Junquera. Una tormenta se desató sin avisar y los cristales se llenaron de lluvia rasgada por el viento. Parecía una de esas furiosas tormentas de verano, tan intensas como breves. El día se oscureció. Los truenos cada vez eran más retumbantes y los relámpagos iluminaban la autopista y los camiones. Sin embargo, el corazón de Irene recibió esa tormenta como un consuelo, porque vio en ella una forma de vida apasionada, primitiva y sin destino humano.

Habló sola, dijo una palabra: «Quevedo».

Todo estaba previsto en ese verso que decía «... el blanco día».

Salió de la cafetería y se caló bajo la lluvia, pero le daba igual. El vestido se pegó a su cuerpo como una segunda piel y su anatomía desnuda concentró las miradas de algunos hombres, algunos camioneros que iban provistos de chubasqueros y que revisaban el estado de la carga.

Cómo te miran los hombres, pensó Irene que habría pensado Marce, porque a veces se lo decía, cómo te miran todos, cómo te codician todos, y eso es la vida, codicia y deseo. Y si no hay codicia y deseo, solo hay pequeña burguesía, eso decía. Pequeña burguesía, eso es.

O solo hay los seres abominables.

Seres abominables que fundan y nutren y fomentan una pequeña burguesía global, eso es el mundo ahora.

Cómo había podido olvidar eso, los seres abominables, así llamaban Marce y ella a todos los políticos de la Tierra: los seres abominables, casi no sabían nada de ellos, porque no veían la televisión ni compraban los periódicos, pero sabían de su existencia, porque eran muy ruidosos y solemnes y estaban por todas partes, intentaban invadir su amor a toda costa.

«Allí están los seres abominables, intentando entrar en nuestras vidas —decía Marce—, mira cómo quieren obligarnos a que pensemos en ellos, porque eso es lo que buscan, que pensemos en ellos, que dilapidemos nuestro pensamiento dedicándoselo a sus existencias, los muy hijosdeputa, y cómo puede haber gente que les regale un minuto de vida, con lo urgente que es la vida.»

«Son vampiros —decía Marce—, los seres abominables son vampiros, no los mires, Irene, no quieren más que tu sangre.»

Y habían visto juntos a la pequeña burguesía ilustrada y a los seres abominables extendiéndose por el mundo, como una forma de solución final al enigma de la especie.

Se subió al BMW, encendió las luces y se deslizó bajo la tormenta, salió a una autopista y se dejó llevar por las indicaciones que señalaban el paso a Francia.

El recuerdo de los seres abominables la había puesto de mal humor, pero también la había llenado de energía y de fuerza, porque ellos dos habían desvelado el mundo: la gran mentira que construye las sociedades y justifica las jerarquías, tú viajas en tercera, yo viajo en avión privado, lo entendieron todo, tú vives en una mierda de piso en el suburbio, yo en una mansión, lo comprendieron todo, y vieron por dentro el alma de los seres abominables. Sí, pero quién era ella para pensar así, si siempre lo tuvo todo de su parte. ¿En serio? ¿Lo tuvo todo de su parte? ¿Y la muerte de Marce? ¿Eso era tenerlo todo de su parte?

Lo abominable, decía Marce, eran aquellos líderes cuyo corazón era la vanidad de sus propias existencias, la vanidad era el fundamento de la política.

«En el amor no hay vanidad», decía Marce.

¿Lo decía o se lo está inventando?

La lluvia cesó y de pronto el sol se abrió paso en el cielo.

Y ahora el sol iluminaba la carretera.

Y había vuelto el calor.

Tomó la dirección de Argelès-sur-Mer, pues necesitaba volver a ver el mar. Estaba cayendo ya la tarde, y la carretera era una secundaria bastante pesada, lenta. Suerte del BMW, pensaba Irene, gracias a este motor, a los doscientos cincuenta caballos que tiene este motor, el mundo no es tan feo.

Había visto en internet que el modelo de su BMW venía con doscientos cincuenta caballos.

Pensó en doscientos cincuenta caballos tirando de una carroza y ella en el pescante, con las riendas en la mano, como Charlton Heston en *Ben-Hur*.

Solo los automóviles son reales. Lo demás es ficción. Una catedral, un rascacielos son ficción porque no se mueven. La capilla Sixtina es ficción porque no se mueve. La torre Eiffel, la estatua de la Libertad de

Nueva York tampoco se mueven. Nada se mueve, excepto mi BMW.

Quienes construyeron su BMW no eran los seres abominables sino los seres generosos.

Trabajadores de la tierra, ingenieros y montadores de automóviles, diseñadores de ruedas, fabricantes de motores, fabricantes de sillones de cuero de automóviles, ellos, como sus muebles o sus montadores de muebles, eran los seres generosos: *Alma a quien todo un dios prisión ha sido.*

Viajaba sin música. Tal vez necesitaba oír el rugido de esos doscientos cincuenta caballos.

Ahora el cielo, de improviso, dibujó un arco iris muy nítido. Salió de la carretera y detuvo el coche en un arcén.

Fue entonces cuando, al hacer una foto con el móvil al maravilloso arco iris que tenía delante, advirtió la acumulación de wasaps de sus tres hombres: de Julio, de Horacio y de Sanfeliu.

Sus tres amantes, que tanto placer le habían dado, pero no era un placer en sí mismo, sino un placer que convocaba al hombre que amó y ama.

Irene: Mis liturgias.

Irene: Soy Irene.

Yo me llamo Irene.

Decir su nombre era mirar el abismo.

Decir su nombre era una concesión a los demás, a la sociedad, a la civilización, porque ellos dos no tuvieron nombre el uno para el otro.

No necesitaban tener nombre.

La extrañeza de tener un nombre.

Y tener un cuerpo.

Irene: Qué laberinto y qué alquimia y qué magia de cuerpos vivos que pretenden la resurrección de un cuerpo muerto y cuál era su poder sobre esos hombres, por qué caían rendidos ante ella; era por su belleza; esa belleza que destruye la voluntad de un hombre; Marce se lo dijo cuando leyeron juntos una novela de Tolstói, esa novela tan terrible, cómo se titulaba, un título que hablaba de una sonata de Beethoven, Tolstói también amaba a su mujer, pero ¿se enamoraban los hombres de la mujer de Tolstói como se enamoran de ella? Los hombres le dicen que se enamoran de ella, pero no es más que encaprichamiento. *Su cuerpo dejará, no su cuidado.* No había ocurrido nada memorable en el mundo después de que Quevedo escribiera esos catorce versos, que tal vez fueran una clave, una contraseña, un *password* para entrar en el castillo en donde estaba ahora Marce.

Sus tres hombres decían sentirse enamorados, emocionados, cambiados, y los tres deseaban volver a verla; los tres estaban dispuestos a seguirla adonde ella quisiese llevarlos; los tres estaban dispuestos a renunciar a sus vidas actuales.

Panda de mentirosos.

Necesitaban los tres un sí de ella. Sin el sí, no se atrevían. Ese sí que cambia con las épocas. Esos hombres desesperadamente a la búsqueda de un sí, diciendo toda clase de tonterías para ganar ese sí, y eso era un espectáculo, valía la pena verlo.

Y ella les decía que no.

Ese *no* triunfante.

Ese *no* que dejaba salir de sus labios como un ejército de temibles gladiadores llenos de fuego.

El mayor ejercicio de poder que vieron los siglos, desde los emperadores de Egipto, desde los caudillos romanos, su *no* retumbaba en la historia.

Se estaba enamorando de su maravilloso y retumbante *no* a los hombres, a todos los hombres.

Y su *no* a todas las mujeres.

Las mujeres abominables, ah, esas mujeres abominables que son idénticas a los hombres abominables, porque al final se fundieron en una sola cosa que poseía dos cabezas, una sola cosa bicéfala: codicia y vanidad.

Su no a todo la exaltaba, su legendario no a todo menos a la vida.

Cómo se alegraba de haber tirado por la ventana los zapatos de Sanfeliu, pero le parecía poca cosa, quería más.

Vio en el navegador que estaba muy cerca de Colliure, y decidió visitar la ciudad. Allí estaba la tumba del poeta español Antonio Machado.

Puso rumbo a Colliure. Llegó cerca de las ocho de la tarde.

Los días se estaban alargando, y el verano reclamaba su nacimiento.

Buscó un hotel.

Encontró uno que se llamaba Casa Pairal.

Había una mujer en la recepción.

No hubo problemas, tenían poca ocupación.

Su Visa Oro solucionó el resto. Su Visa Oro eran los restos de Jesucristo concentrados en un microchip, su Visa Oro abría los intestinos del mundo. Era hermoso abrir el mundo con un rectángulo de plástico que codificaba tres mil años de guerras, de muertes y de asco, un profundísimo asco del que ella y Marce quedaron eximidos por voluntad secreta de la naturaleza.

El milagro.

«Cerrar podrá mis ojos la postrera sombra que me llevare el blanco día», murmuraba Irene.

Le dieron la suite junior.

Cuando entró en la habitación, dejó la *trolley* junto a la mesa, se tumbó en la cama y rompió a llorar.

Siempre se ocultaba a sí misma una escena.

Una escena que estaba en el fondo de su alma, que le sajaba la carne, que le rompía las arterias, que le quemaba los pulmones, que le envenenaba las conexiones neuronales, que la reducía a terror, solo terror.

Terror y desesperación.

Se desnudó, se metió en la ducha y el agua caliente la serenó.

Se puso elegante y salió a cenar.

No había apenas gente en las calles de Colliure. El pueblo le pareció precioso. Vio unos carteles que anunciaban un homenaje al poeta español enterrado en el cementerio de la ciudad, y se dijo que al día siguiente iría a ver la tumba.

Machado también creía en el amor. Porque no basta con saber que el amor existe. Hay que creer en él. Mucha gente no cree en el amor, porque el amor exige un riesgo de destrucción, da miedo, da pánico. La gente que no cree en el amor enturbia el mundo, lo convierte en algo sin alma, en algo triste.

Machado también fue un viudo, como yo, piensa Irene. Busca en el teléfono móvil los versos que le dedicó a su difunta Leonor.

Señor, ya me arrancaste lo que yo más quería.
Oye otra vez, Dios mío, mi corazón clamar.
Tu voluntad se hizo, Señor, contra la mía.
Señor, ya estamos solos mi corazón y el mar.

Después de deambular por las calles estrechas, entró en un restaurante que tenía grandes ventanales sobre el mar.

Cenó una ensalada con queso de cabra y bebió dos copas de vino.

La noche caía sobre el restaurante con una fuerza angustiosa, como si de repente las cosas perdieran visibilidad y todo fuera anegado por la oxidación, la inutilidad y el vacío.

Se refugió en la habitación de su hotel y en un acto de claudicación encendió el televisor.

Cambió canales.

No quería a nadie esa noche.

Siguió viendo la televisión y obtuvo una nueva confirmación: la televisión y sus programas buscaban la degradación de la vida individual y la transformación de la vida individual en una masa informe de esclavos, de seres anónimos, de gente sin deseo. Le fue dado contemplar un plan universal de aniquilamiento de las pasiones individuales, de la energía de la identidad.

Sintió pánico.

Vio el orden político de la Tierra: gente famosa diciéndoles a cientos de miles de seres humanos, innominados y desconocidos, cómo tenían que vivir.

Volvió a leer en el teléfono móvil el poema de Antonio Machado, dedicado a su mujer muerta, Leonor.

Vio a Machado caminando por el mundo con una mujer muerta en sus brazos, eso era hermoso.

Caminando por los desiertos.

Le faltaba la música.

Chopin, claro.

¿Eres tú, Marce, el que desde la muerte me trae estas revelaciones?, imploró Irene.

Al día siguiente huiría temprano y dejaría para otra vida la visita a la tumba del poeta, pues a fin de cuentas no veía en qué medida el sufrimiento ya consumado de Antonio Machado podía aliviar el suyo.

Los dos habían sufrido, sí, pero eso no los ayudaba a él ni a ella. Fueron sufrimientos en tiempos distintos.

Sufrimientos incomunicables.

No veía nada más allá de su corazón y de sus pasiones.

Marce la cuidaba, y ahora nadie la cuida.

El cuidado es el enigma.

El cuidado es la encarnación de la bondad.

Serían menos de las siete de la mañana cuando Irene se levantó de la cama, se puso un pantalón, una camiseta y una sudadera y salió a las calles de Colliure. Quería ver cómo el sol surgía del este, poco a poco aparecía en el cielo, y comenzaba a iluminar el Mediterráneo.

Se acercó hasta la orilla del mar, se sentó encima de una piedra, y aguardó la llegada de la luz.

No sabía si era legítimo pensar en su propia supervivencia, si tenía sentido seguir teniendo ambiciones terrenales, como el derecho a la alegría, al placer, al futuro.

El Mediterráneo quedó iluminado, la luz caía sobre el lomo de esa bestia milenaria, que no tiene vida, pero sí existencia.

Como su amor por Marce, que ya no tenía vida, pero sí existencia, allá en su corazón.

El sol empezaba a ascender.

Parecía una oración.

Sacó del bolsillo de su pantalón un pequeño frasco de probador de perfumería con la colonia de Marce. La olió. Y volvió a sentirlo. Era colonia de Guerlain. Marce también era un explorador de perfumes. Como ella. Quería conocerlos todos. Todos los mejores olores concebidos por la inteligencia humana.

Se desnudó y se metió en el mar.

El agua estaba helada.

Pronto llegaría el verano, se presentía su llegada, llevaba viniendo milenios sobre el planeta, miles de milenios, y nadó un poco hasta que su cuerpo no pudo soportar más los alfileres del agua helada. Salió. Se secó con la sudadera. Se quedó mirando las olas.

La piel brillaba y la sangre de Irene viajaba por dentro de su cuerpo a la velocidad primitiva de la incertidumbre, de la perplejidad, de la edad de las tinieblas.

Necesito volver, se dijo.

Y volvió al agua.

Y deseó que el mar se la comiera, se la tragara.

Que el mar se convirtiera en amor y destrucción al mismo tiempo, como soñó un poeta llamado Vicente Aleixandre, que tituló así un libro: *La destrucción o el amor*.

La gente no cree en la poesía, y puede que los primeros que no crean en la poesía sean los propios poetas, pensó Irene.

El Mediterráneo será nuestra manera de orar, de rezar, de estar juntos, imaginó Irene. Este mar no habla, no dice palabras. Como Marce, que tampoco dice palabras. Palabras concretas.

Sin palabras concretas, los seres humanos nos perdemos.

Volvió a salir del agua.

La vida entera rodaba por su cuerpo como ruedan los planetas en el universo, en una danza ciega, pero feliz.

Marce, su amor, su gran amor se había convertido en silencio. El silencio es el final de la música.

El cadáver de la música es el silencio.

Veía sus manos arañar en el silencio.

No comprendo el silencio, meditó Irene, pero solo es eso, una carencia pasajera, un desconocimiento producto de una inteligencia incompleta como la mía, una falta de habilidad, ya lo entenderé algún día, cuando me aplique, cuando me esfuerce más. Tal vez Dios se dé a conocer a los seres humanos a través del silencio. En el silencio no puede haber maldad. Todos acabaremos en el silencio. La gente no entiende la muerte, como no teníamos muchos amigos, solo tus empleados, no tuve que aguantar todas esas estupideces que vulgarizan la muerte. No tuve que escuchar cosas como «Qué noticia tan terrible», «Qué tristes estamos todos», o «Siempre lo recordaremos en nuestros corazones», o «Qué injusta es la vida», yo qué sé, «Él, que amaba tanto la vida», o «Siempre se van los mejores», toda esa mermelada de mierda y de vulgaridad, cuando la muerte, tu muerte, fue un descenso al misterio, a la glándula del misterio.

Lo que ya no sabía realmente es cuándo había muerto Marce.

Y miró al Mediterráneo de nuevo. Luego subió al BMW y valoró distintos destinos. Eligió el pueblo francés de Sète, porque allí había un cementerio marino.

15

Una conversación

—Ni siquiera has mirado un poco, tan siquiera de refilón, a ninguna de esas jovencitas que se bañan casi desnudas en la playa —desliza Irene con ironía, tal vez malicia.

Es una noche de primeros de agosto del año 2016.

Están en la terraza de su habitación del hotel Doña Paquita, al lado del mar, en el pueblecito de San José, provincia de Almería.

—Puedo mirar a una de esas jovencitas, sí, pero como quien mira a un niño, o a una abuela, o una sombrilla, o un barco que pasa —responde Marcelo.

—¡Una abuela y una sombrilla! —Irene rompe a reír.

—Solo quiero que te desnudes en esta terraza.

—¿Y si nos ven?

—Ojalá nos vean, porque estamos casados, llevamos dieciséis años casados, y a cualquiera que nos vea podemos enseñarle el libro de familia, en el que salen nuestras fotos, y nuestros nombres, y nuestros DNI, y entonces no darían crédito.

—Es verdad, no darían crédito, no entenderían

que la respetabilidad del matrimonio pueda convivir con la más vil lujuria.

—Desde que nos vimos, acuérdate.

—Es este sol maravilloso.

—Y es de noche.

Irene se quita el sujetador del bikini. Y se pone de pie. Su melena le cubre los hombros y desciende hasta los pechos. El cabello, por efecto del sol del verano, de los días que llevan de vacaciones en la playa, se ha vuelto no rubio sino dorado, tentando el color platino.

Marce se quita las bermudas, se queda en calzoncillos. Son unos Calvin Klein negros.

Se siente atractivo.

—Mira qué moreno estás, y qué delgado, todos los hombres de tu edad pesan veinte kilos de más —se admira ella.

—¿Y sabes por qué? —pregunta Marce.

—Dímelo tú —contesta mientras lleva la mano hasta el sexo de Marce.

—Porque no hacen el amor todos los días.

—¿Solo por eso?

—No, por más cosas, porque necesito ganarte todos los días, porque me despierto todas las mañanas pensando que debo conquistarte a cada minuto.

—¿Y no es agotador? ¿No preferirías tener la seguridad de que hoy y mañana y pasado mañana seré tu mujer, tu compañera, tu amiga, tu amante?

—No lo siento como un trabajo, lo siento como vida, vida sin más, como respirar o mirar, ¿y tú?, ¿cómo lo sientes tú?

—Te veo y estoy bien, alegre, feliz, ilusionada,

porque tengo ganas de besarte todo el rato, eso me pasa, ganas de tocarte, de hablar contigo, no tengo dudas. Las mujeres tomamos decisiones radicales si estamos enamoradas. Si estamos enamoradas, hacemos cosas nobles. Si no lo estamos, también hacemos cosas nobles. Las mujeres siempre somos más nobles que vosotros. Solo tú eres tan noble como todas las mujeres del mundo, por eso te elegí. Porque te elegí yo. Y eso pasa siempre, lleva pasando miles de años. Y seguirá pasando. Y es un acto silencioso, invisible. Cuesta verlo. Casi no se ve. Es tan invisible que parece que no exista, pero sí existe. Yo te elegí. Porque las mujeres eligen. El poder de las mujeres ha sido invisible, casi dudoso, al borde de la inexistencia, pero existe. Lo hemos escondido para que no nos lo arrebataseis los hombres. Lo hemos pasado de una generación a otra generación en silencio, durante miles de años.

—¿Y no miras a esos chicos de la playa, esos veinteañeros con barba, fuertes, altos, morenos, con tatuajes eróticos?

—Sí, los miro, como miro las palmeras, los bares, los chiringuitos, las latas de Coca-Cola.

Y entonces ya se estaban besando, pero no eran besos normales, eran besos concupiscentes, en los cuales las lenguas iniciaban una danza, se tocaban, se alejaban, volvían a tocarse, pero nada importante habría en esas lenguas si no viniera acompañado de una profunda sed del alma del otro.

—Cuando llegue el otoño, te ayudaré a elegir ropa de otoño —dijo Marce cuando los besos terminaron y se tumbaron en la cama.

—¿Ropa de otoño?

—Para cuando llegue el frío.

—Y yo te compraré un abrigo de piel de oso.

—Me está entrando un calor de muerte, y ¿para qué quiero una piel de oso?

—Para que me cuides, para que me protejas con la fuerza de un oso.

Irene y Marce seguían acariciándose, o ella así lo recordaba.

Los cuerpos desnudos sudaban y gemían como si fuese la primera vez.

—Hace un calor salvaje —dijo Marce.

—Es brutal este fuego de humedad y calor, pero no vamos a poner el aire acondicionado.

—Nunca el aire acondicionado.

Las dimensiones de la vida estaban en un proceso de expansión, como el universo.

—¿Sigues nerviosa?

—Llevo dieciséis años nerviosa. ¿Y tú?

—Llevo dieciséis años nervioso. ¿Sabes?, antes de conocerte, pensaba que los protagonistas de los boleros eran entes irreales, abstracciones, no sé, no eran gente de carne y hueso. Y ahora creo que todos los protagonistas de todos los boleros que han sido escritos y cantados somos tú y yo.

—Dos ángeles, pero sexuales.

—Eso es.

—El único problema del mundo es que la gente no hace el amor todos los días. Los ángeles son ángeles sexuales, eso se lo calló el papa de Roma, se lo callaron todos los artistas que pintaron ángeles. Nos mintieron, los ángeles eran ángeles porque su sexo era interminable, esa es la razón de que fueran ángeles. La belleza de los ángeles se llama fornicación. Por eso los ángeles necesitan buenos muebles. Buenas camas, buenas mesas, buenas sillas que aguanten dos cuerpos haciendo el amor.

—Exacto.

—Dilo en inglés, que me pone.

—*Exactly* —dice Irene mientras se ríe con una alegría descomunal.

Es el año 2016, piensa Irene.

Claro, ese maravilloso año.

Ese año.

Todos los años.

16

Los mensajes urgentes

23 de abril del 2000

Amada Ire:

Todos los seres humanos llevan dentro alguna forma de verdad que nunca lograrán ver, va en ellos, pero no la pueden ver. Y así pasan sus vidas, y un día se marchan, y la verdad se va con ellos, oculta aun a la vista.

Pero nosotros nos amamos.

Te adoro,

Marce

3 de enero del 2001

Mi amada Ne:

Has salido a comprar un regalo para mí. Lo has hecho a escondidas, pero no puedes hacer en realidad nada a escondidas, porque el amor solo ocupa una mente y no dos. Te estoy esperando sentado en la cama, donde hemos hecho el amor hace una media hora. Huelo la almohada, que huele a ti. Vas por las calles buscando un regalo para mí. Vas por las calles y lo que ves yo lo veo antes que tú.

¿Qué me regalarás esta vez?

Yo ya tengo tu regalo, aunque me entran ganas de salir a la calle a buscar otro, pero tengo que preparar la comida. Y la preparo para ti.

Me levanto, voy a la cocina, veo la langosta gallega dentro de la nevera, y al rato estoy de nuevo en la cama, oliendo la almohada.

No puedo decir adiós a una almohada.

Espero tu llegada.

El misterio del olor de tu cuerpo causa estragos en la habitación; más allá de los orificios de tu cuerpo, te conviertes en un ángel ansioso de hermetismo, de ser redondo, pues también eres abstracta.

Te amo como un ogro, un vampiro, un sacerdote, un papa de Roma, o como una culebra bajo el sol de primavera.

Te amo como Jesucristo a su María Magdalena.

Te amo como Proust amaba la magdalena de Proust.

Te amo como Chopin amaba su piano.

Te amo como el piano de Chopin amaba los dedos de la mano de Chopin.

Te amo como Stalin amaba a Hitler.

Te amo como Hitler amaba a Lenin.

Te amo como Lenin amaba a Jesucristo.

Te amo como Jesucristo amaba a... X.

X es...

Irene

Te amo,

Marce

Sí, muchas veces la llamaba Ire, y Ne también, así lo hacía en las notas de enamorado que Marce le escribía. Él las llamaba «los mensajes urgentes». Eran cuartillas que Marce escribía y dejaba por la casa para que Irene las encontrara. Cuartillas que pegaba con celo en la puerta, en las paredes.

21 de marzo del 2001

Irene:

Me duele el sexo. Hemos recibido la primavera de este año como lo hacemos siempre, amando sin parar.

La cafetera que compramos ayer es muy divertida, la pantalla te pregunta si quieres el café fuerte o normal.

Deberíamos comprar más electrodomésticos, que también ayudan al amor, como hacen los muebles. Tenemos que cambiar la nevera. Tenemos que comprarnos la mejor nevera del mundo. Y un lavavajillas que cante. Y una lavadora que parezca un ovni. Y una secadora que haga que nuestra ropa arda de pasión.

Te gime en el alma,

Tu Marce

Todas eran cartas antiguas.

No había ninguna reciente.

¿Por qué no había ninguna reciente?

17

La enamorada del viento, VI

Encontró una suite con vistas al mar en un cuatro estrellas de Sète. Abrió la maleta. Sacó el bikini, se puso las chanclas, y se fue a la playa que le aconsejaron en la recepción, que estaba a unos diez minutos en coche.

Seguía siendo el Mediterráneo lo que tenía delante.

¿Era el mismo mar de Málaga, donde había iniciado su viaje?

Por algún motivo el mar distraía su desesperación.

Pero el Mediterráneo engaña a los seres humanos: no es el mismo siempre, cambia, no es el mismo mar de Málaga el que baña las costas de Grecia o las de Turquía o las de Egipto.

Nos engaña ese mar, como la vida nos engaña, como el tiempo nos engaña.

No es el mismo mar, sí es el mismo exceso de existencia, pero el Mediterráneo de Málaga no es el mismo que el de Atenas, ni el de Atenas es el mismo que el de Tel Aviv. Un engaño constante.

Exceso de existencia, palabras de Julio dictadas por Marce.

Nunca conoceré el mar, porque siempre está cambiando, meditó Irene, es como si el mar me tomara el pelo, como si me dijera «sí, soy yo», pero trescientos kilómetros al norte o trescientos kilómetros al sur dejara de ser el mismo y se convirtiera en otro.

Irene estaba obsesionada con el Mediterráneo y por primera vez mandó un wasap a uno de sus amantes, a su experto en el paraíso, a Julio: «Tienes razón, el Mediterráneo es el placer, por eso necesitamos conocerlo».

Julio contestó de manera inmediata, pensando que se abría una puerta, una esperanza, porque parecía enamorado, o eso creía él, pero en realidad Irene solo estaba sorprendida por el laberíntico modo con que surgía ante la mirada humana ese legendario cuerpo de agua salada al que llamamos mar Mediterráneo.

La complejidad del Mediterráneo podía simbolizar la complejidad de la vida humana, era un reflejo.

¿Qué demonios eres, Mediterráneo?, se preguntó Irene.

La playa era inacabable, con arena muy blanca; variaban los colores de la arena, no todas las arenas eran iguales, y aquella arena era de verdad. Las cosas que son de verdad se notan, quizá tarden en notarse, pero al final lo hacen. Y ese pensamiento le resultó amenazante.

El cuerpo de Marce se convirtió en su propio enemigo, y yo lo vi. Sus brazos, sus huesos, su sangre, su salud desertaron de su alma.

Oía sus pensamientos, el resplandor: este estúpido cuerpo, qué está haciendo, no sabe que tiene una misión superior que cumplir.

Había un más allá al que el pensamiento de Irene no quería ir.

Se bañó, nadó.

Salió del agua, despacio, apreciándolo todo, intentando saber qué era todo, como queriéndose negar a sí misma la confusión entre amor y placer que brillaba en el fondo de su alma.

Qué hermosa luz tiene el Mediterráneo en Francia. De nuevo se acordó de Julio y de sus investigaciones turísticas.

Él había dicho que el Mediterráneo era superior a cualquier mar por culpa de Homero y de Virgilio.

Menudo par de golfos, Homero y Virgilio, peor que golfos, menudo par de supersticiones, pensó Irene, y se carcajeó.

Cada vez la risa era una forma de disolución de todo cuanto había existido y existiría.

Si Marcelo no estaba en el mundo, todo le estaba permitido, le estaba permitido un desprecio lúdico de la realidad. El desprecio de la historia, el arte y la ciencia, si Marce no estaba, era lo mínimo.

Las islas griegas eran tal vez el placer sin amor más grande del planeta, porque todo era un capricho del agua. Allí había estado con Marce, allí, en Léucade, ahora lo está viendo, pero cuánto hace de aquello, cuánto. El color azul intenso del Mediterráneo en Léucade no era el azul del Mediterráneo en Málaga.

¿Qué hace el Mediterráneo con nosotros?, se preguntó Irene.

Y se contestó ella misma: nos deja entrar en él, acepta que lo conozcamos, eso acabo de hacer ahora mismo, y aún estoy en ello, pues el agua me cubre hasta los pechos, me dirijo a la orilla, pero aún estoy dentro de él, eso es lo que nos enloquece de este mar, que nos permite estar mucho rato dentro, pues el agua y el verano y el sol consiguen el milagro de que la temperatura sea la perfecta para que venga a nosotros el placer, el inmenso placer.

Otros mares nos rechazan, siguió meditando Irene, como los océanos, que no nos dejan entrar en ellos, y esa es la clave, por eso el Mediterráneo es el mar de todos los mares, y acaba siendo una religión erótica. Cómo se puede sentir un inmenso placer todo el rato, cien días seguidos, cien años, cien siglos, el placer.

E Irene salió del agua y fue hasta la toalla.

Miró el móvil con sus manos aún mojadas, agua en contacto con la tecnología. Manos con sal y arena tocando el teléfono móvil.

Miró los wasaps.

Un montón de wasaps de Julio, que irían desapareciendo, pronto dejaría de recibirlos. Ese momento en que se olvida a la persona que creías iba a ser el amor de tu vida. Ese momento en el cual el tiempo vence a la voluntad.

Volvió al agua, volvió a meterse en ese placer inasumible.

Nadó.

Buceó.

Nadó allá lejos, hasta donde ya le cubría.

Intentó tocar el suelo, las aguas cambiaban de temperatura: caliente la capa superior, fría el agua del fondo, ganando frialdad centímetro a centímetro, o ganando calor, según se bajara o se ascendiera.

Salió de nuevo del agua.

Se dio cuenta de que salir del Mediterráneo era toda una liturgia, por eso lo hacía lentamente, acariciando la superficie, el perfil de las olas, contemplando despacio cómo a cada paso se iba despidiendo de él, del mar.

Una despedida larga, hasta que sus pies hollaron la orilla.

Sintió hambre, porque el hambre siempre te visita después del mar.

Vio un restaurante a pie de playa, un restaurante muy sofisticado, con dos plantas; entró y subió a la segunda, y pidió la mesa que estaba más cerca del mar.

Entraba un viento fuerte, que lo agitaba todo, y ese viento la hizo feliz, la hizo temblar de ansia, de placer de nuevo.

Las olas y el pulpo a la brasa y el vino blanco que se pidió la distrajeron de sí misma mientras seguían llegando wasaps de los tres hombres que había conocido, de los tres hombres que la habían ayudado a ver a Marce.

Y cuando acabó el pulpo siguió bebiendo vino hasta alcanzar el pensamiento al que no quería ir.

Los dolores de cabeza de Marce, fruto del avance del cáncer, los dolores de los huesos, fruto de la extensión del cáncer, un dolor insoportable en la columna se convirtieron en protagonistas de su vida, y el protagonismo absoluto de su amor por ella no podía contra el avance de la destrucción del cuerpo.

Su fe tembló, eso pasó. No era la muerte, sino que su llegada restaba protagonismo a su amor, a mí, a su Irene. Eso era lo peor de todo. Habrá un día en que esto ya no les pasará a los seres humanos, me dijo. Y añadió: un día en que el amor tendrá forma material, gravedad y visibilidad.

Tal vez esto ya haya ocurrido, pues qué es el universo, sino eso: materia, gravedad y visibilidad.

Los dolores insoportables lo alejaban de su deber de adorarme, de sus deberes sexuales, sus grandes deberes, su trabajo diario. No el dolor ni la muerte, sino la distracción de mí, la baja laboral de su amor, eso fue lo que no soportaba. Todo lo que había sido cimiento de su existencia.

Marce llegó a concebir la idea —por culpa de la enfermedad— de que la magia de nuestro amor había sido una ilusión porque el dolor físico se lo llevaba todo por delante. Su cuerpo requería su atención, se imponía su cuerpo, no le daba respiro. El dolor era más importante que yo, y eso lo conducía a desear morir, a desear suicidarse. Su fe se resentía. Su idealismo estallaba en mil pedazos.

Necesito un hombre esta noche, un hombre que me conduzca hasta él, hasta su sonrisa, pensó Irene mientras apuraba su copa de vino blanco. Aún había algunos comensales, pero todo eran parejas, no había ningún hombre solo.

No hay hombres aquí para que me lleven a la escalera, para verlo.

Todos van acompañados.

No hay camareros, hay camareras, y qué más da un hombre que una mujer.

Y entonces se fijó en la camarera: una mujer rubia, de hombros redondeados, de aspecto feliz, ágil, rápida, con labios finos, de ojos levemente azules, alta, de unos treinta años, la melena cayendo sobre la espalda.

Le dio conversación en francés, pero la camarera advirtió su acento y replicó en español, ante la sorpresa de Irene:

—Soy argentina.

Se sonrieron, y enseguida Irene le preguntó por cosas intrascendentes como cuánto tiempo llevaba en Francia, y ella que si estaba de vacaciones y que si se había bañado, y las miradas iban y venían, y entonces Irene decidió prolongar esa conversación y se pidió un whisky y le preguntó su nombre, y se llamaba María Florencia, y se rieron por el nombre tan pintoresco, e Irene le volvió a preguntar si tenía un apodo ese nombre, y María Florencia le dijo que no, que esa era la única ostentación de su vida, tener ese nombre largo y «poco operativo», y que había gente que la llamaba María y otros Florencia, pero que ella quería que por favor la llamaran María Florencia, porque la extensión de su nombre era el único lujo y gasto que se podía permitir y exigir a los demás.

Marce, ¿la has oído? Ha hablado del lujo, del único lujo que se puede permitir: la longitud de un nombre, está claro que viene de tu parte, la envías tú.

Irene le preguntó si podía invitarla a una copa y María Florencia dijo que allí no, pero que esa noche libraba.

Entonces Irene recogió su bolso, se levantó de la mesa.

—Habitación 218, Grand Hotel Imperial —dijo antes de salir del restaurante tan veloz que a María Florencia no le dio tiempo de cobrarle el whisky, pues la comida ya la había pagado.

Podría acabar robada y asesinada, piensa Irene mientras se sube al BMW.

Pero si uno de estos amantes me asesina y me roba, sigue calibrando Irene mientras enfila con el coche el parking del hotel, lo único que he de temer es que mi asesino sea un chapucero y no sepa darme muerte sin dolor, sin conciencia, con la rapidez del pensamiento; si fuese así, si esa fuera su habilidad, su poderosísima habilidad, ¿no sería maravilloso?

El amor es una conversación sin aburrimiento posible, sin un segundo de tedio, de decaimiento, piensa Irene cuando sale del BMW.

Era hablar, hablar es suficiente si se están diciendo cosas.

No una conversación entretenida y relajada, sino una conversación desafiante, libidinosa, ruidosa, porque el problema de las conversaciones es cuando ya no hay nada que decir porque ya ha sido dicho todo, y eso no les pasó nunca, porque estaban dentro de la magia, dentro del resplandor.

Ni cuando su cuerpo era dolor y ponzoña hubo flaqueza o pena.

Irene recuerda ahora los versos de un poeta español del siglo xv llamado Jorge Manrique, y esos versos dicen: «que aunque la vida perdió, dejónos harto consuelo su memoria».

Marce perdió la salud, pero no el deseo de estar dentro de mí.

Estaba entrando en la disolución, se estaba muriendo, y aún quería hacer el amor, desesperadamente.

Ese fue mi marido.

Mi compañero, mi futuro cuando me vaya de aquí yo también.

Su lucidez ilumina mi vida aún, e ilumina el mundo, aunque el maldito mundo no lo sepa.

No sé si me acuerdo de él o de lo que viví con él, resuelve Irene, intentando separar a su marido de lo que vivió con su marido, y viendo, en última instancia, cómo se fundían ambas cosas en una sola, pero esa fusión le pareció un error de la vida, un error más en un mundo lleno de ilusiones, errores y martirios.

Y esa sensación de estar teniendo visiones del pasado y no recuerdos.

Errores y martirios, dijo Irene, y lo dijo en voz alta porque cuando se está solo se puede pensar en voz alta.

Memoria de su sexo.

Se estaba muriendo y quería entrar en mí.

A las once de la noche María Florencia estaba llamando a la habitación 218. Irene abrió la puerta.

—Aquí estoy, no he podido venir antes —dijo la argentina.

—Me alegra que hayas venido —dijo Irene.

Salieron a la terraza para mirar el mar.

—Tenés unas vistas maravillosas —dijo María Florencia.

Irene se quedó mirando sus labios, no eran los labios de un hombre, y se quedó hechizada ante sus ojos, diferentes a los de un hombre, y dudó, porque solo había estado un par de veces con una mujer y había sido hacía casi treinta años, cuando era una joven que quería probarlo todo, y no le sedujo entonces y tampoco puso mucho interés, pero no guarda mal recuerdo. Más bien algo inconcreto, cosas de aquellos años locos, hasta la llegada de Gustavo.

Gustavo, maldito seas, no sé por qué has tenido que venir a mi memoria.

Lo echa de su pensamiento y vuelve a la argentina.

Pero por qué ahora, si además no sabe si funcionará con una mujer, si aparecerá él al final de la escalera.

No había hombres en el restaurante, y qué le importa a ella si es un hombre o una mujer, qué le puede importar; absolutamente nada. Hombres y mujeres, como si hubiera diferencia, jamás la hubo para la vida, para el arcano biológico que nos introdujo en la naturaleza.

María Florencia se lanzó a los labios de Irene y la besó en la boca y le metió la lengua con una mezcla de calor y ternura que serenó el nerviosismo de las dos. Las manos de María Florencia eran grandes, con las uñas pintadas de rojo. Las dos mujeres tenían la misma estatura, lo cual hacía que los besos que se daban se acercasen al cenit de la armonía anatómica.

No se sabía muy bien si se abrazaban o si estaban luchando, en una lucha sin fuerza, una lucha sostenida solo en el deseo.

Y María Florencia, entre beso y abrazo, le estaba preguntando que cómo lo había sabido, e Irene que no lo había sabido, que simplemente había sido un impulso, y María Florencia empezó a exaltarla, a decirle que la había vuelto loca su manera de hablarle en el restaurante, su manera de beber aquel whisky y su manera de irse sin pagar, que se sentía tan excitada y arrebatada que no le importaría morir ahí mismo, en esa cama, y señaló con el dedo índice el lugar adonde quería ir cogida de la mano de Irene.

E Irene se dejó desnudar.

Y María Florencia también se dejó desnudar.

Y las dos tenían el sexo depilado con láser y se rieron.

María Florencia comenzó a besar todo el cuerpo de Irene, hasta que posó sus labios y sus dedos allí, en el sitio que comenzaba el camino, la ascensión adonde estaba Marce, e Irene aguardó la aparición de la escalera, porque estaba excitadísima, y porque María Florencia tenía una pericia casi sobrenatural, e Irene miraba el cuerpo espléndido de María Florencia, los pechos suaves, ligeros y a la vez firmes, y la boca, las cosas que le hacía con la boca, y la lengua que dibujaba círculos de ternura y entrega, y entonces sí, entonces apareció la escalera delante de los ojos de Irene. Gimió más fuerte y subió los primeros escalones y allí estaba él, sonriendo, haciendo con la mano un saludo diminuto, y movía los labios, y quiso tocarlo, abalanzarse sobre él, pero estaba detenida en el último escalón, y había nubes de fuego en torno de Marce, y seguía sonriendo, hasta que las nubes fueron creciendo y escondieron su imagen y vio cómo su rostro ardía, cómo se quemaba vivo, y de repente la escalera desapareció y reapareció el rostro de María Florencia, sonriendo, llena de plenitud, porque se habían corrido a la vez.

—Es raro, pero me siento como si me estuviera enamorando de vos —dijo María Florencia.

E Irene dejó que se quedara a dormir a su lado. Durmieron con las manos enlazadas, en una postura incómoda, que llevó a pensar a Irene que no se dormiría a no ser que le soltara la mano, sin embargo no lo hizo. Y antes de quedarse dormida, Irene elevó una oración a la vida, se arrodilló ante la vida y dio gracias a las estrellas, a los planetas, al vacío general del cosmos, por haber visto de nuevo a su marido, más allá de la extinción, rodeado de fuego, quemándose, y bien quería ella esconder el origen de ese fuego. Más adelante, se decía, más adelante lo sabré, volveré a saber la razón del fuego. Faltan unos días, se decía, unos días más, hasta que toda mi fantasía se desvanezca.

Recordó un verso de Fernando Pessoa: «una sonrisa de existir, y no de hablarnos».

Inexplicablemente, al despertarse por la mañana, Irene no sintió ganas de salir a toda velocidad, huyendo, como las otras veces.

Acarició la mejilla de María Florencia y esta despertó con una sonrisa.

Irene llamó a la recepción y le subieron el desayuno.

Irene miraba el cuerpo desnudo de María Florencia, sus armónicas proporciones, su juventud, pues María Florencia tenía solo veintisiete años.

Podría ser su hija, pensó Irene, la hija que no tuvieron.

Si fuera su hija, si pudiera fundirse con ella en un amor inacabable, si fuera su sangre, y si la adoptara, y si...

Le emocionó la belleza absoluta de esa mujer tan joven, que iluminaba todo, pero quería que no hablara, que no se rompiera el hechizo y María Florencia, como si hubiera oído el pensamiento de Irene, permaneció en silencio.

Irene mordía los pezones desnudos de María Florencia y esta gemía.

Bebieron en silencio sus sendos zumos de naranja.

Por favor, que no hable, rogó Irene al cielo.

Es por la belleza, se dijo a sí misma.

—¿Por qué no usas reloj? —le preguntó Irene.

—No lo necesito, miro la hora en el móvil —contestó María Florencia.

—Me tengo que marchar —dijo al fin Irene—, me meto en la ducha y me marcho.

María Florencia se puso de pie y besó a Irene, le cogió una mano y la llevó hasta su boca.

—Sos la mujer más hermosa que vi en esta vida, Dios quiera que encuentres lo que buscas, yo siempre te esperaré, pasen los años que pasen, esté con quien esté, yo siempre te esperaré. Lo juro. ¿Entendés lo que te digo? Me estoy casando contigo, si no en el presente, en el tiempo que tú elijas.

Irene se marchó pensando en si era verdad lo que

le había dicho. Pero al final se olvidaría de ella. Lo bonito era decir que siempre la esperaría, con decirlo bastaba. Todos le decían que la amaban, pero ella sabía que esas palabras no las decía ese reguero de amantes, sino Marce, que tomaba sus cuerpos, y hablaba por sus bocas, y era el poder de Marce el que convertía aventuras de una noche en declaraciones de profundo enamoramiento.

Cómo iba una mujer de cincuenta años a enamorar a tanta gente y de manera arrebatada si no es por él, por su intervención aplastante e invasora. Y lo hacía para que ella se sintiera bien, para que no pensara que se estaba arrastrando de cama en cama como si fuese una loca, como si fuese un ser desesperado, como si hubiera perdido el respeto por ella misma, como si se hubiera convertido en una cualquiera, como si ella fuese Bess, la protagonista de *Rompiendo las olas*, porque esa película la vieron juntos en los Renoir de plaza de España.

Ella es como Bess.

Son idénticas.

Tendrás que hacer como Bess, le dijo él.

Otra vez está sentada en su BMW, con el navegador encendido, tratando de averiguar adónde tiene que ir. Ahora piensa que le tendría que haber regalado un reloj a María Florencia, no es bueno que mida el tiempo en un teléfono móvil, el tiempo se merece más.

Mientras decide adónde ir, recuerda que tampoco esta vez ha conseguido oírlo, ha sido como las otras tres veces anteriores, las escaleras, la aparición, la sonrisa, la mano levantada, las llamas comiendo su cuerpo y el desvanecimiento.

Lo había verbalizado mentalmente: las llamas comiendo su cuerpo.

Y cómo conseguir que hable, que le diga dónde está, si está bien, qué está haciendo, y qué tiene que hacer ella, que le diga cómo sobrevivir, qué hacer con esa inmensa soledad, esa desesperación en la que vive.

Y sobre todo: que la toque, que la mire, que la bese él y no los otros, que le coma la carne él, y que le pueda comer ella su cuerpo, que regrese el matrimonio perfecto, ay de aquellos matrimonios imperfectos, esos que insultan a Dios con su falta de sexo, porque la falta de sexo en el matrimonio ofende a Dios Padre, y al papa de Roma, eso piensa Irene en este instante y se ríe, se ríe de sus hipérboles, de sus ocurrencias insensatas, con la mirada perdida en el navegador del BMW.

Se ríe porque ellos eran ateos.

Tan ateos que ni siquiera sabían qué era ser ateos.

El día que entró en coma, llovía en Madrid, y él le había dado órdenes precisas de no llamar a nadie. Tenía que cogerlo de la mano, eso era todo.

Puedes llamar al médico cuando todo haya acabado, le dijo.

Lo que no le dijo es que «me olvidarás dentro de un tiempo», cómo decirle eso, pero lo pensó, claro que lo pensó. Y ojalá fuese una hipótesis plausible. Ojalá. Pero si lo olvidaba, qué sería del resplandor, qué sería del milagro del que habían sido testigos.

Amor, te acabo de ver una cuarta vez, estabas allí, bendito entre todos los hombres, bendito entre todas las cosas que fueron creadas para morir, tu amada lengua, tu amada nalga, tu amada forma, pero no me hablas y me dejas sola. «Una sonrisa de existir, y no de hablarnos», el verso de Pessoa.

Es la soledad: nadie me está mirando, nadie reconoce en mí la razón de su vida, tú quisiste ser yo, eso es el amor, también más cosas: bebiste mi oscuridad, mis caídas, mis ingresos hospitalarios, mis curas de sueño, cuando la depresión se volvió insoportable, tú te la bebiste. Cuando quise matarme, porque mi cerebro se apagó, tú me dijiste: ocupa mi alma.

Por amor los seres humanos salvan a otros seres humanos, y eso está ocurriendo desde hace miles de años, y ese milagro se propaga, pensó Irene.

Ocurre todo el rato: un ser humano salva a otro ser humano.

—Todo el rato —dijo Irene.

Tuvo que apagar el motor porque en el limpiaparabrisas habían colocado un díptico con publicidad. Salió del coche para quitarlo y lo leyó sin proponérselo: «Sète, la ciudad del cementerio marino».

Leyó más: en Sète estaba enterrado el poeta francés Paul Valéry.

Puso la dirección en el navegador y se fue al cementerio.

Aparcó el coche en una explanada, fue a la puerta principal y allí estaba indicado, en un mapa, el lugar de la tumba del recordado poeta francés.

Era mediodía y el sol estaba lleno de fuerza, caía luz por todas partes, e Irene comenzó a sudar, tenía sed, pero buscaba la tumba. Veía el sol cayendo sobre los muertos, sobre cientos de muertos franceses que allí descansaban.

¿Descansaban?

No, no puede ser que descansen, pensó Irene, porque Marce no podía ni debía descansar.

Llegó a la tumba del poeta, y le pareció muy hermosa, ocupaba un lugar destacado, y no era una tumba triste, sino una tumba solar, donde el color azul se mezclaba con el blanco de la lápida, y había allí una armonía, como si la armonía pudiera convertirse en una especie de Nautilus.

Allí no había muerte, esa tumba era una celebración del agua del mar y de la luz del sol. Entendió el misterio del mar Mediterráneo, que no es otro que el de la igualación de la muerte y de la vida en una suspensión dorada y líquida.

Es la suspensión el misterio, entre la vida y la muerte, no se sabe si el Mediterráneo pertenece a los hombres o pertenece a la naturaleza o, lo más inquietante, solo es suspensión, duda, humedad, repetición eterna de las olas.

Y pensó en Marce, y en cómo aquel presente que estaba viviendo lo vivía como la ausencia de Marce, y vio cómo la ausencia es también presencia, como pasa en el universo con la antimateria.

Volvió a reírse, ahora de la antimateria.

A veces leían libros de divulgación científica y Marce decía que la antimateria era como el demonio de las religiones, otra superstición.

Todo son supersticiones, decía Marce, menos tú y yo, pues tenemos cuerpo.

Acarició la lápida del poeta Paul Valéry, vio gaviotas que ascendían al cielo y se perdían sobre el azul del mar, y le pareció recordar la razón por la que su amor nunca tuvo necesidad de los otros, de ser contemplado, observado, mirado por los demás. Pero cuál era esa razón, puede que la libertad, o puede que la razón fuese terrible y tuviera que ver con el tiempo, con que en realidad no les había dado tiempo de presentarse en sociedad.

No, no fue así, simplemente no necesitaron tener amigos, tener un círculo de amistades, es más, la gente los abandonaba como si hubiera en ellos algo que los escandalizase pero a la vez no pudieran verbalizar sin sentir vergüenza propia. Todo amor necesita hacerse público para existir, porque todo amor es social, pero el de ellos nunca lo fue, simplemente era.

Interrogó al poeta francés.

Tú que yaces en un cementerio marino, meditó y preguntó Irene, dime por qué fuimos así, dime por qué nos quisimos tanto que no nos quedaron ni cinco minutos libres para los demás.

«Temple du Temps» (Templo del Tiempo) era el verso de Paul Valéry, así pensó el mar, así concebía Irene la historia de su amor, su *Nosotros.* Un templo del tiempo en donde el tiempo ya no existía, solo el templo. Como los templos dedicados a Dios, donde Dios no existe, solo existe su templo.

Y se marchó de allí.

Tal vez no hubieran sido veinte años, y esa fue la razón de que su amor no hubiese sido contemplado por los otros, porque no había habido tiempo.

Escribió en el navegador una palabra: «Niza».

Ya encontraría allí un hotel, el mejor, sí, para los dos, para el alma de Marce y para ella.

Tres horas y media y 355 kilómetros, eso decía el navegador.

Y condujo hasta allí de una tirada.

Solo paró en una gasolinera.

Irene odiaba el autoservicio en las gasolineras.

Le dijeron que tenía que ponerse ella misma la gasolina.

Ella dijo en francés que tenía una mano herida.

Y el gasolinero, que era una mujer, no la creyó, pero le puso gasolina.

Era latinoamericana y habló con ella en español.

—Me duele mucho la mano —insistió Irene—. ¿Cómo te llamas?

—María.

—De dónde eres.

—Soy de Bogotá.

—Nunca estuvimos en Bogotá —le dijo Irene.

—¿Quiénes?

—¿No lo ves?, está a mi lado.

18

El hotel Le Negresco, el dinero y una limosna para Jacques Duval

Buscó hotel en Niza y, claro, quiso el hotel Le Negresco. Y gracias a que era el mes de junio encontró una habitación *de luxe* con vistas al mar a seiscientos euros la noche. Le apenó no gastar ese dinero con Marce.

Yo haré que estés, se dijo a sí misma Irene, cuando vio la habitación. Y se tumbó en el colchón y ese colchón le trajo el recuerdo de aquella vez, hace unos seis años, en que se alojaron en una cadena hotelera con unos colchones de una calidad espléndida. Los directivos de la cadena estaban tan seguros de sus colchones que habían decidido ponerlos a la venta para sus clientes.

Se enamoraron de ese colchón.

Fue en un viaje a Estados Unidos, en Miami.

Hicieron con tanta pasión el amor en ese colchón que decidieron comprar uno. Marce decía que ese colchón era un país, un territorio, que ese colchón construía una nación, por eso era tan bueno, donde ellos dos eran los reyes.

—Un castillo será entonces —dijo Irene.

—Una nave espacial —dijo Marce.

—Hay que comprar uno.

—Pero cómo nos lo van a mandar a España si estamos en Florida.

—Seguro que se puede.

Claro que se podía.

Marce pidió información sobre los materiales con que estaba hecho el colchón. Lo está recordando ahora Irene. Entraron los dos cogidos de la mano en el despacho del hotel, en el que había un vendedor. Se llamaba Harry y era alto, de pelo rubio, con traje azul y corbata roja. Todo amabilidad.

Se levanta de la cama y el recuerdo del colchón se desvanece. Sale a la terraza de su habitación y mira el mar a lo lejos. Por qué no hay árboles en el mar, por qué no crecen los árboles sobre el agua, se pregunta.

Árboles encima del mar, construyendo un camino.

Vuelve a entrar en la habitación.

Se tumba en la cama otra vez. Harry le dijo a Marce que se notaba que entendía de colchones. «Claro —le dijo—, tengo una tienda de muebles.» La firmeza, los materiales, las telas, de todo eso habló con Harry.

Vuelve a salir a la terraza.

El mar allí, y en su corazón el caos, la desesperación, la soledad, y Marce, y ese montón de hechos inconexos que forman un pasado que ella no recuerda exactamente, sino que contempla.

Ella contempla.

Ella ve.

Cuatro mil novecientos euros les costó el colchón.

«Ningún problema en que ustedes vivan en España, se lo mandaremos desde Londres, donde también los fabricamos para Europa», dijo Harry.

Marce estaba feliz con la compra. «Es el mejor colchón del mundo —decía—, y ya sabes cuánto entiendo de colchones, lo ha diseñado un fabricante americano, y ha hecho un diseño único para esa cadena de hoteles, es casi un prototipo.»

Y Marce e Irene se rieron, pero era verdad, era un colchón único. Una serie limitada. Una producción de tres mil colchones, con una carta de garantía y con el número correspondiente de fabricación. Les tocó el 2.389.

El día que llegó el colchón fue una fiesta.

La carta certificada, con los sellos de las revisiones de calidad, y todas las garantías en un montón de colores.

El embalaje infinito.

El cúter a toda pastilla.

Meter el colchón en la habitación.

Estrenarlo, y pasarse una hora entera probándolo, intentando confirmar por todos los medios posibles que se trataba del mismo colchón de Florida, y de repente la duda, la duda de que no fuera el mismo.

—Tiene que ser el mismo.

Sí, era el mismo.

Porque imagínate que no es el mismo, menuda decepción, no me cabe ninguna decepción más en el corazón, piensa ahora Irene, en un fundido entre presente y pasado, ninguna decepción más, pero sí, era el mismo colchón, los dos necesitaron creer que era el mismo, aquel en el que se amaron en Miami, en un piso 18 de un hotel famoso en aquella ciudad.

Pero ahora estaba en otro hotel famoso y acababan de llamar a la puerta.

Era un botones, pero mujer. Una chica rubia, con un ramo de rosas rojas y una tarjeta. Alguien le mandaba rosas. La melena salía por los laterales de la gorra de la mujer. El barboquejo de la gorra comprimía la barbilla. Era guapa. La gorra llevaba las iniciales del nombre del hotel en color oro. La cinta era de color rojo. Parecía una estampa del siglo XIX.

Le dio un billete de cinco euros como propina.

La tarjeta la firmaba Jacques Duval y estaba escrita en español.

Y en ella se decía: «La he visto entrar en el hotel y me he sentido impresionado ante su presencia. Le ruego que acepte estas flores como una muestra de admiración».

Irene se quedó mirando las flores, ya estaba declinando la tarde, pero se presentía con tanta fuerza la llegada del verano. Junio era el mes preferido de los dos, de Marce y de ella, porque era el anuncio de la llegada del buen tiempo, porque el mes de junio era el nacimiento del verano, y más aún las dos primeras semanas de junio, cuando todavía no ha comenzado nada, tal vez el 7 de junio, justo la fecha de aquel día.

Se puso un vestido rojo, un tacón alto y bajó a cenar en el restaurante de Le Negresco. Pidió una mesa al lado de los enormes ventanales con vistas al mar y esperó a Jacques Duval, porque llegaría en cualquier momento, eso lo sabía bien ella. Esa cena la iba a pagar el hombre con quien se iba a acostar esa noche, así que había que esperar a que viniera.

Mientras aguardaba, le vino a la memoria el gesto de decepción de la botones cuando le dio los cinco euros de propina. Sin duda, esperaba más. ¿Cuál sería el monto de la propina que codiciaba aquella joven con el barboquejo decimonónico comprimiendo su fina barbilla? Tal vez veinte euros, tal vez cincuenta euros.

Sí, cincuenta euros, claro.

El dinero, sí, a veces habían hablado de dinero, porque ella quería saber cosas del dinero, del dinero que ganaba Marce con la tienda de muebles y de la razón de que les fuera tan bien. Y le preguntaba cosas como si se querrían tanto si fuesen pobres, o si les fuera mal, porque tampoco eran ricos, simplemente les iba bien y podían celebrar su amor con algunos lujos, pero ella quería saber eso, y Marce le contestaba que él ganaba dinero para celebrar el amor que se tenían.

El dinero les procuraba sexo en ciudades hermosas, en habitaciones de hotel luminosas, con vistas a algún sitio que mereciese ser mirado, o aunque no mereciese ser mirado daba igual. Un sexo itinerante, eso habían hecho. Como los apóstoles de Jesucristo, necesitaban echarse a los caminos para propagar la buena nueva a todos los pueblos de la Tierra, ellos habían viajado para vivir su amor en diferentes ciudades, como si el amor tuviese que expandirse por el espacio, como si pudiera ocupar el espacio, como si fuese material, porque solo lo que es materia puede ocupar el espacio.

Y ahora todo aquel dinero que se estaba gastando sin él la hacía sentirse extraña y casi culpable. Esa botones codiciosa, que quería más dinero de su Marce, le había despertado el pensamiento melancólico del precio de las cosas. Porque ellos habían luchado por que su amor no tuviera precio, pero cuando viajaban para propagar la buena nueva de su amor lo podían hacer porque tenían dinero. Había que pagar viajes en avión, taxis, hoteles, restaurantes.

«La Visa echa humo», decía Marce, y se reía.

Miraban la Visa Oro humear en medio de su fiesta de amor, en su fiesta sexual.

Ellos tenían dinero, pero millones de seres humanos no lo tenían. De modo que la celebración de su amor era dinero, tal vez por eso la botones no tenía bastante con sus cinco euros, tal vez quería celebrar el amor con su novio o con su novia y esa era la razón por la que quería más dinero, porque para qué se puede desear o codiciar más dinero si no es para eso.

Qué miserable propina le había dado: cinco tristes euros. Podrían haber sido diez euros. Los billetes de diez euros ya parecen otra cosa.

Los billetes que Marce llevaba en la cartera, qué bonitos eran. Parecían algo más que dinero.

Y Marce ganaba dinero para exaltarla a ella, para convertirla en el centro del universo, donde el sol, los planetas y todas esas inertes galaxias que giraban en el cosmos solo existían para ella, eso pensaba él.

Ahora ella estaba viajando y gastando el dinero de Marce para seguir amándolo desde el movimiento de su cuerpo, en memoria de todos sus viajes, desde el día que Marce dijo que debían propagar la buena nueva de su amor por ciudades y países.

Recuerda el viaje que hicieron a Estocolmo, y recuerda que se alojaron en el imponente Grand Hôtel, el hotel de los premios Nobel; le viene especialmente ese viaje a la cabeza porque fueron a visitar el museo Vasa, donde se muestra el buque de guerra que da nombre al museo, del siglo XVII, un galeón que permaneció bajo el agua 333 años, y los dos se quedaron intrigados al contemplar ese portento. Parecía un sueño. El galeón se había hundido al poco de echarse a la mar, la tarde del 10 de agosto de 1628. En los años sesenta del siglo XX consiguieron reflotarlo y, por un milagro de la naturaleza, el galeón se había conservado casi intacto. Era como tocar el pasado. El galeón era de color negro, parecía una momia de azabache.

Ver el Vasa les infundió una alegría salvaje.

¿Por qué?

El Vasa era euforia: un superviviente del tiempo.

En 1628 se había hundido.

Cien años después, en 1728, seguía allí.

Cincuenta años después, en 1778, seguía allí.

Y cien años después, en 1878, seguía allí.

El galeón Vasa era ahora Marce, claro.

El tiempo era una superstición.

Marce le dijo que le habría encantado hacerle el amor dentro del Vasa, e incluso investigaron si podían cruzar un pequeño puente que separaba el buque de las gradas que habían construido para la exhibición museística de las distintas alturas de la nave.

Pero era imposible.

Tendrían que haber puesto más voluntad, y sí, tendrían que haber hecho el amor allí, piensa ahora Irene, mientras espera a Jacques Duval.

Fornicar, penetrar, besar, palmear pecho y culo en medio de un lugar santo, porque el Vasa es una catedral, pero esa madera tal vez no hubiera soportado sus cuerpos, como no había soportado en 1628 el peso de los cañones, pues esa fue la causa de su hundimiento. Demasiado peso. Decían los folletos y las audioguías del museo que en el siglo XVII era muy difícil calcular el tonelaje que podía soportar un galeón. Fue la artillería la que causó su desgracia, los pesados cañones, que también se mostraban en el museo. Si en vez de cañones hubiera llevado flores, no se habría hundido.

Pero entonces no sería recordado como es recordado ahora; por tanto, Marce llevaba también en su cuerpo cañones de artillería y no flores, porque entrar en otro cuerpo, hacer el amor, es un acto violento, siempre ha sido un acto violento. No se puede olvidar, siglos acumulados de actos violentos, mujeres golpeadas y hombres envenenados de sí mismos.

¿No llevas ya cuatro encuentros amorosos violentos?, se pregunta ahora Irene. Tres hombres y una mujer y el móvil lleno de wasaps de ellos.

Marce no quería que hubiera violencia cuando hacíamos el amor, pero si no había violencia nos quedábamos los dos vacíos, o tristes. Necesitábamos los cañones del Vasa, los cañones que lo hundieron.

Una embestida, una guerra y derramamiento de sangre, eso es el amor cuando se manifiesta con su fiereza sexual.

Un beso que se transforma en un mordisco.

Una manera agresiva de palpar al otro, esa oscura violencia que da paso al placer, al abismo.

Es el deseo, claro, piensa Irene, y el deseo es una fuerza ciega, y por tanto violenta, y por tanto trae desgracia y angustia y sufrimiento y no quedas saciada nunca.

Marce no quería violencia.

Pero nos sacudíamos, decíamos que no queríamos violencia, pero éramos como esos líderes mundiales que mandan en nombre de la paz a millones a morir.

Irene, di la verdad: la verdad es que era yo quien le pegaba, no podía evitarlo, y luego quería que él hiciera lo mismo.

El coito solo se alimenta de presente y es violencia. Los golpes nos ayudaban, no sangrábamos, eran bofetadas, buenas bofetadas, yo hubiera querido romperle algo en la cabeza, a Marce no le importaba, haberlo herido de verdad para saber cómo eran su dolor y su angustia y sus lamentos.

Para poder amar el dolor causado por mí misma.

Y ahora no me abrazas ni me pegas, Marce, porque lo importante es que tu abrazo y tus puñetazos eran la dignidad y el dolor, quiero decir que cuando me abrazabas la vida se convertía en otra cosa, en terror, y eso ya no lo tengo. Siempre nos restregábamos los pies el uno al otro. No hablábamos de las patadas y de los arañazos y de las bofetadas, lo ocultábamos. La gente no lo entendía, ¿verdad, amor? Una enredadera compuesta de cuatro pies; dos grandes, los tuyos; dos perfectos y con esmalte muy rojo, los míos, eso decías.

Veíamos aquella película: *El portero de noche*.

Cuando se cerraba en la mente de Irene la visión de los pies, se presentó ante ella Jacques Duval, con una camisa rosa y una americana de lino blanco, un poco canoso, con una sonrisa en los labios. Tenía un rostro agradable y una expresión de firmeza que de inmediato sacó a Irene de la angustia en la que había caído.

Jacques Duval la saludó en francés, para pasar rápidamente al español, lengua que dominaba porque, según explicó, sus abuelos eran españoles. Su abuelo era un exiliado de la guerra civil, y no cejó en el propósito de que su nieto hablara el idioma.

Irene se acordó al instante de Tory.

Pero, madre de Dios, ese hijo de puta de Franco echó a media España de España; vayas donde vayas hay hijos de exiliados españoles, como si fuera una táctica para llenar el mundo de españoles melancólicos, pensó Irene. Aunque el padre de Marce tenía un cometido: crear a Marce en el vientre de la siciliana Valeria. Porque Marce era un milagro de sangre madrileña mezclada con sangre siciliana. Y ese milagro era hijo de una desgracia horrible, de una guerra. Entonces Irene vio miles de exiliados españoles enseñando español a sus hijos y nietos en países de medio mundo: en Francia, Italia, Estados Unidos, Rusia, Suiza, Bélgica, Alemania.

Duval pidió permiso para sentarse y ella se lo concedió. Como no decía nada de las flores que le había enviado, a Duval no le quedó más remedio que preguntar por ellas, cosa que lo incomodó, y que Irene apreció como un triunfo personal.

No tardó en coquetear con Duval, y veía que lo hacía de una manera nueva, ella misma se estaba sorprendiendo, conduciendo a aquel hombre a una cena exuberante y lujosa. Pidió langosta y caviar ruso y champán Dom Pérignon, lo más caro de la carta. La cena superó los mil euros.

Duval la miraba comer la langosta, los labios húmedos de Irene, la carne blanca. Le hablaba de sus viajes. Quería impresionarla. Irene se dio cuenta de que su quinta presa era diferente a las cuatro anteriores, porque Duval parecía un hombre rico. Se había divorciado dos veces. Se dedicaba a la compraventa de inmuebles en Francia y España, al menos para eso le había servido su español. Había hecho un par de negocios memorables, eso le estaba contando a Irene cuando reparó en que su vanidad lo llevaba a un lugar peligroso y de repente se quedó en silencio. Salió del incómodo abismo volviendo a elogiar la belleza de Irene, quien comenzó a preguntarle por su manera de ganar dinero. Duval se dedicaba a las viviendas exclusivas: pisos de lujo en capitales europeas. Dijo que su negocio se basaba en satisfacer las necesidades de clientes muy exigentes. Querían casas especiales, situadas en lugares especiales. La gente con dinero desarrolla una forma sofisticada de ver las cosas. Duval dijo que esa gente sabe disfrutar de la vida, lo quieren todo: quieren vistas, acabados impecables, salones enormes, terrazas con toldos de lona fabricada a mano, dormitorios insonorizados por ingenieros alemanes, estancias luminosas, cuartos de baño con mármol de Carrara, paredes forradas de madera tropical, obras de arte, todo de diseño, todo perfecto, cualquier imperfección supone una cancelación de contrato, pagan mucho y exigen lo que pagan.

—Quieren la perfección absoluta.

—La perfección es una forma de amor —apostilló Irene.

Duval dijo que entendía a sus clientes, de hecho, acababa haciéndose amigo de ellos, porque el lujo es simplemente un deseo de vida más intenso, y eso es legítimo.

Cuando acabaron de cenar, Irene iba a hacer el gesto para llamar al camarero, pero enseguida se adelantó Duval, quien pidió que cargaran la cena a su habitación. Irene observó entonces el rostro de ese hombre y notó en él un desequilibrio, un temblor, un sudor del alma, el ascenso del terror desde el fondo de su corazón. Su firmeza se estaba viniendo abajo. Vio la mano de la soledad abofeteando a ese hombre, y sintió compasión y también asco, las dos cosas a la vez.

Comenzó entonces a mirarlo de otra manera.

Adivinó que ese hombre estaba solo, que se había presentado ante ella envuelto en un halo de éxito en la vida completamente ilusorio, como esa reflexión que había hecho sobre el lujo, sacada de alguna novela. Vio un hombre a la deriva, y Marce y ella nunca habían estado a la deriva, porque no habían necesitado a nadie, no habían necesitado ningún éxito más allá del éxito de su amor, que ocurría en ellos mismos.

Se tomaron una copa en el bar.

Ella pidió el whisky más caro que vio, un Lagavulin de doce años. Duval se pidió un discreto gintonic y siguió relatando sus viajes por Francia y España, y salpicaba su narración con detalles de su vida personal; gracias al alcohol, lo vio menos angustiado.

Hubo que pagar también la cuenta de las copas, que ascendía a doscientos cincuenta euros e hizo que Duval volviera a mudar el rostro, pero ni la mitad que antes; la ginebra mitigaba la angustia del corazón. No tenía sentido seguir bebiendo más, pues entre el champán de la cena y las dos copas que se habían tomado estaban ya en ese lugar donde el alcohol le quita la ferocidad al mundo.

Fue Irene quien besó a Duval, y con ese beso entró un huracán de ilusiones en el corazón del hombre de la americana de lino, que comenzó otra vez a exaltar la belleza de Irene mientras le cogía las manos.

Que vuelva el milagro, que convierta las manos de este hombre en tus manos, las manos que contraviniendo las normas del museo tocaron la madera de nogal de 1628 del galeón Vasa, porque te colaste por una puerta de servicio y saliste al entresuelo del pabellón y desde allí saltaste la cadena que protegía el buque y lo tocaste, tocaste esa madera, y yo iba detrás y la toqué y nadie nos vio, y tú dijiste que el mundo está lleno de grietas en donde la desobediencia queda impune, por culpa de las grietas, que hay escondidas grietas en el sistema, y que los enamorados pueden verlas y colarse por ellas.

También hay grietas en la naturaleza y en las leyes

de la física y esa noche Irene confiaba en rozar a Marce a través de una.

Y este Jacques Duval, piensa Irene, para colmo, tiene una habitación sin vistas al mar, me lo acaba de confesar, justo delante del ascensor de Le Negresco, eso le divierte, le despierta las ansias sádicas que están allá en lo hondo de sí misma.

Y me ha mentido porque me ha dicho que «el hotel estaba *full* y no había habitaciones al mar, así que me dieron una que da a la calle de atrás, qué mala suerte». Y eso es mentira, sin más. Porque a mí hace tan solo unas horas me han dado una con vistas al mar y me han dado a elegir la orientación y la altura.

Parece que quiere confesar más cosas.

—Vamos a la mía —dice Irene—, sin mar la vida no vale la pena.

Quiero verte, Marce, quiero verte en una habitación como Dios manda, te veo en poco rato, porque estarás allí, al otro lado, esperando que me acerque a ti. Ese es mi único placer ahora, verte, que estos amantes ocasionales me arrastren a ti. Me has dejado en una soledad inconmensurable.

No me lo preguntaste nunca. Pero siempre lo supiste. Y lo aceptaste. No llamé a la ambulancia inmediatamente. Tardé, tardé un buen rato. Cuando vi que ya no se movía llamé a la ambulancia y luego a la policía. Lo vi morir allí, tirado en el suelo de la cocina. ¿Por qué tardé en llamar? Porque no soy buena, y punto. Verlo morir me conmovió. Verlo morir en plena juventud, allí había una catarata de belleza solo para mí. Pero tú te enamoraste también de mi maldad, te la tragaste como si fuese un manjar, otro misterio de la vida. Y de mis debilidades, porque la maldad es una debilidad, hiciste amor. Y me curaste de mí misma.

La maldad es una debilidad, y tú te bebiste la mía.

Me besa este hombre y huele su boca a ginebra como la mía a whisky. Abro la puerta de la terraza y las ventanas para que entre el espectáculo de la noche y entre el mar.

Para que entres tú.

Para que te apoderes de su cuerpo y yo te vea en ese momento, allí, en ese azul, en donde nosotros quisimos ir más allá del placer biológico, inventarnos una república de belleza y plenitud.

Tú dijiste: Un sitio en el que ya no haya que desear más.

Es decir, un reino de plenitud.

La blancura.

La postrera sombra que me llevare el blanco día.

Jacques Duval detiene sus besos, de repente se aparta del cuerpo de Irene, cuando ya están desnudos encima de la cama. Se queda un segundo en silencio y rompe a llorar.

—Estoy arruinado —dice al fin—, no tengo donde caerme muerto; te he invitado a cenar y a las copas con una tarjeta de crédito de la inmobiliaria. Salí esta mañana de París, huyendo de todo, conduciendo con temeridad, ponía mi coche a 180 kilómetros por hora, y se me ocurrió refugiarme aquí, en este hotel, pensando matarme. Al menos tuve la decencia de dar mi tarjeta y no la de la empresa como garantía en recepción, por eso cogí una habitación sin vistas al mar, pero ya me di cuenta de que a ti no se te escapó ese detalle, estaba sentado en el hall cuando te vi pasar y te mandé las flores, que pagué con la tarjeta de la empresa, en fin, que al verte me agarré a ti como la única salvación posible, y ahora estoy a tu lado, y fíjate, creo que soy feliz, incluso puedo decir que todo de repente tiene sentido, se ha llenado de sentido, si la ruina económica me ha llevado a ti. Por eso lloro: no porque me haya arruinado, sino porque te acabo de encontrar, lloro porque al ver tu cuerpo desnudo, al besarte, al tocar tus manos, tu cabello, me he sentido afortunado.

¿Lo oyes, Marce?, ha encontrado la fortuna.

—¿Por qué no llevas reloj en la muñeca? —le preguntó Irene a Duval.

—Te fijas en todo; tenía un Rolex de oro, pero lo empeñé hace un mes.

—El Rolex siempre me ha parecido muy pretencioso, demasiado evidente, aunque tiene su encanto, por supuesto. Nunca he tenido una relación estable con los Rolex, a veces me gustan mucho, otras nada.

—¿Cuál llevas tú?

—Tengo varios, hoy me he puesto el Patek Philippe de mi madre.

—Es muy hermoso —dijo Duval mientras cogía la muñeca de Irene para contemplar el reloj.

Irene lo besó y le acarició las manos, y comenzaron a tocarse, a darse besos largos, y ante Irene fue surgiendo, precedida de una bruma por entre la cual el sexo de Duval entraba en el suyo, la escalera, esta vez era una escalera humilde, con escalones de madera cuarteada, gastada, y a Irene se le encendió el corazón de nuevo, y poco a poco fueron surgiendo, al final de la escalera, el rostro de Marce y el esbozo de esa sonrisa que no conllevaba palabras, y levantó la mano y le hizo un gesto de amor, pero otra vez el fuego le quemaba el rostro.

Y poco a poco se fue marchando Marce junto con el desvanecimiento de su orgasmo, y ambos, fundidos en una sola cosa, dejaban un sentido de la vida lleno de plenitud, e Irene era adicta a esa plenitud, y esa adicción conducía a la locura. Incluso la sana adicción a la vida conduce a la locura, y ella lo sabía.

—No puedo ayudarte con lo del dinero —le dijo Irene a Duval. Y le dijo eso porque no tenía conciencia de que el dinero que poseía fuese suyo, sino de Marce, de los dos.

Prestar el dinero de Marce hubiera sido tanto como una deslealtad, pero también le daba pena ese hombre, y esa mezcla terrible entre dinero y amor, de la que Marce y ella quedaron liberados, pero Dios santo, cuántas son las injurias contra el amor, si el amor teme una prueba, esta es la del dinero.

—Por favor, jamás te pediría nada, si lo que quería decirte es que amarte esta noche me ha devuelto la fe en la vida, volveré a París, lucharé, iré a la cárcel si es preciso, o viviré con doscientos euros al mes, pero viviré, porque me has enseñado algo.

—¿Qué te he enseñado?

—La belleza.

—¿Solo eso?

—Y la esperanza, porque la belleza es en realidad esperanza.

—Así es.

Irene le dio una bofetada, una enorme bofetada a Duval.

Duval la aceptó sin más.

Irene le mandó que volviera a su habitación sin vistas al mar y Duval obedeció.

Esa noche durmió sola.

A la mañana siguiente, lo primero que hizo fue llamar a Duval.

—Dame el número de tu cuenta corriente —le dijo Irene.

Duval se negó.

—Dame tu número de cuenta corriente, no me saques de quicio, te ordeno que me des tu número de cuenta corriente —le gritó Irene—; mándamelo al wasap.

Se duchó, desayunó y pagó su cuenta en Le Negresco, volvió a su BMW y partió rumbo a Cerdeña, porque en Cerdeña había pasado algo.

Irene estaba buscando el mismo hotel en que se habían alojado hacía unos años, no sabía precisar cuándo, y eso la descomponía.

Pero sí recordaba el nombre del hotel. Se llamaba San Marco, un hotel de cuatro estrellas envejecido, muy envejecido, muy pasado de moda.

Eran establecimientos que fueron importantes

en otro tiempo y habían dejado de serlo, pero sintió la necesidad de regresar a ese hotel. Los hoteles, como los muebles, son importantes, dijo Marce muchas veces, porque los hoteles guardan en sus adentros muchas alegrías y pasiones y dramas humanos.

Cajas del tiempo, eso son.

Recuerda que Marce en ese hotel comenzó a besarla desde los pies.

Pero cada beso duraba mucho rato, fue la primera vez que tuvo esa ocurrencia, esa demora, demorarse minutos largos en su piel, y esa manera de hacer el amor la descubrieron en ese hotel.

No era un gran hotel, pero allí les fue revelada la irrealidad de la vida de los seres humanos sobre la Tierra, por eso Marce quiso besarla así.

Irene tenía que cerrar ese círculo.

Vio un vuelo directo desde el aeropuerto de Marsella a la ciudad sarda de Alguer. Así que desde Niza se fue a Marsella, porque no había vuelos directos desde el aeropuerto de Niza y el viaje en ferri no acababa nunca.

Tenía dos horas de carretera.

Lo tenía todo planeado.

Hizo la reserva en el Hotel San Marco.

Dejó el BMW en el aparcamiento público del aeropuerto de Marsella. Viajaba con Alitalia, en primera.

Y en ese momento recibió el wasap de Duval con el número de su cuenta corriente. Lo anotó en una hoja de papel. Llamó al director de su banco en Madrid y le dijo que transfiriera cincuenta mil euros a la cuenta de Duval. El director le dijo que esa operación no se podía hacer por teléfono. Necesitaba más datos y su firma. Irene se enfadó. Se enfadó porque el mundo eran obstáculos insalvables. Y el dinero era suyo.

Pasó el *check-in*, tenía su *fast track* y no tuvo que hacer cola. No tener que hacer cola la puso de buen humor. Mientras su equipaje era arrastrado por la cinta del escáner de seguridad, pensó en Duval. Volvió a llamar al director del banco, ya más calmada. Y este le explicó con paciencia cómo hacer la transferencia desde la aplicación de la entidad.

Casi le resultó divertido, porque la aplicación del banco era muy espectacular, cuando le dabas al botón de aceptar la transferencia se dibujaba en la pantalla un maletín con el símbolo del dólar grabado. Al maletín, de repente, le salían dos alas angelicales y comenzaba a volar por encima del mundo.

Vuelve a la vida, Duval, vuelve, con esos cincuenta mil euros que te mando en un maletín alado puedes vivir un año más bastante bien, pensó. Y lo imaginó perplejo, agradecido y enamorado. Ahora podría incluso recuperar su Rolex.

Esos cincuenta mil euros destinados a un hombre desesperado resonarían en los vastos territorios de la muerte; y la muerte, en recíproca justicia, regalaría cincuenta mil resurrecciones a Marce en cincuenta mil escaleras de cincuenta mil noches de amor con absolutos desconocidos.

Qué gran inversión he hecho, pensó Irene.

Qué humillación tan grande.

Humillar a ese hombre, sí.

Humillar es una forma de estar viva, de saber que no me he muerto.

Me gustaría darle otra bofetada, mucho más fuerte que la que le di anoche. Una que le rompiera los tímpanos y lo dejara sordo para siempre, no merece otra cosa.

19

Contra todo

Ya sentada en la sala VIP de Alitalia, le pareció una primera clase ridícula, ofensiva, gran deterioro de la vida, ya solo viajaban rodeados de magnificencia y decoro los presidentes de Gobierno y los ministros, y los dueños de las grandes corporaciones, y de hecho solo tenía sentido ser presidente de Gobierno o ministro o dueño de un imperio económico para viajar cómodamente, lo demás no existía.

Hay gente que cree, pensó Irene, que los reyes y los presidentes de Gobierno aman a sus pueblos y eso es para morirse de risa, menos mal de nuestras bofetadas, de nuestros arañazos, ya ves, Marce, tengo que ir contando todo aquello que nos hacíamos para sentirnos mejores que toda esa gente que creía en los seres abominables.

Vio enfrente dos hombres de negocios que hablaban en inglés. Se despistaron un momento, envueltos en una conversación intensa sobre una inversión importante de sus empresas, y perdieron de vista sus ordenadores mientras se servían una ensalada con salmón en el bufé libre.

Un salmón demacrado.

Jamás fue vida libre, el pobre salmón, pensó.

Tal vez no fuese ni siquiera salmón, sino un compuesto de patata y colorantes con sabor a salmón.

Desde luego, no era el rape y el rodaballo fundidos en una criatura nueva de la que le había hablado Julio, que bien podría llamarse Leviatán.

No parecía que esas tiras anaranjadas y como de goma gelatinosa hubieran estado alguna vez bajo las aguas.

Irene agarró los dos ordenadores portátiles de los dos hombres, los cerró, se los llevó al lavabo de señoras, los volvió a abrir y los colocó debajo del grifo; vio las teclas empaparse de agua, el hidrógeno y el oxígeno invadiendo la tecnología, qué maravilloso espectáculo meter un ordenador debajo de un poderoso chorro de agua, y luego los tiró a la basura, donde se acumulaban toallas de papel y otros desperdicios. Imaginó los destrozos del agua sobre la tecnología, el agua reventando las conexiones y los microchips del ordenador, agrietando el disco duro, empapando el Office. Es imposible luchar contra el agua.

Rio.

Rio como una diosa, o así se vio a sí misma.

Cuando salió del lavabo de señoras se encontró a los dos tipos al borde de un ataque de ansiedad buscando sus ordenadores.

Intervino: Irene dijo en francés que había visto a un magrebí con dos ordenadores en la mano saltando por una ventana.

—Aquí no hay ventanas —dijo en inglés el responsable de la sala VIP de Alitalia.

—¿Cómo se atreven a no tener ventanas? Esto es claustrofóbico —dijo Irene otra vez en francés.

Los dos tipos sollozaban.

Habían perdido sus ordenadores portátiles.

Dos basuras menos en el mundo, pensó Irene.

Tenía que hacer más a menudo cosas así.

Embarcó.

El asiento, profundamente feo.

Las azafatas, guapas, pero profundamente vacías.

Los demás viajeros, profundamente ingrávidos.

Se levantó para ir al lavabo.

Vio el teléfono móvil de una azafata.

La azafata estaba con el carrito.

Lo cogió, le escupió, lo metió en un vaso de vino y lo tiró al cubo de la basura del cuarto de baño.

Cuánta felicidad sintió destruyendo el mundo de esa gente.

Le ofrecieron un poco de queso y *prosciutto*. Y media botella de vino blanco, fría, de una bodega de la Toscana.

No comió nada, pero se bebió la media botella entera.

Mezcló el queso y el *prosciutto* en una masa asquerosa y la envolvió en una servilleta. Se levantó. Abrió el equipaje de cabina. Descorrió la cremallera de una maleta que, obviamente, no era la suya, y palpó ropa que había dentro y, con la otra mano, metió la mezcla pastosa y la extendió por la ropa de un desconocido o desconocida.

El entusiasmo es oscuro ahora, pensó Irene.

La azafata estaba enloquecida, con un ataque de

pánico, buscando su teléfono móvil, creía que se lo habían robado, llamó a la policía, que se presentó en el desembarque del avión, pero la primera clase no fue investigada.

El móvil de la azafata yacía en la basura.

—No puedo llamar a mi hijo —gritaba la azafata.

No se sabía el número, porque la memoria ya no existe, pensó Irene. Si no recuerdas un número de teléfono, por qué entonces recordar el pasado.

Irene permaneció impasible ante la desesperación de la mujer. Esa desesperación atenuaba, aunque fuera por unos minutos, la suya. No le tuvo ninguna lástima. Además, desesperada, esa mujer resultaba muy erótica y muy vulnerable. Se sintió con ganas de besarla. Lo que hizo fue infundirle calma.

—No te preocupes, seguro que está donde menos te lo esperas, ya verás como aparece. —Y dichas estas palabras, ahora en español, y con el riesgo evidente de no ser entendida, porque el español no es una lengua internacional, se sintió legitimada para cogerle una mano.

La azafata agradeció el gesto, y apretó la mano de Irene. La habría besado allí mismo y le habría metido los dedos en el clítoris.

No quiso subirse al primer taxi disponible que había en la terminal porque no le gustó el coche, lo cual generó un principio de caos y un clima de hostilidad hacia ella que solo su encanto personal convirtió en un simple capricho de turista.

Eligió un taxi más bonito, era por fin un Alfa

Romeo, lo cual la llevó a esperar cinco minutos más, pero quería llegar al hotel en ese coche. El taxista del Alfa Romeo entendió lo que pasaba y calmó la irritación de los otros taxistas, todos con su Toyota híbrido o su Škoda Octavia, coches que Irene detestaba.

Cuando se subió al Alfa Romeo y vio que la tapicería era de color blanco, y de cuero, se sintió por fin tranquila, porque el lujo es una forma de protección contra la estupidez de la vida social, contra el vacío de todas las ideologías de la historia, pues el lujo solo es placer que se manifiesta, que se visibiliza. El taxista le dijo en italiano que la belleza es importante, intentando apoyarla en el rifirrafe que se había montado con su negativa a aceptar el coche que le tocaba en la fila de espera de los taxis, porque en el fondo se había rebelado contra un orden basado en el sentido común, que incluye también el sentido práctico —y, por tanto, político— de las cosas. Había introducido un desorden: había dicho que no le *piaceva la macchina* que le iba a ser asignada por el azar. Había despertado ante todos los que allí estaban algo que bien podríamos llamar el fantasma de la voluntad de querer otra cosa. Pero ¿no fue su vida con Marce también eso?, un salirse de la cola de la vida y elegir, elegir cuero blanco en vez de plástico negro, porque solo se vive una vez.

Elegir un Cartier de oro y no un Casio.

Elegir un hombre guapo y no un hombre feo.

Elegir un hombre delgado y alto y no un hombre gordo y pequeño.

Elegir un hombre sensible e inteligente y no un hombre zafio y tonto.

Millones de hombres tontos deambulaban por el planeta, pero ella eligió al más apuesto y al más dulce, ella eligió a Marce.

—No basta con llegar a los sitios, hay que viajar rodeado de belleza —le dijo el taxista, e Irene se quedó pensando en si ese taxista no era un ángel enviado por el mismísimo Marce.

Irene le pidió su tarjeta para que la llevara al aeropuerto a su regreso. Tenía el vuelo de vuelta tres días después, pues tres eran los días que había decidido estar en Alguer.

La recepción del hotel era tan fea y destartalada como cuando había estado allí con Marce, pero entonces ese deterioro del mostrador de recepción le pareció elegante y *vintage*, ahora lo sentía como algo hostil, por la sencilla razón de que estaba sola, porque él no estaba.

Irene se decía a sí misma: ordena el mundo, maldita sea, ordénalo, ¿no ves que estoy desamparada?, Marce, te ordeno que ordenes el mundo.

—Señora Irene Márquez, en efecto, tiene usted una reserva para tres noches —le dijo el recepcionista.

—Ese es mi apellido de soltera, me llamo Irene Winter, que es mi apellido de casada, porque mi marido era de origen americano —mintió ella.

Mintió por el placer de mentir, porque le gustaba la palabra *winter*, porque quiso añadir frío al cuerpo en llamas de Marcelo que veía en sus orgasmos con otros hombres.

—Perfecto —dijo el recepcionista.

Y le dio la llave de la 390.

Y recordó un final de septiembre del 2012 en que Marce descubrió su piel, porque Marce celebraba cada año una parte de su cuerpo. El 2011 fue el año dedicado a sus pies, el 2010 a sus manos, pero el 2012 descubrió algo especial: la piel, un territorio distinto, según palabras de Marce.

Dedo a dedo.

Hay cosas que hacen que la vida triunfe sobre la inestabilidad del tiempo, sobre la inestabilidad de eso que llamamos la realidad, eso pensaba Irene, eso pensaron los dos juntos, y ese pensamiento estaba esperándola en la habitación 390 del hotel San Marco de Alguer.

Cada año estaba dedicado a una parte de su cuerpo.

Y todos los años estaban dedicados al enaltecimiento de su alma.

Haz que mi alma se extienda por el universo, le dijo a Marce, que camine como si fuese la verdad hecha cuerpo de mujer, como si mi cuerpo diese sentido a la vida de la humanidad pasada, presente y futura.

Y fue aquí, en esta habitación, pensó Irene cuando abrió la puerta y vio que la estancia estaba igual, exactamente igual.

La habitación era grande. En realidad, se trataba de un apartamento, con una pequeña cocina, una nevera y dos fuegos eléctricos completamente oxidados. Eran los mismos que en el 2012.

Pero por qué, Dios santo, necesitaba tanto saber si eran los mismos del 2012. Y estaban tan viejos que ya solo parecían dos masas negras de óxido, un lugar en el que nadie calentaría ni un cazo de agua.

El dormitorio quedaba a la izquierda de la puerta de entrada, y formaba como una habitación aparte, pero sin puerta ni paredes, y había una gran ventana que daba a la piscina del hotel, que estaba vacía, no había nadie.

Era el mes de junio, claro, no salía de ese mes, siempre junio.

Junio y septiembre tienen algo en común, pero es mínimo, tal vez solo brisas con un predominio melancólico del aire frío, con un sol moderado, con una tibieza moderada también.

Irene pensó que el agua de la piscina aún estaría fría. Los turistas, en su vulgaridad, solo creen en julio y agosto.

Se dirigió al balcón, subió la persiana y delante aparecieron el mar y la luz, que entró en la habitación y dio forma a las cosas, porque eso hace la luz. La luz regala la forma a las cosas que están en la oscuridad, como Marce hizo con ella.

Durmieron juntos en esa cama, cómo saber si era el mismo colchón. Lo mancharon de sangre, porque allí, en Cerdeña, en la celebración de la piel, se arañaban con la navaja de afeitar cuando alcanzaban el orgasmo, la navaja heredada de Tory.

Así era.

Necesitaba que las cosas le dijeran que sí, que había estado allí en el 2012. Necesitaba comprobar la existencia del pasado a través de la existencia de las cosas.

Volver a ver la sangre de los dos en el colchón.

Llamó a la recepción y preguntó, preguntó y preguntó y no entendían la pregunta. Irene quería saber cuándo y cómo y a quién le habían comprado los nuevos colchones, porque no era el mismo colchón, pero ellos no sabían nada de colchones, e Irene gritó y lloró. Estaba histérica.

Lloró porque su mundo interior era incomprensible para los demás. Lloró porque sus deseos y sus obsesiones y su ternura eran pura histeria para los demás. Donde los demás veían ahora a una mujer histérica y pesada, ella se veía a sí misma como una mujer enamorada buscando una verdad sobre la Tierra.

En la recepción pensarían que les había tocado una loca. Pasa de vez en cuando, locos y locas que van a los hoteles a dar la nota, a pedir cosas absurdas, a pedir lo que la vida no les da y los hoteles tampoco, pero al menos están obligados a escuchar.

Insistió tanto que el director del hotel consultó en el ordenador las facturas de los últimos suministros, y efectivamente comprobó que se habían cambiado los colchones de esas habitaciones hacía cuatro años.

Irene tuvo que explicarle al director del hotel lo que le ocurría, que había estado allí con su marido en el 2012, que fue un viaje muy especial.

Cuando colgó, Irene dijo en voz alta:

—Oh, amor de mi vida, ayúdame, ¿dónde está el placer que me diste?

Había encontrado, al fin, la palabra: *placer*, la palabra era *placer*. Siempre había sabido que esa era la palabra. Se la oyó decir a Julio al hablar del Mediterráneo. Era una palabra vieja, gastada, y sin embargo la estaba comprendiendo ahora. Les pasa a los seres humanos. Oyen palabras, manejan palabras, las dicen, las usan, pero desconocen el arcano al que representan, hasta que un día se produce una revelación, hasta que por fin entienden que las palabras conducen a las verdades atávicas, casi malditas.

Se sintió inmensamente ridícula habiendo hecho esas preguntas con tanta insistencia. La pasión, la pasión, me puede la pasión, se dijo Irene mientras se dirigía al balcón, que le pareció más pequeño que la otra vez, pero el mar estaba allí, las uñas, sí, eso, las uñas, dijo Marce entonces, hace diez años, dijo que las uñas no formaban parte de la piel, pero que él amaba sus uñas como si fuesen también su piel, hace diez años. Y acercaba la navaja de Tory hacia las uñas rojas de sus pies y mientras le acariciaba el sexo acometía pequeños cortes en los dedos, cortes casi invisibles, y la sangre salía, y luego era ella la que cogía la navaja y la paseaba por sus pies desnudos.

—Oler tu piel entera puede costar una hora si me detengo en alguna parte, si voy haciendo breves paradas y breves cortes en los lugares más hermosos —dijo Marce hace diez años.

Irene abrió la maleta y sacó la ropa y el neceser y sacó un par de ansiolíticos del blíster y se dirigió a la nevera, la abrió y no había ni una triste botella de agua fría, estaba vacía.

Volvió a llamar a la recepción.

Que sí, que le subían una botella, que si la quería natural o *frizzante*. Había dicho que *frizzante*.

Y por fin contempló el mar de Cerdeña, el mismo que había visto con él hacía diez años.

La adicción había regresado, sexo y dolor, había vuelto el terror, sin él se sentía enferma. La enfermedad, el disturbio. Pero el apartamento estaba igual. Qué sentido tenía haber regresado a ese sitio. Lo que tenía que hacer era volver a la terapia. Volver a su médico. Que la cuidaran los profesionales.

Su padre, su hermana, ellos dos.

Que volvieran ellos dos.

Pero había encontrado una palabra.

Placer, no olvides la palabra, ahora que la has encontrado, pensó Irene.

En ese momento llamaron a la puerta. Era un camarero, que le traía unas flores de parte del director.

Pero no sería el director a quien llamaría esa noche, sino al taxista. Tal vez no viniera, y eso sería maravilloso, que no viniera.

Echó mano a su tarjeta y le puso un wasap, los clásicos wasaps de Irene. Un número de habitación. En realidad, no había palabras. No escribía palabras en sus wasaps. Miró casi enloquecida todos sus wasaps y todos eran números de habitación. Anotó en la pequeña libreta de cortesía del hotel, mientras miraba el mar, sentada en el sofá del apartamento, los distintos números de habitación, por ver si escondían algún significado, pero no conseguía concentrarse en esos números, que acabaron irritándola.

Se tomó otro ansiolítico.

Se calmó.

Guido, el dueño del Alfa Romeo, llamó a su puerta. Le traía una caja de bombones suizos.

Le hablaba en italiano.

Como Marce, porque a veces ella le pedía que le hablara en italiano.

Al rato se estaban besando.

No dejaba ni una sola parte de su cuerpo sin besar. Era un hombre tierno. Tardó en penetrarla.

¿Estás entrando en Guido para entrar en mí?

El italiano de Guido, el italiano de Marce.

Esos sonidos que eran gracia sutil de la lengua italiana. Se lo dijo, le dijo a Marce que quería aprender italiano, y él le enseñaba, le enseñó, pero por qué aprendió tan poco, como si no hubiera habido tiempo, como si hubiera necesitado más años para aprender, pero si fueron veinte años, ¿por qué no entiende todo cuanto Guido le está diciendo?, y esa pregunta ensombrece su ánimo.

Se serenó y se ilusionó cuando volvió a verlo, al final de la escalera, bajo la luz del sol.

Allí estaba Marce.

Sonrió, movió los labios y otra vez el fuego quemándolo todo, y se desvaneció la imagen de su Marce.

Lo siguiente que vio fue a un extraño duchándose en su ducha. Y lo siguiente, a un extraño subiéndose unos pantalones Levi's de color azul. Y a un extraño poniéndose el reloj que había dejado en su mesilla.

Era un Duward negro, deportivo, con correa de plástico, pero aparente, una correa rígida, que le daba al reloj solidez y presencia, la esfera estaba remarcada como por unos tornillos dorados, los números eran romanos y tenían fluorescencia. No era un Cartier, pero le gustó.

Un reloj de unos ochenta euros, tal vez cien, pero era bonito.

No sabía que esa marca siguiera haciendo relojes, porque le habían regalado un Duward de oro el día de su primera comunión. Se lo regaló su madre. Pero ese reloj desapareció. ¿Dónde demonios fue a parar?

Guido volvió a besarla.

Entonces ella mordió sus labios hasta que sangraron, y Guido, extrañamente, se dejó morder, y abundante sangre se derramó sobre la cama.

Aquella misma mañana se marchó de Alguer.

El taxista que le proporcionaron en la recepción tenía un Dacia, e Irene se sintió humillada por la vulgaridad de ese coche.

El fundamento de la vulgaridad es la humillación, pensó.

Se agolparon wasaps de Guido en su teléfono móvil.

Era su quinto hombre.

Julio, Horacio, Sanfeliu, Duval y Guido.

Y su sexto amante.

Intentaba encontrar un orden en el tiempo.

Aprendiéndose de memoria el nombre de sus seis amantes, cinco hombres y una mujer.

Para ella solo habían sido cuerpos elegidos por Marce para regresar a la vida. En eso creía.

No conseguía recordar los atributos sexuales de ninguno de los seis. No tenían consistencia. No tenían visibilidad. En eso creía también.

Guido estaba en ese instante recordando la piel de Irene y curándose la herida y dispuesto a divorciarse de su mujer, embarazada de seis meses.

Los seres humanos ven pasar una sola vez en la vida el tren enloquecido de la felicidad absoluta.

Nadie piensa en el otro cuando está en juego la felicidad absoluta.

Pero la olvidaría, tal vez no hoy, y puede que mañana tampoco, pero sí pasado mañana.

Y cuando naciera su hijo, ya ni se acordaría de Irene ni de su labio mordido por una loca.

Miró la hora en su Duward negro y el segundero se había parado.

Tendría que ponerle una pila nueva.

Y hacía solo unos meses que se la había cambiado.

Tan asustada estoy frente a la pregunta.

¿Te acuerdas de una recepcionista de este hotel?

Era una mujer rubia, de unos treinta años, con ojos azules, y con un inglés que sonaba claro y elegante, como si fuese una marquesa, por eso me acuerdo de ella, porque no hablaba como una recepcionista sino como una reina, por eso la recuerdo. Todo lo que importa ha de ser dorado. Una recuerda la realeza, la altitud, el orgullo, es algo genético. Hablamos tú y yo de ella. Hablamos de que de repente, en cualquier sitio, aparece la dignidad, la belleza, las mansiones grandes de la vida.

No la he visto.

Voy a la recepción con cualquier excusa.

¿Trabajará aún aquí?

Puedo vender el piso que aún me queda en Madrid, y con el dinero que tengo puedo comprarme una casa aquí, dentro de un bosque, de un bosque que linde con el lago, y desaparecer para siempre.

¿Eso te gustaría que hiciera, Marce, te gustaría eso?

No ver a nadie nunca más, salvo los árboles y el lago. Y si enfermo, no ir al médico. No llamar a mi padre ni a mi hermana, que me quieren. No intentar hablar con tu hermana, la que no vino a tu entierro. E intentar olvidarme de Alicia, la anciana que te dijo que yo no era buena, y era verdad, yo no era buena, y la recuerdo con su forma perversa de arreglarse el pelo, a qué peluquería iba cuando necesitaba una peluquera, porque una peluquera necesita a otra peluquera cuando se trata de sí misma. ¿La llevabas tú a esa peluquería? Una vez se ofreció a arreglarme el pelo, a sugerirme un peinado, a meter sus sucias manos en mi cabello; no me hablabas de Alicia porque me odiaba, pero lloraste en su entierro, lo vi. Sus gafas amarillas, ¿sabes?, las que no encontrabas tras su fallecimiento, porque yo las tiré por la ventana, sí, eso hice, y tiré más cosas suyas, como la medalla de tu abuela, una medalla de oro, la tiré a un contenedor. Y ahora toca mi propia madre, qué hago con el soneto de Quevedo, y adónde se marchó ella sino al mismo sitio donde yo acabaré, mi padre dijo una vez que era una adicta a las pasiones, pero solo era una mujer sola, las mujeres solas hacen locuras, se desesperan, ahora ya no se desesperan, están cambiando, pero la vieja Alicia no soportaba ser vieja y que yo fuera joven.

¿Te gustaría que me desvaneciera, que me convirtiera en una nube negra?

Hasta que me borrase del aire y de las cosas y la luz.

Escribirte una carta todos los días, un poema y un dibujo.

Eso sería lo único que haría.

Hoy he conseguido saber quiénes se hospedan en la 362.

Son dos octogenarios ricos, hablan alemán.

Los he visto pasear cogidos de la mano.

Los he visto en el desayuno. Aún hablan, no son como otros octogenarios que solo devoran el desayuno sin decirse ni una palabra.

Los nuestros, los que ocupan la 362, sí se hablan y sí se sonríen y están delgados, bueno, están normales, aunque ahora no es normal estar flaco, porque el mundo es una muchedumbre de gentes con sobrepeso, una muchedumbre de gordos y gordas. Y hay más gordos que gordas, porque las mujeres resisten, defienden la belleza más que los hombres.

Con el pretexto de una pregunta en inglés sobre el origen de una mermelada que ofrecían en el desayuno he hablado con la abuelita. Ha sido muy amable. De manera natural se ha originado una pequeña charla. Me ha dicho que viven en Zúrich, pero que les encanta la Suiza italiana. Van a quedarse quince días.

¿Has oído, Marce?, quince días.

Nosotros estuvimos siete, solo siete.

Ellos quince.

Creo que mi cuerpo va a renunciar a verte al final de la escalera, ¿sabes?, porque esos hombres y mujeres con los que me acuesto son seres humanos como nosotros, y no merecen ser tratados como tú y yo hacemos con ellos. Vienen a mí con inocencia, es verdad que con mucho deseo, *lujuria* sería la palabra, y no tienen culpa alguna, me he dado cuenta ahora, al ver los wasaps de todos mis amantes. Como una revelación, una revelación en esas docenas de wasaps. Es irónico que un wasap contenga una iluminación, pero al fin y al cabo los wasaps son cartas, como las cartas de los enamorados del siglo xv, eso sí, con menos estilo. El amor es lenguaje, da igual dónde se asiente, en un pergamino, en un papel, en una pantalla de teléfono móvil; el continente no importa, no ha importado nunca.

A propósito de nuestra bella recepcionista, a quien no renuncio a ver, aquí me dijiste una cosa muy hermosa y también muy melancólica. Me dijiste que eran incalculables los hombres y mujeres bellísimos que habían pasado por este mundo sin que nadie les hiciera un retrato, ya en un óleo, ya en una fotografía.

Yo pienso que eso sigue ocurriendo todos los días.

Hombres y mujeres bellísimos y bellísimas que regalan el don de su hermosura al silencio.

Dijiste que la pintura y la fotografía y el cine se inventaron en realidad para eso, para salvar los rostros de la muerte.

Más el cine, claro.

Las grandes bellezas de Hollywood representan a los miles de bellezas anónimas. Hay gente guapísima por el mundo y nadie sabrá nada de esa gente.

Nuestra recepcionista, por ejemplo.

Nosotros dos, por ejemplo.

Y ahora ya sé por qué me he ido de Madrid, por qué quiero estar todo el rato de viaje. No es estar de viaje, no es eso. Es como estar en rotación. Lo he entendido. No tengo casa, no tengo hogar, no tengo familia. Porque tú eras todo eso.

Y si estoy en rotación, el pasado se vuelve líquido.

Y el pasado se hace deseo.

Convertir el pasado en deseo, eso es, eso hago.

He vuelto a la puerta de la 362 justo en el momento en que entraba la camarera para hacer la habitación de los octogenarios, que ya se habían ido a pasear por Ascona y a tomar el sol.

He entrado en la habitación como si fuese la huésped y le he dicho a la camarera en inglés que había olvidado una cosa y que volviera en cinco minutos.

Lo ha hecho, se ha ido.

Y yo sé que no te cuidé en los últimos días, lo sé.

Por eso esta liturgia.

Llamé a esa compañía de cuidados especiales y vinieron dos enfermeras, y gracias a ellas pude respirar, y no debería haberlo hecho, porque allí te dejé, en sus manos, tú casi no te dabas cuenta, o sí te dabas cuenta, y si te dabas cuenta imagino que debiste de sentirte herido, decepcionado, nos alejábamos del milagro.

No podía con los tubos.

No podía con las heces.

Ya no podía más.

Deambulo por la 362 y estos dos octogenarios puede que acaben conociendo qué es el cáncer.

Ella tiene ropa interior sexy, es increíble.

Tiene joyas.

No huele a viejo por ningún sitio.

En la mesilla de él hay un reloj, se le ha debido de olvidar y no se lo ha puesto hoy. Es un Panerai de oro, estará cerca de los veinticinco mil euros. El Panerai y el Cartier lucharon en mi corazón hace años, venció el Cartier, pero ahora pienso que te tendría que haber regalado también un Panerai, pues somos tiempo. Debería robar el Panerai, llevármelo conmigo.

Tiempo y tierra, es decir, relojes y zapatos.

¿Crees que serán capaces de cortarse, como tú y yo, de ver la sangre del uno y del otro?

A mí me gustaba chuparte las heridas y tragar ese sabor metálico e insano, beber tu sangre, cuando te hería en las yemas de los dedos, porque de allí brotaba un manantial. Y a ti te encantaba que me la tragara, te ponía a mil eso.

Miro sus albornoces, las lociones, las cremas, la ropa, los zapatos, me tumbo en la cama para saber si es la misma cama, el mismo colchón, yo diría que es el mismo, pero esta vez da profundamente igual que sea el mismo o no lo sea. Salgo a la terraza y me quedo mirando el lago como tú y yo hicimos hace seis años, tampoco es tanto tiempo.

Me tumbo en la cama y descubro una gota de semen de ese hombre. Sé que es una gota de semen y no agua porque la he olido. Parece un milagro, una especie de enigma, pero no siento repugnancia sino ganas de transformar el semen de un extraño en el tuyo, usurpar los dos cuerpos de estos ancianos, invadir sus almas, tomar sus identidades, y salgo corriendo de la habitación y me topo con la camarera, cuya mirada se hace consciente de que algo raro pasa, pero no pregunta.

No me importaría asesinarlos, no me importaría matar, a ti tampoco te importó que fuese yo la que provocase la muerte de Gustavo y que me diera placer verlo morir entre mis manos.

Tememos ser castigados si asesinamos al otro, pero si no hubiera castigo, el asesinato no tendría valor moral, sería un acto más perdido entre millones de actos humanos en el tiempo. Por eso disfruté viéndolo morir, porque mi alma se expandía, mi conocimiento crecía, mi contemplación de los abismos se alargaba, como pasó contigo. Por eso no me importaría que estos dos ancianos murieran también entre mis manos, cualquier cosa que mitigue mi soledad con un poco de delicadeza me bastaría. Un poco de interés, alguna novedad, un poco de adrenalina.

Todos los días, desde que abro los ojos, tengo que enfrentarme a tu ausencia y a la vez a la codicia de la vida. Cómo puedo explicar esto si no es usando la palabra *angustia*.

Y la angustia ya no la curo con nada.

Te he perseguido, porque en la persecución hay un destino, pero flaqueo, pueden más la angustia y la desesperación que la belleza de verte a través de otros cuerpos, en los que en verdad no estás o estás por culpa de mi fantasía maldita.

Regreso a mi habitación y da el sol.

Me pongo el traje de baño, el albornoz del hotel y salgo a la piscina y paso delante de recepción y veo a nuestra recepcionista rubia.

Es ella, Marce.

Sigue trabajando en este hotel.

La saludo, se acuerda de mí, hablamos en español, porque habla ya español, me dice que lleva dos años estudiándolo, que se examina en el instituto Cervantes de Milán.

Me mira, me vuelve a mirar.

Me la quedo mirando, esperando a que me pregunte por ti, pero no lo hace. Es bellísima. Sus manos, me estrecha la mano. Porque me recuerda.

—Estoy perfeccionando mi español —me dice—, era la lengua que me faltaba.

Me hace preguntas protocolarias sobre si me encuentro a gusto en el hotel, si está todo okey, esas cosas. Pero el caso es que hablo con ella y el caso es que se ha acordado de mí. A veces vemos en alguien un signo de la existencia de Dios o de algo que se le parezca, algo duro y universal, una piedra pensante, algo, lo que sea, una nube con ojos, una montaña con dientes, un agujero negro con traje de gala.

Me mirabas cuando llegaban las enfermeras a casa y yo salía de nuestra habitación y me iba a la calle y me perdía por Madrid.

No podía morirme contigo, esa era la frontera.

Tú aún querías cortarme con la navaja, iba llena de cortes, mil tiritas en la espalda, en los pies, en las manos, y yo ya no podía cortarte a ti, porque eras un pellejo inmundo.

Tus manos en los huesos, la piel amarilleando, tus palabras se quedaban sin sílabas, y tu respiración retumbando en las paredes.

—No se preocupe, señora, no tiene que culpabilizarse —decían ellas.

Los ojos de los seres humanos se van cerrando lentamente. Los bebés tienen los ojos como soles gigantescos. Los niños también. Los adolescentes un poquito menos, y en la juventud comienzan a cerrarse. Al principio es imperceptible, solo la fotografía revela esta dimensión no oficial del envejecimiento y de la llegada del final.

No todos los seres humanos tienen una sonrisa bonita como la tuya, eso lo dijiste tú, Marce, una de las primeras veces que nos vimos fuera de la tienda; tal vez la tercera vez, cuando ya te atreviste a elogiarme.

No.

Espera.

La cuarta.

Espera otra vez.

A los cuarenta años ya no son dos esferas los ojos.

Comienzan a convertirse en almendras.

Se van cerrando lentamente, y a los cincuenta todos acabamos teniendo la mirada oriental, la almendra del deterioro.

Por eso le he dicho a Mariella, así se llama la recepcionista, que me encantaría verla a solas, cuando termine su trabajo, y hemos quedado a las siete en una terraza frente al lago.

Las décadas pasan demasiado deprisa, cinco décadas no dan para nada, es injusta la oxidación de nuestro cuerpo, confundimos el desgaste con la experiencia, tal vez hacemos eso para no enloquecer. Creemos atesorar conocimiento por el hecho de gastarnos, pero es una fantasía más, otro acuerdo social.

Hemos charlado con la excusa de su español, de que así practicaba ella. No quiere ir al hotel, no se atreve.

—Es donde trabajo, no puedo, vamos a mi casa.

Me subo a su coche.

Es un Volkswagen Golf nuevo, debe de tener un buen sueldo aquí, cuánto me alegro, aunque los asientos no son de cuero, pero es un Golf nuevo porque Mariella me lo ha dicho, que era nuevo; los asientos son de tela, me siento a su lado y allí nos besamos arrebatadamente.

Le he mordido un poco el labio, ella se ha quejado y he parado, le habría roto los labios y me habría tragado su sangre, por deseo, solo por deseo y por desesperación.

Tiene unas manos preciosas, pero todavía no me atrevo a preguntarle una cosa, no sé cómo hacerlo.

Porque he venido aquí buscando el final.

El final de esta historia.

Y el final es solo una pregunta.

Meto las manos por debajo de su falda y toco su vello púbico, es sedoso, me encanta acariciarla y se excita muchísimo, allí, en el aparcamiento, su respiración se agita, pero me pide que espere.

—Espera, por favor, aquí no.

Esta excitación de Mariella es para ti, creo que es la gran obra de la vida, no hay otra cosa en el mundo que esto, su manera de mover la lengua dentro de la boca, así nos alzamos sobre la falta de gravedad de todas las vidas que han existido en este planeta, y me como su labio, y me como su lengua otra vez, pero ella pide que espere. Podría arrancarle la lengua, verla sufrir, oírla chillar, no me importaría si no hubiera consecuencias.

Ya estoy de vuelta en el hotel.

Los muertos no saben que están muertos.

No has venido hoy ni vendrás nunca más, ya no quiero que vengas, porque he comprendido, mientras Mariella me acariciaba y me exaltaba, que mi codicia de la vida ya no te necesita, y sé que si alguna vez llegaras a saberlo te sentirías profundamente feliz, o puede que no, puede que solo sintieras rabia hacia mí, no lo sé, ni lo sabremos nunca. Recuerdo mis bragas blancas en la boca de Mariella, no creo haberme enamorado de ella, pero ella probablemente sí se ha enamorado de mí.

No me atrevo a preguntarle si te recuerda a ti también.

Tener sexo con Mariella me calma los nervios. Pero yo no sé cuánto durará esto. Ya he conseguido que venga a mi habitación, pero le entra pánico. Solo una vez ha sido capaz de venir.

Deja que le abofetee el culo, como tú hacías conmigo, solo que tú me hacías sangrar.

A Mariella le encanta una canción de Joan Baez, y la pone todo el rato en su teléfono móvil mientras nos comemos las bocas. La canción se titula *Farewell, Angelina* y es preciosa. Tal vez la voz de Joan Baez sea la voz del amor.

—Estás loca, yo trabajo aquí, ¿quieres que me despidan? —me dice en su español recién aprendido—. Me estás dejando marcas en el culo, no me pegues tan fuerte, más suave, amor, más suave.

Mi corazón dañado, está dañado mi corazón, Marce, y esta mujer me ayuda. Porque al verla siento una inmensa alegría y se dibuja un propósito.

Insiste en que sea en su casa. Es un apartamento en la parte alta de la ciudad, una casa restaurada, tiene dos habitaciones y la cocina y el baño. Es agradable. Mariella tiene treinta y ocho años.

Me gusta mucho cómo gesticula y cómo explica lo que piensa. Tiene una mirada lánguida, pero a la vez sus pensamientos reflejan seguridad. Lleva en su muñeca un Tissot, un modelo reciente, no está mal, cerca de trescientos euros, con correa metálica, le queda bien. Pero es de cuarzo, y más vale que sea de cuarzo porque por trescientos euros uno mecánico sería una porquería.

No le importa que no encontremos ninguna razón sensata para lo nuestro.

Al final le he hecho la pregunta.

Para acabar con todo este ritual.

Le he preguntado casi temblando, casi decapitada, tu Irene sin cabeza sobre los hombros, si se acuerda de ti, si se acuerda de que no vine sola, de que estaba con mi marido.

Mariella me ha mirado con perplejidad.

—¿Estás jugando? —me ha preguntado.

Dice que si es un juego puede tener gracia, y si no es un juego, dice que es absurdo, o que si me he vuelto loca o que a qué estoy jugando.

—¿No te acuerdas de que vine con mi marido, con Marcelo?

—Viniste completamente sola, Irene, y eso fue lo que me sorprendió y lo que hizo que me fijara tanto en ti, me pareció sorprendente que una mujer sola se alojase en una suite de tres habitaciones enormes y dos cuartos de baño. Te imaginaba paseando por las noches por tu suite, tú sola. Y no te olvidé.

Me he ido de su casa.

No le he dicho ni adiós.

Ahora me está mandando wasaps, como aquellos hombres.

Cómo se atreve a negarte, es por celos, claro, son los celos, se ha enamorado de mí y no soporta que yo lo esté de ti.

Y ahora me dice esta mujer que está aprendiendo español que me invento personas que no existen y que no le abofetee tan fuerte el culo, que no la arañe. Y cómo sentirla entonces si no es en el abismo de la rabia y de la maldad. En la maldad hay más existencia que en la bondad. Codicio existir. Codicio ocupar la tierra, el mar, el cielo. Y la maldad, aunque sea minúscula, o microscópica, me ayuda.

Quinto día

Me he ido a bañar al lago.

Me acabo de duchar.

Me llaman desde la recepción y me anuncian que mi padre y mi hermana están esperándome en el hall.

Han venido a buscarme.

Es como siempre, han venido a negarte, como siempre hacen, han venido a decirme que no existes.

Y quieren que regrese con ellos. Y regresaré con ellos, de nuevo.

Dice Mariella que mi clítoris es de un color rosa maravilloso.

A mí me gustaría desgarrar el suyo, arrancarle un trozo y llevarlo en la boca como un perro de caza arrastra una perdiz y depositar su clítoris a tus pies como hacen los perros de caza, que dejan la presa ante los pies de sus dueños.

Quinto día por la tarde

—Entonces, Mariella, ¿vine sola aquí?, ¿no me acompañaba un hombre?

—No, Irene, viniste sola, me atrajiste mucho entonces, tan solitaria y tan especial, me parecías tan hermosa y tan delicada, pero eras un huésped, y un huésped VIP.

Todos me engañan, todos se han puesto de acuerdo para que renuncie a ti. Es una conspiración, pero a mí me dan igual todas las conspiraciones de la Tierra.

Mi padre me da un abrazo y me sonríe:

—Irene, estamos aquí, te queremos.

Subo a un Mercedes que conduce mi padre. Mi hermana Clara me dice que me siente delante.

—¿Qué va a ser de mi BMW? —le pregunto a mi hermana.

—No te preocupes, cielo, ya me he encargado de eso, he hablado con la agencia y vendrá alguien a buscarlo.

—¿Cómo no me voy a preocupar del coche que me ha llevado tan lejos? Quiero que habléis con Mariella, yo no me atrevo a despedirme de ella.

—Creo que eres tú la que debe hablar con ella —me dice mi hermana—. Ya lo harás cuando llegue el momento.

Me quedo mirando a Clara, sus cabellos castaños, sus ojos verdes, tiene dos años menos que yo, y me parece hermosa. Tiene una hija, mi sobrina, que acaba de cumplir seis años.

Fui yo quien eligió su nombre: Victoria.

Pero solo me dejaron eso, elegir su nombre, luego la vi poco, todo se complicó.

Me quieren, se hace el silencio, y mi padre conduce, y mi hermana me acaricia el cabello desde el asiento de atrás, como cuando éramos unas niñas y nuestra madre nos recitaba el poema de Francisco de Quevedo, era ella la que lo hacía, la que con voz suave nos decía: «Cerrar podrá mis ojos la postrera sombra...».

No creo que mi madre llegara a imaginar jamás de los jamases que por medio de ese soneto me legaba una fantasía llena de soledad, porque el amor más allá de la muerte no existe. Mi madre, mi adorada madre. ¿Quién fue realmente? Se repite mi madre en mí, lo que ansió la madre pasa a la hija, y la hija sin hija es el final de todo, ya no habrá más sangre que herede soledad y anhelo, o puede que sí, puede que Victoria sea la heredera.

21

Balneario Internacional

Habitación 412

Es una habitación agradable, amplia, con sol, en una planta baja, que tiene una terraza que da a un jardín con flores. Hay una mesa y dos sillas, también un sofá y varias estanterías y una lámpara de pie. Algunos cuadros en las paredes, reproducciones de Picasso y Juan Gris. La carpintería de las ventanas es de madera tropical, una de las mejores maderas del mundo.

Irene está mirando el marco de los ventanales, la sutileza del barniz de ese marco. Su mirada se entretiene observando con detenimiento la madera de los marcos, es buena madera.

Irene mira el marco del ventanal desde el sofá orejero en el que está sentada, leyendo una novela de Virginia Woolf, haciendo ver que la lee, porque solo pasa páginas.

La abandona.

La vuelve a abrir. La novela se titula *Las olas*, una novela donde unos hombres y unas mujeres hablan sin cesar, sin saber muy bien lo que dicen, pero es hermoso lo que dicen, dicen ver cosas, ella también ve cosas, como esos personajes de la novela, cosas relacionadas con esta vida que vivimos sin saber por qué.

Si pudiera entender algo de lo que aquí se dice, piensa. No entiendo nada, qué les pasa a estos personajes, qué les pasa, será que están desquiciados, tendrían que estar aquí conmigo, en este balneario. O quizá ya lo estén, pues una novela es en realidad un balneario donde no pasa nada que sea real. Los balnearios son planetas sin vida, planetas en donde se recuerda la vida. Entiendo que esa mujer se suicidara, esa Virginia, me conmueve que no soportara vivir, es un consuelo, es mi consuelo saber que ha habido gente que no pudo más, gente ilustre, pero yo no soy ilustre, Marcelo y yo no necesitábamos nada de nadie, en cambio esta mujer sí lo necesitó, necesitó reconocimiento por sus libros, prestigio, fama, poder social, y al final el suicidio. Está en el mismo lugar que Marcelo, pero Marcelo viene a mí para verme, porque dibujamos un camino, preparamos un camino.

En ese título va su vida entera, que ahora le parecen olas que van y vienen en una eternidad sin propósito, e Irene ve en la ausencia de propósito la única manera de que exista la belleza.

Cualquier propósito es enemigo de la belleza.

Deja la novela encima de la mesa.

Abre el ventanal y acaricia la madera, sale al jardín, hace calor, pero corre un poco de brisa, las flores del jardín le dan la bienvenida, ve rosas y claveles y geranios, se oye el murmullo de una fuente que hay cerca. La rodean pinos, sauces y encinas. Hay un plátano, también un árbol cuyo nombre desconoce.

Lo mira intentando saber su nombre por inspiración divina.

—Dime tu nombre —murmura.

Ve un jardín allí afuera en plena expansión, es finales de junio, y el verano ilumina con fuerza la vida.

Si yo desapareciera, piensa, todo este esplendor de flores, árboles, pájaros y brisa seguiría sin mí; ah, eso lo dijo ese poeta que nos caía tan mal a Marce y a mí, porque era feísimo y su nombre era aún más feo que él, mira que llamarse Juan Ramón Jiménez. Pero cómo alguien que se llama Jiménez puede aspirar a ser poeta. Y le dieron el Premio Nobel en 1956, pero él ya solo era un viudo desesperado, porque su mujer estaba muerta, como tú, Marce. Un viudo herido que solo quería morir. No creía en Quevedo, en el soneto que nos recitaba mi madre y que me recordó aquel monstruoso policía hace tantos años. No se debían de zurrar, su mujer y él, digo. No debían de follar nada. Solo estarían diciéndose versitos todo el puto día. Pero es bonito ese verso que dice: «Y yo me iré. Y se quedarán los pájaros cantando». Es así: morimos pero los pájaros se quedan cantando, y ni siquiera cantan nuestra desaparición. Hay otro verso que dice: «¿Dónde cantan los pájaros que cantan?». Cómo un hombre tan feo, con esa barba tan fea y esa calva tan fea, pudo saber tanto de mí.

Vuelve a entrar en la habitación, se tumba en la cama, y el colchón es magnífico.

Llaman a la puerta.

Es Isabel, su enfermera, una mujer alta, de la misma edad que Irene. Todos son altos y altas en el mundo de Irene, como si viviera dentro de un cuadro de El Greco.

—¿Cómo estás, Irene?, me alegra tanto verte, me alegra mucho saber que estás de vuelta, el doctor López Santaliestra quiere verte hoy, a la hora que tú digas.

—¿Estoy aquí a la fuerza?

—Menuda pregunta más irónica. Nunca, tú lo sabes; puedes irte cuando gustes. Tu padre y tu hermana te quieren, eres la persona a la que más quieren. Eso lo sabes, ¿verdad?

—Sí.

—Sabes que tu padre te adora, lo sabes, ¿verdad?

—Sí.

—¿Te gusta la habitación? ¿A que te gusta?

—Sí.

Despacho del doctor López Santaliestra

Irene entra en el despacho del doctor López Santaliestra. También ese despacho tiene grandes ventanales que dan al jardín, pero el marco es de aluminio, no de madera tropical. Sobre la mesa hay varias plumas Montblanc de distintos tamaños.

El doctor le da dos besos en las mejillas y le ruega que se siente. Se alegra de volver a verla. López Santaliestra es un hombre alto, con una voz pausada, lenta, todo él irradia sosiego. Tiene ya poco pelo, abundantes entradas que le dan un aspecto sobrio y elegante.

Irene recuerda en ese instante la cantidad de horas que ha pasado en ese despacho.

—Cuéntame, Irene, ¿cómo estás? Tienes muy buen aspecto, hija mía —dice López Santaliestra.

En ese momento, el doctor coge las manos de Irene, las mira, las escruta, intenta mirarle los brazos, dejar caer la mirada sobre los brazos buscando pequeños cortes, arañazos.

—Ha vuelto a pasar, creo que es eso lo que esperas que te diga, que he vuelto a verlo, a Marce —dice Irene.

—Ya me lo imagino, y no tendría ninguna importancia si lo vivieras como un recuerdo o como un sueño o como un deseo o como una parte importante de tu vida, que es como lo hace la mayoría de la gente, pero lo vives como si hubiera pasado y eso es lo que te hace daño. En el fondo es tu manera de luchar contra la vulgaridad, esa en la que caemos todos. Si no pasan cosas extraordinarias en tu vida, te mueres, enfermas, te conviertes en una bomba de relojería. Ay, mi muchachita inventora y parlanchina.

—Solo cuando vuelvo aquí y hablo contigo y veo a mi padre y a mi hermana acepto que no pasó. Al veros a vosotros tres, con vuestra pertenencia tan evidente a la realidad. Los tres sois muy reales, sí. Y os quiero, a ti menos porque solo eres mi médico.

López Santaliestra sonríe con un gesto estudiado y ella lo imita en un acto reflejo. Hay una tranquilidad ambiental que hace que la charla sea discreta, como antigua, sin ninguna urgencia.

—Ya sé que para ti nosotros tres somos los que sabemos lo que pasó. Pero eso te mantiene viva, venir aquí de vez en cuando, porque si no regresaras a la realidad tu fantasía te destruiría. Te recuerdo que fue Leticia Salinas la que, al jubilarse, te derivó a mi consulta. No eras paciente mía, porque Leticia estimó que era una mujer quien te tenía que tratar y no un hombre. Pero al final pensó que yo sabría tratarte; es curiosa la decisión de Leticia, solo quería que te viera otra mujer. Puede que al final se diera cuenta de que en realidad tú eres mucho más que una mujer. Son paradojas de la psiquiatría cuando se hace social. La psiquiatría no debería hacerse social. Pero bueno, eso es otra historia.

—Sí, lo sé. Leticia pensaba que solo otra mujer podría entenderme, y razón tenía, pero ahora ya da igual. Porque la feminidad de mi querida Leticia tampoco era gran cosa. La recuerdo como una mujer fría, alta, delgada, impasible, todo son mujeres altas en mi mundo, con sus uñas pintadas de azul, que fueron moda hace años, y un mechón rojo en el pelo. Sé que me apreciaba, pero ahora la imagino dedicada a las tareas propias de la jubilación. Era lesbiana, y soltera. A veces pensaba que yo la atraía, una vez intentó besarme, pero Leticia fumaba y su aliento era una pesadilla.

—Bueno, al menos a mí no se me ocurriría una tentación tan vulgar como esa, hija mía, aunque eres bellísima de cuerpo y de inteligencia, todo hay que decirlo. Te advierto que la amistad sin más, sin ningún tipo de erotismo, es también importante y posible, y una cosa buena. Te recuerdo también que puedes dominar tus fantasías, porque con Leticia lo conseguiste.

—A veces pienso que esas fantasías de las que hablas, esas que Leticia describió como amor al amor, no son fantasías sino una forma de vivir.

—Ya sabes lo que toca ahora, ay, Irene, mi romántica empedernida, mi mujer Quijote. Porque tú eres como don Quijote, mi muchachita, mi paciente valiente.

—Sí, sacarás las fotos. Ahora toca ver las fotos, lo sé.

Otro ritual que ya conoce, que espera inquieta. El doctor López Santaliestra se levanta de su silla de despacho con lentitud, como el oficiante en un rito, y abre un archivador de pared y busca un expediente, y se demora y tarda, como si no existiese el tiempo.

Abre, por fin, el expediente delante de Irene.

—Mira, esta es la foto de vuestra boda, estáis guapísimos los dos. Te casaste de blanco. Y Marce llevaba un traje gris. Está Antonio, tu padre, con un traje azul marino; está Clara, tu hermana. Y esa señora mayor, la tía de Marce, ¿cómo se llamaba, Irene?, dime cómo se llamaba, quiero oírtelo decir.

—Alicia, se llamaba.

—Y aquí están las fotos del viaje de bodas: Estocolmo, Niza, Cerdeña y Suiza. Un montón de fotos en las habitaciones, con variaciones de luz. ¿No ves, Irene, hija mía, que no son fotos actuales? De entrada, son fotos, están en cartulina, no son virtuales, no son imágenes en una pantalla de ordenador, porque son fotos que tienen veintiún años, Irene, tienen veintiún años, cuando la gente iba a tiendas de fotografía para revelar los carretes. Porque entonces los teléfonos móviles no tenían cámara. Nadie lo creería, ¿verdad? Un tiempo donde los móviles no llevaban cámara de fotos parece irreal. No son fotos de hace seis años, ni de hace cinco, mi muchachita valiente. Son fotos de hace dos largas décadas, aunque, pese a todo, es verdad que tampoco cambian las cosas tanto en veinte años, eso lo sabemos los que tenemos ya una edad, hija mía. Mira estas otras: son de Miami, de un viaje que hicisteis para celebrar el primer aniversario de vuestra boda, hace veinte años. Y se acabó, ya no hay más fotos. No hubo ninguna enfermedad, no hubo nada, solo tu fantasía.

—Lo sé.

—Dime qué ha pasado en estos últimos veinte años, hija mía.

—No ha pasado nada.

—¿Qué pasó con Marce?

—¿A qué te refieres? Ya lo sabes...

—¿Qué pasó?

—Me abandonó. Me dejó sola en este mundo contigo, con mi padre y con mi hermana. Sobre todo contigo, Calvo Santaliestra.

Rieron.

Ella lo llamaba así, y a veces solo Calvo Santa.

—¿Eso hizo? ¿Te abandonó? —pregunta Calvo Santa.

—Murió, ya lo sabes. Murió.

—¿Cómo murió, Irene?

—Él... —Nota un tapón en la memoria, dos manos que presionan con fuerza para impedir la fuga de recuerdos. Quizá las manos de Marcelo.

—¿Cómo? —insiste Calvo Santa, con voz dulce pero firme.

—Cáncer.

—¿Estás segura?

Lo mira con la cabeza ladeada. No entiende. Y aun así, las dos manos no bastan: son una escueta tirita para contener una hemorragia inacabable.

—Marce murió en un accidente de aviación, no de cáncer, ni hace un año. Marce murió hace veinte años, hija mía. Si lo prefieres, cuatro lustros. Estos son los papeles y los recordatorios del funeral, porque entierro no hubo. Ya sabes por qué no lo hubo, no había cuerpo que inhumar. Aquí tienes el certificado de defunción, tienes que leerlo, ya lo sabes. Léelo, por favor.

Y ella lo coge entre las manos y obedece:

—Marcelo Mora Brioschi, nacido en Roma, fallecido en accidente aéreo... —Le devuelve el papel con los ojos empañados—. No leo más, no hace falta.

—Tras el accidente estuviste seis meses aquí.

—Lo sé.

—Pero hay algo más. ¿Te acuerdas de otra cosa?

—Sí, quieres saber si me acuerdo de Gustavo.

—Exacto.

—No lo he olvidado.

—¿Sigue abierta esa herida?

—Sigue alguna forma de culpa, claro, el amor a Marcelo me ayudó a sanarla.

—Lo sé, así lo ves en tu alma, mi niña. Pero lo que yo quiero es que aceptes que te inventas las cosas, porque Gustavo no murió como tú dices; aunque fue un simple amor de juventud, tú lo elevas, lo sublimas. Es verdad que murió, pero no así. No por tu mano, sino en un accidente de moto, cuando adelantaba a un camión, llevando en el maletero una pizza y unas cervezas que os ibais a comer y beber juntos viendo un partido del Real Madrid con sus amigos, en vuestra casa, y chocó de frente contra el camión, así fue. Tú lo viste, hija mía, porque estabas en el portal, esperándolo. Viste cómo chocaba contra el camión. Llegaste cuando estaba agonizando. Te quedaste paralizada. No reaccionaste. No llamaste a nadie. Otro accidente, como el de Marcelo, y eso es lo que tu alma no acepta, que el azar te quitase el amor, que el azar, la falta de voluntad, te llagara el alma. Ay, mi muchachita malvada y romántica. Muchas personas acaban aceptando perder a un ser querido por un accidente, porque acaban aceptando la fatalidad, pero eso no funciona contigo. Si aceptaras el azar, la fatalidad, tu vida se empobrecería. Te he estudiado, te conozco. La muerte por accidente demuestra que la vida no tiene sentido. No puede haber grandeza en la vida si alguien muere porque le cae una maceta en la cabeza cuando pasa por debajo de un balcón, o porque lo atropella un autobús, o porque se atraganta con un trozo de carne, o porque resbala en la ducha y se rompe el cuello, o porque le cae un rayo en mitad del campo, o porque se sienta en un banco del Retiro y lo aplasta una rama, o porque se monta en la montaña rusa y ese día se parte un tornillo y su carroza sale volando por los aires. Nadie que considere que la vida es una belleza puede aceptar la muerte accidental. Porque esas muertes son una humillación. Por eso te inventas historias alternativas, cambias la vida, y eso es increíble. Y luego lo llamas amor y pasado, mi niña. Lo conviertes en pasado real. Eres una adicta de la intensidad. En la Antigüedad clásica la gente como tú erais considerados videntes, gente que veía las cosas desnudas. Los románticos eran adictos a lo sublime, y esas adicciones siguen en el mundo, hija mía.

—No temo al pasado, siempre he estado enamorada, ¿no? Pero sí, no reaccioné cuando vi el cuerpo sobre el asfalto de ese crío, yo también era una cría entonces. Quizá me di cuenta de que ese no era el hombre de mi vida, y era mejor que se muriera allí mismo, para qué llamar a una ambulancia si me estaba esperando otro hombre años después, si me estaba esperando Marcelo.

—Pero eso fue cruel, tienes que ver esa crueldad, mi niña.

—Yo solo veo que me esperaba Marcelo, eso solo. Déjame en paz, Calvo Santa, déjame en paz. Y, por cierto, eso de la Antigüedad ya me lo has dicho otras veces. Lo vi agonizar, es cierto, y es cierto que me pareció hermoso ver cómo se marchaba, no pude sentir lástima, no pude sentir compasión. Sabía que se estaba muriendo por alguna razón poderosa. Porque iba a aparecer Marcelo, y no estaba bien que Gustavo estuviera vivo cuando él llegase. Estaba mejor muerto, lo entendí así, y me parece perfecto. Yo no lo maté. Lo mató el camión. Yo solo lo vi marcharse. Si disfruté viéndolo morir, es asunto mío. Allí nadie tiene jurisdicción moral. No disfruté, Dios mío, cómo iba a disfrutar de una cosa así. No, simplemente me aterroricé, y en ese terror vi dimensiones de la vida que me han hecho adicta a la intensidad.

—Bien, y yo solo quiero que, sobre todo, estés a salvo de ti misma. No le tengas miedo al pasado, hija mía. Da igual que tardaras en reaccionar, estabas en shock. Lo que ya no sé muy bien es de quién estás enamorada. Estás enamorada de la fantasía de vivir, mi muchachita valiente. A veces pienso que estás enamorada de estar enamorada. Creo que eso lo dijo un filósofo llamado Agustín de Hipona.

—El amor al amor, que es en realidad el amor a ti mismo a través de la fantasía. Lo sé, yo también sé que todo se puede ver así, no hace falta ser san Agustín. ¿Y ahora qué quieres que haga? Lo imagino: que pase un par de semanas aquí y luego vuelva a mi piso de Madrid a seguir tomando clases de pintura, yendo a talleres literarios, quedando con mi hermana y su marido todas las tardes o yendo a cenar con mi padre en algún buen restaurante madrileño.

—Lo volverás a hacer, lo haces cada cierto tiempo, es una forma de placer, una especie de religión personal: la vez anterior inventaste que Marce moría de un ataque al corazón; la anterior a esta, que se ahogaba en el mar; la anterior, un derrame cerebral. Ahora ha sido el cáncer. Y yo me pregunto qué será dentro de tres o cuatro años. Me tienes asombrado. Lo mismo con Gustavo, lo matas de tantas formas. Esta última es asombrosa, mi niña.

—Pero yo veo esas muertes, hablo con ellos —protestó Irene.

—Lo sé, por eso estás aquí.

—Y sin embargo, no estoy loca.

—En absoluto, no lo estás. Eres la persona más inteligente que conozco. Una mujer única. Una muchachita filósofa y valiente. No te gusta la normalidad, la aborreces. Porque la normalidad te enloquece, es una excelente paradoja. Para no volverte loca necesitas estar loca, dicho con ironía y con cariño, no es muy ortodoxo que te diga esto, pero te lo digo como amigo, y el sentido del humor también debe formar parte de la psiquiatría, el humor es un antídoto contra los dramas, contra las obsesiones. Fue un filósofo medieval el que habló del amor al amor. Eso te pasa a ti, y el amor al amor, en realidad, como dijo Freud, es el amor a uno mismo, pero en ese uno mismo cabe el mundo.

—Suena bien, me recuerda a las canciones de Tom Waits, pero lo de san Agustín ya me lo habías contado, te repites, Calvo Santa, vete a saber qué dijo en verdad san Agustín, y si existió, porque a veces creo que el pasado no es más que la fantasía de los historiadores. Mejor el amor que la historia.

—La verdad es que desde que te trato creo en el amor —confesó el doctor con un leve encogimiento de hombros—. Es patético y bien ridículo que un psiquiatra diga eso, mi niña, pero tú también me has regalado esa fe, que yo no tenía. Los psiquiatras no creemos en el amor, estamos obligados a los protocolos de nuestra ciencia. El amor, menuda superstición del *Homo sapiens*. Porque la ciencia es lo único seguro en este mundo, hija mía. Podemos hablar de emociones largo y tendido, pero del amor, eso ya no. Podemos ayudar a la gente, pero sin decirle que el amor existe.

—Y si no estoy loca, si no soy un caso perdido, ¿qué soy, entonces?

—Eres una artista, una creadora de ti misma, mi niña, es lo único que se me ocurre decir. No pudiste despedirte de Marcelo y tu mente crea adioses posibles a lo largo del tiempo. Eso es arte, hija mía. Pero esta última despedida que has soñado es especial. Las otras muertes que te inventaste estaban creadas a imagen de la muerte cierta de Marce: eran súbitas. Veías su cuerpo inerte, pero no te podías despedir, no había conversación. Esta última ha sido una enfermedad larga, que permitía la posibilidad del adiós. Ay, mi niña, tu mente ha creado una conversación sobre la muerte de Marcelo. Eso ha pasado. Necesitabas una larga conversación con tu marido. La conversación, para ti, es el amor. Hablar con él, querías hablar con él. Hablar es más poderoso que besar, al cabo del tiempo. La gente que no puede despedirse de sus seres queridos, hija mía, no descansa en paz. Necesitan el adiós, la ceremonia del adiós. Y tú te inventas grandes y maravillosas ceremonias del adiós y no le haces mal a nadie. Pero si te estás preguntando si alguien puede comprenderte, la respuesta es no. Nadie te comprenderá jamás. Yo puedo describir tus comportamientos, al fin y al cabo, para eso me paga tu familia; y te tengo una gran estima, porque eres noble y eres diferente, pero la pregunta que te ronda es esa, es saber si alguien puede entender tu vida, y yo te digo que nadie. E incluso te diré más, hija mía, nadie puede comprender la vida del otro, lo que hacemos es pasar unos al lado de los otros, pero poco más. Podemos amar al otro sin comprenderlo. Muchos matrimonios se aman de verdad, pero no se comprenden. Entender la vida del semejante, eso es imposible, hija mía.

—Me gusta eso de que soy una artista de mí misma.

—Lo has tenido fácil.

—¿Qué quieres decir?

—Siempre has tenido la vida resuelta, siempre has tenido dinero, un padre con dinero, y el dinero es importante, el dinero te ha regalado una buena vida, te ha dado el ocio, y el ocio, la creación de ti misma. Es verdad que otros con lo mismo que tú no llegan más que a llevar una vida de despilfarro y de una vulgaridad espantosa, mi niña.

—Tampoco tanto dinero.

—Eso es verdad, resulta muy complicado medir el dinero.

—Digamos que no me he visto en ninguna necesidad. Porque, por ejemplo, nunca he podido comprarme un castillo, una isla o un avión privado.

Santaliestra e Irene ríen.

Santaliestra se levanta de su sillón y va a la estantería. Escoge un libro de gran formato. Es un catálogo fotográfico del pintor René Magritte. Abre el libro en la página dedicada a la obra *Los amantes* y se lo ofrece a Irene para que mire la reproducción del cuadro.

—Mira esta obra de Magritte —dice Santaliestra—. Son dos amantes embozados, llevan una especie de sábanas en la cabeza, pero son amantes, no conocen sus rostros, no saben quiénes son. Es una pintura famosa, la gente cree que es una pintura surrealista, las identidades de la mujer y el hombre han desaparecido, aun así se besan: es una obra sabia, no es una obra irracional, es como si Magritte hubiera pensado en ti, hija mía. Está diciendo que la gente se besa y se ama sin saber nada los unos de los otros. El amor es la ceguera para Magritte. Es una fantasía, como son una fantasía este montón de plumas Montblanc que pueblan mi despacho y que me encantan y no sé muy bien por qué, hija mía.

—¿Y todos esos amantes, mis amantes, no tenían rostro? —pregunta Irene.

—Eso, tú lo sabes bien, ha sido siempre igual, amantes y amantes y la llegada de Marcelo —contesta López Santaliestra.

—Siempre igual, siempre lo mismo —dice ella con voz melancólica.

—Y desde que te trato no he conseguido saber por qué amaste tanto a ese hombre, ¿qué tenía de especial Marcelo?

—Nada, era como todos y como nadie. —Irene esboza una sonrisa enigmática, poco bondadosa—. Era un hombre corriente, como miles y miles de hombres corrientes. Uno de esos que ves en el metro, o en un bar, o en una tienda, o en un semáforo. Uno que camina por la calle, y luego desaparece. Un hombre corriente. Ni siquiera un hombre bajo la lluvia, porque en Madrid casi no llueve.

—Al menos era italiano —dice López Santaliestra.

—Estaba mezclado, medio español, medio italiano, como tantos miles y miles, aunque sí, tal vez esa fuese su mayor originalidad.

Y llena ahora sus labios una sonrisa amarga.

Habitación 412

Tras la charla con el doctor López Santaliestra, Irene regresa a su habitación con unas cuantas fotocopias en las manos. Entra y se tumba en la cama y comienza a mirar las fotos, como viene haciendo desde hace mucho después de cada huida, después de cada viaje.

Siempre comienza con el recorte de una noticia del periódico *El País*:

> Un «error humano genérico», en palabras del ministro italiano de Transportes, Pietro Lunardi, provocó ayer, en el aeropuerto milanés de Linate, la peor catástrofe aérea registrada en suelo italiano en los últimos 30 años.

Luego mira las fotos del avión siniestrado.

La documentación oficial, papeles en italiano, sellos, declaraciones, atestados..., ve al fin la cantidad de dinero que pagó el seguro de la aerolínea. Las cartas de condolencias del presidente de la compañía. Y ahora recuerda el comentario que le acaba de hacer el Calvo Santa sobre el dinero, cómo medir el dinero, cómo tener un avión privado puede convertirse en la prueba del algodón que te diga que efectivamente tienes muchísimo dinero, pero Marce viajaba en clase turista en aquel vuelo. Y el presidente de la compañía que le daba el pésame y todos los directores de esa compañía jamás volarían en clase turista.

Ella reclamó el Cartier de oro de la boda, pero el reloj no apareció por ningún lado, no estaba en el avión, no lo encontraron, porque Marce no lo llevaba puesto. Hacía unos meses que lo había pignorado en una casa de empeño de Madrid. Lo sustituyó por una imitación, y procuró que Irene no lo tocara o se acercara demasiado, no fuera a notarlo, pero era una buena imitación hecha en China. La imitación se fundió en el accidente. Y el reloj se quedó en la casa de empeño. El dinero que le dieron lo usó para pagar las nóminas de Los Muebles de Todos, porque el negocio no iba bien, pero Antonio los ayudaba, quería la tranquilidad de su hija. Marcelo al principio se negó, pero al ver que en el futuro podría devolverle el dinero a su suegro lo aceptó a manera de préstamo. Todo eso lo escondió Antonio y también Marcelo. Se pusieron de acuerdo en que Irene no se enterara de que la tienda iba mal porque la idea de que todos los enamorados tienen que tener muebles de calidad en sus casas podía ser muy hermosa y muy poética, pero en términos económicos era una ruina, porque a la mayoría de los enamorados les importan un pimiento los muebles de su casa y acaban eligiendo Ikea.

Antonio se reía por dentro de la ocurrencia de su yerno y ya sabía que a su hija esa ocurrencia le parecería una genialidad, algo a lo que consagrar una vida; una fe, como la inestable, por no decir loca, de su madre, la que se fue con el viajante, que también vendía humo, el humo del tubo de escape de un automóvil Mercedes de 1970 con un millón de kilómetros a cuestas. Mercedes era, eso sí. Pero hasta los Mercedes se convierten en basura, en chatarra. Y su hija Irene había salido a la madre, y su yerno al viajante del Mercedes. Pero su obligación era estar allí. Y además había algo oscuro e hipnótico en Irene. Cierto que había salido espiritualmente a su madre, pero físicamente era igual que él. Eso era lo que despertaba en Antonio una enorme fijación con sacar a Irene de cualquier lío en que se metiera, con tenerla siempre en el pensamiento. Tal vez en adorarla. Se veía a sí mismo en el rostro de una mujer, que era su hija. Y al verse, veía su vida y su infancia y juventud. Y sentía ternura por Irene. Siempre la sintió.

Fue irónico que el dinero de la indemnización fuese una cantidad importante.

Recuerda que Marcelo estaba en Milán en viaje de trabajo, quería comprar unos muebles antiguos, una mesa napolitana del siglo XVIII, un sifonier francés y una cómoda rusa, ambos del siglo XIX. Irene no lo acompañó porque esos días Antonio estaba ingresado en el hospital por culpa de un tobillo roto y su hermana estaba fuera de Madrid. Se quedó cuidando a su padre, que por otra parte tampoco agradeció demasiado el gesto, aunque tal vez por dentro sí lo hizo, era un hombre antiguo, de los que lo decía todo con una forma de mirar, pero esa forma de mirar era un arma, un estado sólido de las cosas.

Imagina sus manos, tantos años después, acariciando esos muebles, esa cómoda rusa, como acariciaba su piel o como la arañaba hasta hacerla sangrar.

Él estaba feliz porque había encontrado la mesa, el sifonier y la cómoda en perfecto estado. En esos días vivía una auténtica pasión por los muebles antiguos. Había comprado en Madrid muebles barrocos, una mesa del siglo XVII que lo tenía fascinado. Los muebles antiguos conectaban a los seres humanos de distintas épocas. La madera tallada por mano de hombre permanece.

Él estaba feliz, claro, porque le apasionaba el mueble antiguo. Antonio ironizaba, y le decía a su yerno que con esos muebles tan aristocráticos convertiría Los Muebles de Todos en los muebles de unos pocos.

A Marce esa ironía le disgustaba profundamente.

Marcelo llegó a pensar que si no había amor en el mundo era porque ya no existían muebles bellos. Porque el amor necesita sentarse en una silla labrada, de madera maciza, pintada de oros, tapizada con esmero, talladas las patas con delicadeza y arte. Si el amor se sienta en una silla de Ikea, se siente humillado, se siente ofendido, y se marcha del mundo.

Irene se levanta ahora de la cama y pone en el Spotify de su móvil *Dance Me to the End of Love* de Leonard Cohen y activa la pestaña de reproducción continua de la canción.

Y luego sigue mirando recortes y fotos.

Y aparece una foto traspapelada: es Tory con Federico Fellini, en una mañana de marzo de 1964, en la puerta de la casa del Testaccio, en el número 16 de la Via Rubattino.

Tendría que donar la foto, piensa Irene, a los herederos de Federico Fellini, pero eso sería dar visibilidad a Tory, convertirlo en alguien a los ojos del mundo, hacerlo partícipe de la gran estafa de esta civilización herida de muerte.

No estaba herida de muerte esta civilización cuando Fellini y Tory reían y hablaban.

Y aparece una foto de su madre, de la madre de Irene, cuando tenía veinte años.

Y está bellísima.

Mi madre, piensa ella, es mi madre, la que se marchó con un hombre del que se había enamorado, la que eligió un amor y no a sus dos hijas, eligió el amor como hubiera hecho yo, como hice yo, como sigo haciendo yo, sabiendo que en realidad nos elegimos a nosotras mismas en el espejo de un hombre, convertido ese hombre en un pretexto.

Su madre: la que eligió el poema de Quevedo.

La que se eligió a sí misma.

Y vio actos de desesperación por todas partes.

Dulce Irene, viendo mujeres desesperadas y hombres desesperados por querer vivir, por querer que la vida fuese algo importante, por su adicción a la intensidad, yonquis absurdos de la belleza, narcisos irrecuperables para la vida social, para la cordura.

Vio a Emma Bovary, cómo no verla, esa mujer que encarna ahora mismo su desesperación. Si hoy viviera Emma, piensa, sería una heroinómana, una adicta a la cocaína, una alcohólica, no sé, una vagabunda, una terrorista, ¿quién sería hoy? Una loca encerrada en mi habitación, a mi lado.

Vuelve a levantarse y sube el volumen de la canción.

Y luego regresa a la cama.

Y luego llora.

Y luego se desnuda.

Y se mira desnuda ante el espejo, y se ve tan hermosa.

Y luego es capaz de mirarse a sí misma como la miraba él, Marce, y como la han seguido mirando hombres y mujeres.

Y luego se mete en la ducha.

Y el agua caliente toca el cuerpo, se acaricia, se muere bajo el agua, en una agitación que iguala presente, pasado y futuro.

Sale goteando de la ducha y va al Spotify y, con agua en los dedos, cambia de canción y pone *She* de Elvis Costello.

Aquel día Marce estaba feliz y la llamó desde Milán. El marchante que le había vendido la mesa y la cómoda le dijo que un anticuario de Copenhague tenía muebles españoles del siglo XIX.

Estaría como mucho un par de días allí.

Nunca habían estado separados tanto tiempo, y sumaban tres días, más los dos días o tres, como mucho, que iba a estar en Dinamarca.

Había conseguido un pasaje de avión desde Milán.

—Mi padre estaría feliz si viera la mesa y la cómoda que he comprado —le dijo a Irene el 7 de octubre del año 2001.

Recuerda lo que le ha dicho a Calvo Santa: nada especial, era como todos y como nadie.

Volvió a llamarla desde el aeropuerto.

—Salgo en dos horas, amor.

Y ya no lo volvió a ver nunca más, porque su cuerpo fue inencontrable, no había cuerpo. Las llamas lo habían consumido. Los huesos habían sido extinguidos. Como volaba con su pasaporte italiano, su fallecimiento no se contabilizó como viajero español. Murieron en aquel accidente del 8 de octubre del 2001 un total de 118 personas.

Cuando recibió la noticia, Irene entró en shock. Sufrió ataques de pánico. No respiraba. No veía. No hablaba. Solo quería drogarse y dormir.

Dormir veinticuatro horas al día.

Alimentarse de ansiolíticos.

No comer.

No vivir.

Dormir, pero cuando se despertaba había varios segundos de confusión, durante los cuales la noticia del accidente no existía, no llegaba a su pensamiento, segundos en los que todo parecía normal, cinco o seis segundos.

Sintió el vacío como ningún otro ser humano ha llegado a concebirlo. No podía matarse porque Marcelo no la habría perdonado jamás.

Solo quería echarles ácido sulfúrico en la cara a todos aquellos técnicos y a aquellos directivos de aquella maldita aerolínea. De todas las aerolíneas.

Vagó por el mundo.

Le inventó otras muertes.

Esa muerte era absurda, la producía la civilización, los poderes terrenales, la producían los hombres, la técnica, los aviones, los aeropuertos, la ciencia, la nada, la inmensa nada, la política, la suciedad, las cloacas, el vacío.

Le inventó vida a su lado.

Descubrió que podía volver a verlo en los orgasmos con otros hombres y mujeres, siempre en una escalera de fuego, siempre con una sonrisa, siempre sin palabras.

Se condenó.

Lo mantuvo a su lado con liturgias, oraciones, salmodias, fantasías, misas, plegarias, como en el cristianismo o como en el satanismo, qué más da.

¿No hace lo mismo el cristianismo, lo mismo que ella?

Lo mantuvo a su lado con orgasmos.

Acabó fundando un estilo de vida.

López Santaliestra no se opuso por la sencilla razón de que no le hacía daño a nadie, salvo a sí misma, pero conseguía seguir viva y, por tanto, era un daño aceptable.

Así lo valoró psiquiátricamente López Santaliestra: Irene sigue viva, y viaja, y ama, y se acuerda.

Que siga así.

López Santaliestra la rescató del pozo.

O se rescató, en realidad, ella misma.

Final

Estamos desnudos los dos, y pongo en el ordenador *Je te veux*, esa canción de Erik Satie.

Tu ponías tu rostro a la altura de mi vello púbico. Y sonaba esa canción, entonces yo veía la caída del tiempo, la abolición del tiempo, la borrachera descomunal que es el amor, eso veía.

El tiempo estaba muerto y no tú.

El tiempo sigue vivo y el muerto eres tú.

Dos seres aterrados ante el hecho mayor de haberse convertido en uno solo.

Esa alegría, cuando me metías la lengua allí.

No pensé que morirías, no pensé que esa alegría tenía las horas contadas. Pero esa canción, cuánto nos gustaba, y a nosotros dos que nos dio por bailar desnudos con esa canción que ahora escucho como una loca.

¿Sabes, amor mío?, no le hicimos daño a nadie.

A nadie.

Esa maldita canción: *Je te veux*. Te veo. Te quiero. Aún te veo.

Quiero recordarte siempre lleno de pasión, iluminado como un sol, arrebatado como una tempestad en medio del Atlántico Norte, porque así era cuando me abrazabas, y todo se derrumbaba menos tú y yo.

Y si has visto eso en la vida, ya no quieres ver otra cosa.

Si no tengo el pájaro de plomo en mi boca todos los días, dime qué tengo en la vida, no tengo nada, y si en vez de un pájaro fuese un pez, un pez con cabeza de dios, y si tú no tienes esta cueva llena de olores profundos, este guiso de aceite, agua, sangre y carne, este estofado palpitante y nauseabundo, esta gallina sangrienta, si no tenemos los dos estos olores terribles, no tenemos nada, de qué puede servirnos todo el oro del mundo; si yo no tengo en mi boca el pez espada recién salido de las profundidades del Atlántico Norte con la cabeza de un elefante, no tengo nada.

Si tú no me ensartas como una cucaracha mala, no tenemos nada.

Porque también fuimos malvados, pues cómo si no es con la maldad y el daño pueden dos seres humanos seguir deseándose y copulando después de veinte años.

22

Murmullo, pisadas, palabras de Marcelo desde el reino de los muertos

Oye Irene murmullos, pisadas, palabras, sigue oyéndolas, con el paso del tiempo, sigue oyendo los restos de un sueño.

El deseo que no termina nunca, de idiotas sería pensar que terminara con la muerte, de ingenuidad rematadamente imbécil sería pensar que con la desaparición del cuerpo termina. La codicia de estar al lado, en actitud de besarlas, de todas las cosas hermosas que hay bajo el sol y sobre la tierra, así he vivido yo y así vivo yo, presa de esa codicia, y tuve la suerte de que todas las cosas dispersas que hay sobre la tierra se encarnaran en un solo ser. Porque la dispersión vuelve locos a los seres humanos.

Guardo muy bien la navaja de mi padre, eso quería decir.

Entonces yo tuve la suerte de encontrarla a ella, de verla, de enamorarme de Irene.

Juntos codiciamos la luz del sol, pero duró poco.

Luego nos cortábamos con la navaja.

Las yemas de los dedos, y todo era sangre y sexo.

Forma parte de la condición humana el deseo de reír, el deseo de dar sentido a la vida a través de la risa y a través de los arañazos, de las patadas, de las bofetadas.

Quisiera yo saber cuántas veces me reí con Irene.

Los seres que hacen el amor tal vez no rían. Ríen después, o ríen antes, pero en el momento del placer no es posible reír, porque el placer es un más allá de la inteligencia, y es la inteligencia la que conduce a la risa.

No solíamos contarnos chistes ni cosas divertidas, porque el acto del amor es, acaso, sufrimiento gozoso, comprensión de los abismos, no lo sé, tal vez debimos reír más.

Tal vez allí haya una imperfección.

La gente ríe. Reír es humano.

Tal vez sí miré a otra mujer y ella a otro hombre, tal vez todo sea mentira, tal vez todo sea la voluntad de un ser humano que hay detrás de nosotros y está narrando su vida a través de la nuestra, un ser humano que es un pozo de sufrimiento y de codicia de vida, pero eso son tonterías.

El deseo de entrar en otro cuerpo nace cada día, con el amanecer llega, te acuestas con el deseo de copulación y te despiertas con el mismo deseo de copulación con que te acostaste, y acaba siendo dolor, que viene del miedo a no estar viviendo, allí la naturaleza es aterradora.

No hemos evolucionado demasiado.

Pero Irene es energía.

Ella manejaba la navaja de mi padre como una carnicera, no me dolía, me cortaba cuando me besaba, y cuando el beso terminaba estábamos empapados de sangre, y no pasaba nada, es absolutamente maravilloso ver la cantidad de sangre que nos sobra. Duele un poco el corte, pero es un dolor mental, asusta la sangre, pero es un susto mental. En vez de donar sangre, como hace la gente normal, nosotros la vertíamos sobre nuestro cuerpo.

Nuestra energía es solo sexo.

Yo, Marcelo, proclamo una enmienda a la totalidad de la civilización, que está edificada sobre el error, por eso hay destrucción.

La historia se edificó sobre el error.

Cruzamos el Mediterráneo Irene y yo de la mano de la aerolínea Iberia. Pero eso no nos bastaba. No fuimos capaces de atravesar ese mar nadando. Habernos arrojado al mar en Barcelona y haber nadado hasta Roma, con alguna parada para reponer fuerzas en las islas que nos fuéramos encontrando.

La vida es inmensa y la gente no lo sabe, parece vivir como si fuese la vida un ejercicio de normalidad, nunca lo entendí, por eso cuando conocí a Irene y vi en ella una representación de la inmensidad de la vida pensé que había resuelto el enigma. Virginia Woolf, esa era la escritora de Irene. Y la mía. Ella escribió esto: «A veces retumba como un trueno dentro de mí el sentimiento de la total inutilidad de mi vida».

Y ahora se acuesta con tantos hombres y tantas mujeres y me convoca y yo voy hacia ella, encendido.

La intensidad de sus delirios me levanta de entre los muertos y hablo.

Ella cree que tuvimos veinte años de matrimonio, pero solo fueron diecisiete meses, y yo, desde aquí, procuro mantener su cuento de hadas, porque la vida de Irene es un cuento de hadas.

Y la mía también.

¿Y qué vida no lo es?

Fueron diecisiete meses maravillosos, pero entonces no lo sabíamos, no supe darme cuenta de que estaba viviendo la plenitud de mi existencia, pero ningún ser humano lo sabe.

Lo sabemos luego.

Irene era joven y yo también, y los jóvenes son inocentes, acaso la inocencia es la edad de la plenitud. Yo vivo en su cabeza, en su fantasía, en su soledad, pero está pasando desde siempre, desde el principio del mundo, seres que vivimos en las almas de aquellos que nos quisieron, es una liturgia sin fin.

No te vayas con esa mujer, me dijo mi tía Alicia, ¿no ves que lleva dentro el mal?, no te vayas con ella.

23

El tercer ángel

Es el mes de diciembre del año 2041, un otoño frío en la ciudad de Ámsterdam. Una septuagenaria resuelta y con gestos nerviosos habla en inglés con el joven y guapo recepcionista del hotel Ambassade. Viste un abrigo azul de lana, una bufanda blanca, lleva unas gafas de diseño, resplandece en su rostro una piel cuidada, pese a la edad. El azul de su abrigo enmarca a la mujer como si estuviera dentro de un lienzo de Picasso.

—Mire, joven, soy una huésped asidua de este hotel, les llamé para reservar la habitación 95, la que siempre elegíamos mi marido y yo.

—Sí, señora, un honor volver a recibirla. En efecto, aquí tiene la llave de la habitación 95. Espero que todo sea de su gusto. Es un verdadero placer volverla a tener entre nosotros. Es usted una de nuestras más queridas clientas. —Y le hace entrega de la llave—. Es una llave *vintage* preciosa, como las del siglo XX, estilo Ritz, cien años de diseño.

—¿Sabe si William, el camarero, sigue ejerciendo aquí su ilustre oficio? En el año 2022 trabajaba aquí.

A Irene le divierte usar expresiones anticuadas, adjetivos remotos. Es como si la nostalgia del pasado se encarnara en las palabras. Todo en la vida, cuando ha pasado el tiempo, cuando los hechos ya no ocurren en el presente, descansa en las palabras.

—Me temo que no pueda aclararle esa cuestión, llevo tres años en el hotel, que yo sepa no hay ningún William ahora, usted me está preguntando por hace veinte años. —El joven esboza una sonrisa sincera y amable, dando a entender que comprende su pregunta pero que se siente en la obligación de recordarle el paso del tiempo.

—Claro, no se preocupe. Aunque le diré que esos veinte años que usted ha dicho con asombro no son nada del otro mundo, ya lo irá comprobando poco a poco. Veinte años son, en realidad, un segundo, un solo segundo —le dedica una mirada melancólica—; ya le digo, no lo sabrá hoy ni mañana, pero más pronto que tarde entenderá que veinte años es un día, y que cuarenta años es un día con insomnio, un día más largo.

Irene se queda petrificada ante su aseveración, porque además cree en ella, en algún lugar apartado del universo los dioses que rigen el destino de los hombres y de las mujeres se divierten haciéndonos creer que veinte años son 630.720.000 segundos, pero son solo uno.

Un solo segundo.

Por eso los relojes de cuarzo no saben qué es el tiempo, su segundero se desplaza de segundo en segundo sin entrar en los países internos que cada segundo contiene. En cambio, el reloj mecánico desplaza el segundero penetrando en cada segundo, descifrando lo que cada segundo esconde, para que cada segundo exista, esto lo sabe muy bien Irene, por eso jamás ha llevado un reloj de cuarzo.

Se dirige con su maleta hasta el ascensor. Todo está igual, tal vez alguna reforma, tal vez hayan cambiado el color de la pintura, pero la moqueta de color rojo sigue igual, y el color blanco de las puertas de las habitaciones resplandece.

El ascensor sí es de última generación, con puertas y paredes de cristal, sin ruido, leve, y con iluminación solar, un prodigio tecnológico, porque el mundo sigue avanzando.

Abre la puerta de su habitación y el corazón de Irene se llena de euforia, al final ha venido a verla la euforia. La carne, piensa, aún tengo la carne, soy un cuerpo que sigue codiciándolo todo.

Mira el canal desde los ventanales de su habitación. Está como siempre. Es la habitación de siempre. Han cambiado los sillones. La mesa también parece nueva. ¿Cuántos suplantadores o suplantadoras ha habido en su vida?, se pregunta Irene. Hace unos cuantos años que empezó a llamar así a sus amantes, esos que tanta felicidad le han dado. Esos que ahora tiene que venir a buscar a Ámsterdam, que sigue siendo la capital del amor de pago. Abre la maleta y cuelga la ropa en el armario.

Acaricia el armario. Brilla su abrigo azul allí dentro, y se alegran sus ojos, es un abrigo de lujo, diseñado en Roma, su amada Roma.

Los armarios, piensa, qué hermosura pacífica

hay en ellos, que guardan la ropa de los enamorados.

Marce, son tus armarios.

Hace cuarenta años te fuiste a buscar un armario español del siglo XIX a Copenhague y no volviste, salvo en mis liturgias, en mis pasiones con otros hombres y mujeres, y si no hubieras subido a aquel avión, qué habría pasado, dímelo, amor mío.

¿Y si no hubiera pasado nada, si hubiéramos sido un matrimonio más, deteriorado por la costumbre, acabando en un vulgar divorcio, con el consiguiente reparto de bienes y dinero? Pero ¿y si hubiéramos sido el prodigio que el mundo estaba esperando y que la naturaleza no ha consentido jamás? Yo creo que sí, toda mi fe la aposté al prodigio.

Irene saca del bolso un cuaderno con las tapas de cuero, es una pizarra digital que imita los diarios de papel, y lo abre y comienza a hojear las páginas llenas de nombres de hombres y mujeres con quienes se ha acostado en estos últimos cuarenta años.

Hay opción de búsqueda y proyección de fotografías.

Aparecen rostros y nombres proyectados sobre la pared de la habitación.

Mis amados y mis amadas suplantadores, todos se convirtieron en ti, Marce, piensa Irene.

Mira los rostros de sus amantes, son tantos que va pasando las páginas al azar, y la vida de Irene crece y deambula como un fantasma por la habitación. Todos esos rostros y cuerpos dan fe de que ha vivido. Y eso le parece importante, sólido.

De muchos casi ni se acuerda, pero sumados todos, hombres y mujeres, consigue ver el fuego de la vida.

Cuánto los quise a todos y todas.

¿Qué habrá sido de ellos?

Ojalá se hayan muerto todos y todas, así mejor, no soportaría saber que aún están sobre la Tierra. Que se mueran antes que yo es una buena cosa, saber que les he ganado. Si muero yo antes, y se enteran, podrán tenerme lástima.

La vida, necesito verla antes de irme, ¿qué es la vida? De estar en alguna parte, estará en este muestrario de amantes, ahí, en esos rostros, en esos cuerpos de mujeres y hombres con quienes hice el amor buscando el gran amor que me fue robado por un maldito accidente de aviación.

Si salieras una vez más de las sombras y pudieras comprender mi angustia. Ahora ya no me desean los hombres ni las mujeres porque soy vieja. Sería patético cualquier intento.

Las últimas veces tuve que pagar, lo confieso.

Como si pagar fuese tan horrible, si más horrible es el deseo que no tiene destino. Como si la naturaleza tuviera que acomodarse y someterse a nuestros códigos morales.

A tu Irene ya nadie la codicia ni desea, salvo tú, que estás dentro del olvido.

No hubo redención del envejecimiento de las mujeres, seguimos siendo indeseables cuando nos hacemos viejas, en eso no ha habido ninguna transformación política, todo ha quedado en arrugas y decadencia.

Cuarenta años de angustia.

Cuarenta años con un fantasma de oro.

Cuarenta años en los cuales ni se me pasó por la cabeza que pudiera dar otra oportunidad al amor, desde que te fuiste en aquel estúpido accidente de aviación cuando ya no había accidentes de aviación en el mundo civilizado. Se vengaron los seres abominables, me dieron dinero por tu cuerpo, una bonita indemnización, el dinero, siempre el dinero.

Esta fe me parece lo más hermoso que ha habido en mi vida, porque de nada he estado tan convencida como de saber que nadie vendría después de ti, que nadie sería como tú.

Una vez llegó a insinuar Calvo Santa que todo había sido la estrategia moral de un apetito sexual irrefrenable. Su falta de fe en mí me hirió en lo más secreto de mi corazón. La falta de fe devora el mundo, y está bien así. Porque la fe también es mala.

Calvo Santa agoniza casi centenario en un asilo porque sus hijos no lo quieren y enviudó hace bastantes años.

Mi padre murió.

Mi hermana envejece en su casa de Madrid.

Tu hermana Paola vive en Des Moines, y no me llama ni por Navidad. No creo que vaya ya nunca a Des Moines. Es la capital del estado de Iowa. Ni siquiera es Nueva York, o Chicago. Y lo peor es esto: por qué habría de llamarme, si solo soy una mujer que estuvo casada con su hermano durante diecisiete meses y eso ocurrió hace cuarenta años. Ella tiene su vida en Des Moines, y, créeme, lo único que podemos hacer tú y yo es rogarle a ese Dios en el que ni tú ni yo creemos que de vez en cuando tu hermana se acuerde, si no de ti, al menos de tu padre, Tory, y de tu madre, Valeria.

Tienes, además, una sobrina que no he visto jamás, y que debe de andar por los treinta años, y seguro que ya es madre. Tienes otra sobrina política, Victoria, a la que no viste nunca. Tu estirpe se extiende por Estados Unidos, la estirpe de tu amado padre, carpintero de Federico Fellini.

Todo pierde energía.

La casa de Tory en el Testaccio aún sigue en pie, el piso cuarto del número 16 de la Via Rubattino, habrán reformado ese piso unas cinco veces, imagino.

La arquitectura permanece, pero transformada en viviendas más sofisticadas e inteligentes en las que todo está previsto, con toda la funcionalidad imaginable, pero sin belleza.

Cuando vuelvo a Roma voy a ver la casa de tu padre, al menos han respetado la fachada, que es la misma, pero las fachadas no pueden hablar.

Me planto delante y allí estoy largo rato.

Te imagino a finales de los años sesenta del lejano siglo XX saliendo a la calle de la mano de tu madre.

Imagino a tu padre hablando con Federico Fellini en la puerta de tu casa, despidiéndose de él, porque me dijiste que un día Fellini se plantó en vuestra casa porque quería tratar un asunto de un decorado para su película *Amarcord*. Y que tu padre estaba emocionado porque Fellini había pisado vuestra casa.

Y yo allí, frente a tu casa, de pie, sola, a lo largo de los años, 2005, 2010, 2020, 2030.

Delante del portal del número 16 de Via Rubattino, buscando entrar en el pasado para verte, tentando la puerta que conduce a la abolición del tiempo.

Pienso en Calvo Santa: lo más sensato era no creerme, como nunca han creído a los artistas, a los filósofos o a los visionarios o a los enamorados. En 1600 quemaron por hereje a Giordano Bruno en el Campo de' Fiori de nuestra amada Roma. Para no olvidarte te tuve que mezclar con tantos seres humanos como me fue posible, era solo por la angustia, esta angustia, que también era la tuya, tuvimos la misma angustia.

Leo todos estos nombres, fechas y lugares, nombres de hombres y mujeres, y recuerdo la alegría profunda que me dieron esos cuerpos, y no veo que la vida tenga otro objetivo que la persecución incesante de esa alegría. No intimé con ellos, eso es importante, seres de una o dos noches, no podía ser más, o hubiera puesto en riesgo mi fe y mi identidad y mi creencia en ti por encima de todas las cosas. O sí intimé, creo que sí que lo hice, claro, por intentar lograr un nuevo amor, claro que lo hice, para qué te voy a engañar ahora. Pero me daban un poco de miedo esos amantes, porque podían pedirme algo, una relación, una asiduidad, una obligación. Soy un ser humano de un solo compromiso en su vida y ese compromiso fuiste tú.

Fuiste tú, es decir, yo.

Una mujer como yo tuvo que edificar una religión personal para vivir por encima de la civilización, la sociedad, las naciones, los seres abominables y todas las supersticiones de la historia, incluidas la ciencia, el progreso y la tecnología.

Todo lo real es alienante.

Todo lo alienante es real.

Por eso no intimé con esos cuerpos que hablaban y que me conducían al cuerpo que no hablaba, es decir, al tuyo. Creo que sí intimé, qué hermoso es que fuesen a la vez las dos cosas, como en la física cuántica: intimé, no intimé.

Irene se desnuda y se da un baño de agua caliente.

Se pone un albornoz y se tumba en la cama.

La tela del albornoz al contacto con su piel es la vida ahora.

Sincroniza la pulsera digital para proyectar una pantalla en tres dimensiones y busca información sobre acompañantes de una noche.

Los anuncios son fastuosos, hipnóticos, llenos de luz y color.

Hay opción de hombres reales y opción de hombres virtuales. Todo tipo de características y peculiaridades; y especificidades, así se llama la configuración de la personalidad. Especificidades: ciencia, cine, literatura, política, deportes, geografía, historia, arte, música, ajedrez, todo cuanto uno pueda imaginar.

Elige un hombre real, la opción de lujo, la opción *premium*.

Elige especificidades, temas de conversación, elige atuendo, elige altura, elige color de ojos, elige tono de voz, elige idioma, elige piel.

Irene está exaltada con tanta elección, parece

Dios creando al ser humano, se embriaga de entusiasmo.

En una hora y media sonará el timbre de la puerta, porque el Ambassade gusta de conservar las viejas tradiciones, como un timbre en cada habitación.

Se viste despacio para que la desvistan aún más despacio. Y es entonces cuando cambia de opinión, sincroniza de nuevo la pulsera digital y anula la opción elegida, con la penalización económica correspondiente, y cambia el sexo de su acompañante, elige una mujer.

Ahora se siente reconfortada.

Tantos años a la búsqueda de no se sabe qué.

Cuerpos de hombres.

Cuerpos de mujeres.

Son lo mismo, Irene lo sabe bien, caprichos de la naturaleza, los enormes y frívolos caprichos de la naturaleza, porque esta juega con nosotros, su arte de vanguardia, aquí coloco un brazo musculoso, aquí coloco una cadera grande, aquí un pecho, aquí un culo pequeño, aquí uno grande, aquí melena, aquí barba, esa gran azotea abierta a la nada, eso somos.

Y se ríe, Irene se ríe.

Mira por los ventanales y está cayendo la nieve sobre los canales de Ámsterdam.

Ya falta poco para la llegada de la amante.

Ordena a la pulsera que suene *Je te veux* en modo universal, una sorpresa tecnológica que consiste en que las cosas se conviertan en música, que las cortinas de la habitación, que la cama, que las lámparas, que las paredes, que los sillones, que la mesilla, que según Marce era una defensa contra la oscuridad de la noche, se transformen en una canción de amor. La gente enloquece de placer con este avance tecnológico, que convierte en música una mesa o una lámpara o una silla.

La palabra es *placer*.

Siempre ha sido esa la palabra: *placer*.

Unos abren una ventana y la brisa les da placer. Otros comen un exquisito guiso de carne y sienten un radiante placer en el paladar, en los labios, en el estómago. Otros compran una casa y se embriagan con la posesión de bienes. Otros son nombrados presidentes de algo y su codicia del privilegio se siente saciada y de la saciedad desciende un río imparable de placer.

Suena el timbre.

¿Y si fuera la muerte quien llama?, piensa Irene, la buena muerte, esa que sale en los versos de Jorge Manrique:

diciendo: «Buen caballero,
dejad el mundo engañoso
y su halago;
vuestro corazón de acero
muestre su esfuerzo famoso
en este trago.

El halago ya se va desvaneciendo, mi absurda fe mantenida tantos años en un matrimonio que ya nadie sabe qué fue.

Yo con mi delirio, la yonqui del entusiasmo, de la pasión, una adicta a la pasión.

¿Qué fue nuestro matrimonio?

La más maravillosa invención de una pobre mujer, de una perra intrascendente, buscando a un perro que murió quemado.

Y vuelve a sonar el timbre.

¿Y si fuera él?, con la juventud encima, con la juventud que él tenía hace cuarenta años, cuando su cuerpo se quemó en aquel avión italiano (no era italiano, exactamente, hasta eso lo cambias, era un avión de Scandinavian Airlines), el cuerpo quemado cuya misión era quemar el mío en la pira del amor.

Irene, estás cada día más ridícula, «la pira del amor», menuda expresión cursi, eso piensa mientras se encamina a la puerta.

Y de pronto tiene delante a una mujer alta, de raza negra, joven, con una melena frondosa, con un gesto de juventud en los ojos que hipnotiza por su descaro y su arrogancia.

Y la mujer joven y alta entra en la habitación.

Camina de un lado a otro exhibiendo su cuerpo.

Lleva un abrigo blanco que contrasta con su piel negra. Piensa en su abrigo azul, en un combate de abrigos y de colores. Sabe que es mejor el suyo.

La mujer sincroniza su propia pulsera con la de Irene para que se produzca la transacción económica.

Irene le pregunta en español la edad y le contesta en francés. Tiene veintisiete años, y es búlgara, y se llama María.

Parece una mujer salida de una película de Federico Fellini; claro, tenía que aparecer el recuerdo de Fellini por alguna parte. Irene cree estar delante de la Anita Ekberg de *La dolce vita* pero de raza negra.

Se quita el abrigo y coge las manos de Irene.

Y se miran a los ojos, y otra vez el abismo, el peligro y el deseo a la vez.

María se desnuda, con lentitud, y se nota que conoce las normas y liturgias de su oficio.

Ya está completamente desnuda.

No siente vergüenza alguna.

Su cuerpo es un triunfo de la vida.

Solo verla desnuda ya es bastante.

Necesita otra música, ordena a la pulsera que suene música de Mikis Theodorakis, que suene el *sirtaki* y que la danza del placer comience.

¿Cuál es la palabra, más allá de esa, de la palabra *placer*?, ah, sí, era esa otra, *voluptuosidad*, esa también. Hay otras más: *gozo*. Y esta: *regocijo*. Incluso hay una bien ridícula: *satisfacción*, la palabra que hizo famosos a los Rolling Stones hace más de setenta años. Se ríe al ver todas esas palabras, pero todas las palabras están agarradas a actos reales de la vida cometidos por hombres y mujeres durante siglos, ese es el misterio del lenguaje, y su amor también fue lenguaje, palabras en las cuales los hechos se esconden para siempre.

E Irene se siente en paz con todo cuando esa mujer comienza a besarla, porque entonces desaparecen las penas, la angustia, el terror a morir, el terror a no haber vivido, el terror a haber pasado por este mundo sin ningún objetivo, sin certeza, sin familia, sin marido, sin hijos, sin amor, sin nada, porque en ese beso comprado Irene descansa, gana un pequeño país de placer y de serenidad. Porque el sexo para Irene siempre fue la búsqueda de la serenidad.

Theodorakis entra en el corazón de Irene como Irene entra en el corazón del placer.

Mientras el sol ilumine la Tierra te seguiré queriendo —piensa Irene en voz alta—, mientras exista la luz; solo cuando la luz muera, entonces, solo entonces, Marce y su Irene serán devorados por el silencio, por la nada.

A la mañana siguiente Irene pidió que le trajeran el desayuno a la habitación, acompañado de una copa de champán. Una joven camarera apareció con un carro y una bandeja plateada. Lo puso todo encima de la mesa principal de la habitación y se marchó, con una propina espléndida, e Irene se acordó de cuando hacía veinte años, en Niza, una camarera se sintió decepcionada por su propina.

Tomó café y zumo de naranja, no comió nada.

Abrió el grifo de la bañera. Llamó a la recepción y pidió que no la molestaran durante todo el día y renunció al servicio de habitaciones.

Fue tajante.

Bajo ningún concepto nadie puede llamar a la puerta de mi habitación. Le preguntaron si pasaba algo. Negó. Solo quería intimidad y tranquilidad, dos palabras innegociables en un buen hotel.

Se desnudó.

Se miró en el espejo del armario.

Una mujer envejecida, con la piel arrugada, la carne iniciando el camino hacia su degradación, su oxidación, su acabamiento, y sin embargo aún tenía la mirada encendida.

—Esta carne soy —dijo Irene frente al espejo.

¿Envejecida? Esa carne será lo que yo diga.

¿Carne? No, es un alma que se ha hecho visible a través de la piel.

Se deseó a sí misma en un territorio moral, más allá de su cuerpo, pero no era narcisismo, vio ese deseo de sí misma como una conquista de la voluntad e incluso de la bondad.

Los ejes ancestrales de la vida, eso estaba viendo, el flujo, el misterio, los huesos de la realidad frente a los huesos de su fantasía, un enfrentamiento secular entre la realidad y el deseo.

Se acordó de un poeta llamado Luis Cernuda, quien vivió toda su vida ese largo enfrentamiento y así tituló su gran libro: *La Realidad y el Deseo*. No era un título retórico, como hacen muchas veces los poetas. Era una verdad.

Su cuerpo contenía un bello crepúsculo, era codiciable aún.

Al menos conseguía tolerar su imagen, no necesitaba apartar los ojos, la gente que logra mirarse en el espejo puede morir en paz.

Se tumbó desnuda sobre la cama y esperó a que la bañera estuviera llena. Comprobó la temperatura del agua y estaba perfecta. Abrió su neceser y sacó de un blíster un par de ansiolíticos. Se los tomó con la copa de champán. El champán cabalgando por su sangre enseguida le hizo efecto y sonrió. Abrió el armario de nuevo y buscó en la maleta una caja. La sacó y la puso en medio de la mesa.

Allí estaba la antigua navaja de afeitar, fabricada

en Albacete en 1921. Era la navaja de Tory, heredada por Marce, la navaja con la que tantas veces se hirieron en sus fiestas de sexo oscuro.

Había mandado restaurarla y afilarla.

Estaba como salió de las manos del artesano que la fabricó hacía más de ciento veinte años.

Había estado en contacto con la piel de su suegro, a quien nunca conoció, y con la de su marido y con la suya, con la sangre de los tres.

Volvió a la maleta.

De un estuche extrajo el Patek Philippe de su madre, y se lo puso. Había otra cosa importante en ella, una cosa muy pesada, que se había traído desde Madrid.

Un ladrillo dentro de una caja de madera de caoba.

Aquel ladrillo de un tabique del apartamento de la calle Santa Catalina del Barrio de las Letras.

Ese ladrillo que había salido de la reforma del año 21, arenoso y casi ya ridículo, inexpresivo, polvoriento, de difícil significado, más bien una superstición desaseada y tosca.

Pero había más: un jersey de cuello de cisne de Marce, de lana cachemir, que había aguantado cuarenta años, porque esa lana sabe luchar contra el tiempo.

Ladrillo, navaja, jersey.

Jersey, ladrillo, navaja.

Navaja, jersey, ladrillo.

Pero había más, había una hoja arrancada de un libro antiguo:

136 AMOR CONSTANTE MÁS ALLÁ DE LA MUERTE

Cerrar podrá mis ojos la postrera
sombra que me llevare el blanco día,
y podrá desatar esta alma mía
hora a su afán ansioso lisonjera;

mas no de esotra parte en la ribera,
dejará la memoria, en donde ardía:
nadar sabe mi llama la agua fría,
y perder el respeto a ley severa.

Alma a quien todo un dios prisión ha sido,
venas que humor a tanto fuego han dado,
medulas que han gloriosamente ardido,

su cuerpo dejará, no su cuidado;
serán ceniza, mas tendrá sentido;
polvo serán, mas polvo enamorado.

Hundió el ladrillo en el agua.

Se puso el jersey de lana cachemir.

Se metió en la bañera, con la hoja en la mano, los ojos leyendo los versos, y se dio cuenta de que esos versos eran un auténtico galimatías sintáctico, no tenían un significado preciso, porque Quevedo nunca supo en realidad qué demonios quería decir con exactitud más allá de expresar una utopía hermosa, un sonido, una canción que diera placer al oído pero no a la razón.

Esos versos eran una canción sin significado, como ella misma, como la fantasía de su propia vida. El canto del ruiseñor es bonito, pero no dice nada racional, no dice qué tenemos que hacer, como le ocurrió a su madre antes, como le estaba ocurriendo a ella ahora.

Placer para el oído, vagamente, pensó Irene.

Placer, esa palabra que es la única que escuchó su madre, y es la que Alicia leyó en su alma, el oficio del placer, porque ese había sido su oficio: la ganancia del placer, a costa de todo.

Si sientes placer, la vida se cumple.

¿Qué es el blanco día, o qué es el Alma? ¿Quiénes los sujetos y cuáles los verbos de ese maldito soneto que tanto había amado? Y justo ahora se daba cuenta de que el soneto estaba vacío, de que estaba mal escrito, pero bellamente armado, de que estaba mal pensado, de que era inverosímil, y sin embargo hermoso, y eso era así sencillamente porque nadie sabe nada, porque la ignorancia es nuestro destino, y solo cabe cantar una canción.

No pudo menos que sonreírse al ver el caos de ese famosísimo soneto, porque si los historiadores de la literatura en español tuvieran que salvar de la destrucción y del fuego del final de la especie catorce versos, esos salvarían, y lo que salvarían sería un lío de palabras que no dicen nada.

La comedia, la insolvente comedia humana, eso es, dijo Irene.

Dejó que la hoja cayera sobre el agua, se fuera empapando, miró al techo, los pies tocaron el ladrillo, se subió las mangas empapadas en agua hasta las axilas, tomó en su mano la navaja de Tory, miró la extensión blanca de sus brazos, y con la mano derecha, donde llevaba el Patek Philippe, se dio un tajo decidido y preciso en el antebrazo izquierdo y brotó la sangre a borbotones, pero ella no la miró, sino que se subió la correa del reloj y dio otro tajo en el antebrazo derecho, este no tan preciso, un poco más curvado, por la presencia incómoda de la correa, pero igualmente fértil en sangre.

Al menos esto no sería un accidente, no un camión reventando el cráneo de un chaval, de Gustavo, que viajaba sin casco el muy insensato, el muy loco, envalentonado por su juventud y por lo muy enamorado que estaba de ella, porque sin casco estaba más atractivo, porque ella le dijo «con casco no me gustas», porque ella estaba en la puerta de la calle esperándolo y lo iba a ver llegar, y a él le gustaba que ella lo viera sin casco, con la melena al aire y con su barba juvenil. Pero ese accidente era remoto, parecía haber ocurrido hacía mil años. Ya nadie se acuerda de Gustavo, tal vez su madre si está viva, pero eso es imposible, a no ser que tenga noventa años o más, lo probable es que esté muerta, ella y su hijo al fin juntos ahora en su fantasía.

El otro accidente, ese, el del fuego, el otro que suena y sonará siempre en sus oídos, ese también está aquí ahora, con ella.

Como si el primero hubiera sido un ensayo general del segundo.

Ahora, pensó ella, en este adiós, al menos habrá voluntad y deseo.

Y conciencia.

Porque los que mueren en un accidente no dicen adiós, no dicen nada.

Sumergió las manos en el agua, y una sensación de paz comenzó a golpear en su interior, como una paz violenta. La sangre mezclándose con el polvo de aquel ladrillo guardado tantos años.

La paz dio origen a una sensación de placer.

Los días del pasado se agolpaban, pero la angustia se iba a marchar enseguida. Estaba viendo el adiós a la vida, y Marce no venía.

No venía porque nunca había venido.

Todo habían sido amantes sin corazón.

Porque el amor no existe.

Porque el amor sí existe.

Jamás vino.

Jamás el amor.

Porque tenemos poco tiempo para buscarlo y poca suerte para que nos sea concedido.

Porque la palabra *nosotros* hace cuarenta años que murió, y al morir se convirtió en una palabra fantasmal, terrorífica, en un abismo.

La palabra *nosotros* quema las alas de los ángeles y estos, aterrorizados, caen al vacío.

No te puedo recordar si no es por las fotografías, pensó Irene, y la invadió una gran nostalgia que a la vez era conocimiento de los límites y de las fantasías de la vida. No nos hemos hecho viejos juntos; tú eres joven en las fotos y en mi memoria, qué poderosa es la vida, y es maravilloso que la vida termine, sería insoportable la eternidad.

Qué bella es la muerte y su hermano el sueño, recordó los versos de un poeta inglés.

Se dio cuenta al fin de que su vida había sido una búsqueda desesperada y tenaz del placer y lo comprendió todo, comprendió que si Marce y ella eran dos ángeles, el placer era el tercer ángel, que había estado allí, invisible y mudo, desde el principio. Y el tercer ángel era el único capaz de explicar su vida, su egoísmo radical, y la belleza venenosa de ese egoísmo.

Una vez Calvo Santa le dijo que su vida era una lucha contra la vulgaridad, contra la normalidad, ah, eso era hermoso, ojalá fuese cierto, ojalá su vida haya sido la creación de una obra de arte privada, con solo dos espectadores, uno muerto desde hace cuarenta años, el otro vivo, creando vida para los dos, creando una obra de arte, la vida convertida en arte, para eso servía alcanzar la edad septuagenaria, para ver el sentido de su vida, que se revela al final, porque los jóvenes nunca saben que son jóvenes, porque la juventud solo entrevé su significado completo cuando ya está acabada.

La juventud es recuerdo de la juventud, entonces se sabe bien qué maravilla fue la juventud.

Y también vio el enorme placer de no haberse convertido en madre, y ese placer tomaba en este instante una apariencia sobrenatural.

No, no había sido madre, y eso, ahora, se manifestaba con fuerza erótica, como si se enamorara de un hecho, del hecho de no haber concebido en su cuerpo el cuerpo de otro o de otra, y eso también fue una gran apelación al egoísmo supremo, un lugar donde solo hay mujeres poderosas, sin descendencia, encerradas en ellas mismas para toda la eternidad, en eterna copulación consigo mismas, un prodigio desconocido en la Tierra.

Podría ser una diosa, madre de todas las cosas, al no haber sido madre de una sola cosa, de un solo cuerpo.

El egoísmo no es tal, meditaba Irene mientras se nublaba todo, o eso le parecía a ella, que todo se estaba desvaneciendo, han llamado egoísmo a la lucidez, bastardos, seres abominables, siempre encadenando la libertad a supersticiones masculinas y supersticiones femeninas, que acaban siendo, irónicamente, las mismas.

El placer de haber mantenido su cuerpo alejado del cuerpo de un hijo o de una hija, diciéndole a la naturaleza que no existe la esterilidad ni mandato biológico alguno.

Qué placer irse ya, porque hasta en el adiós tenía que haber placer, muchísimo placer, océanos de placer, qué mal visto ha estado siempre el placer, siempre perseguido por todas las civilizaciones, condenado por todas las religiones, y sin embargo protegido por la naturaleza y la vida, cómo explicar semejante hipocresía.

Irse sin hijos, ella no había contribuido a la propagación de la especie. Y ella así sería olvido radical. Y ese olvido radical era un triunfo sobre la banalidad de las vidas que se repiten sin finalidad ni propósito.

Solo el placer en todas sus fantasías, incluida la del matrimonio, había valido la pena.

Se había enamorado de todos y de todas, pues ese era el sentido de la vida, el que supo ver aquella vieja llamada Alicia, que pasaba ahora ataviada con sábanas amarillentas por la memoria fotográfica de Irene.

Lo primero había sido siempre ella, su deseo, su tiranía, su vanguardia, sus colonias, sus vestidos, sus relojes, sus poemas, sus liturgias, sus abominables liturgias, su carne, su cuerpo, su sed.

Qué gran placer en que su placer se olvide con su muerte.

El placer inventado, soñado, salido de una fantasía de viento y mar.

El placer es el secreto.

Y aún lo sentía ahora mismo, el gran e inmenso placer, lo estaba sintiendo, viendo su origen en la oscuridad de los milenios.

Se levantó, arrepentida.

Sangre y agua resbalaban por su piel.

La palabra *nosotros* siempre había sido solo la palabra *ella*, no había habido nadie nunca más que ella, triunfante y sola, por los siglos de los siglos.

Sola, porque todos estamos solos.

Estaba abriendo la puerta de la palabra *nosotros*, y detrás de la puerta solo estaba ella.

Ella, la insaciable, porque en el reconocimiento de la insaciabilidad nunca habrá ni hipocresía ni mediocridad ni perversidad.

Salió de la bañera, alargó su mano hacia las toallas para taponar con urgencia los dos cortes y detener la sangre, y vio que las venas de sus muñecas estaban intactas, blanca la piel, las venas discurriendo azules y perfectas, con un azul resplandeciente deslizándose por meandros caprichosos cuya formación y ausencia de significado escapan y escaparán siempre a la inteligencia humana.

El tercer ángel, alas doradas y rostro convertido en una llama de fuego, se hizo visible por unas milésimas de segundo, en ese momento, en un cuarto de baño de un hotel de lujo, delante de una mujer septuagenaria que salía de una bañera, con el agua y la espuma resbalando sobre su piel.

Otros títulos del autor en Booket: